话上湘

侗乡风胜纪实诗歌

黄保慧 著

民族出版社

序

梁庭望

中央民族大学原保卫处黄保慧处长，职责是保卫学校安全，保卫工作需要细心周到，却被他用到诗歌的创作上，在本校独树一帜。黄保慧之所以能够创作出几本厚厚的诗集，源于对自己民族文化的热爱之情融化在他的热血里，工作再忙再累，业务尽管与诗歌创作无关，但他忘不了自己的家乡，忘不了自己的民族。湖南通道上湘我到过的，缓坡起伏，风光绮丽，正像他在《上湘——想样》里说的，古树森森，青山环抱，上湘河碧水滔滔，民族风情浓郁，令人难以忘怀。难怪来到中央民族大学六十多年，黄保慧工作之余一直沉醉在家乡的民族风情里，往昔家乡的一草一木，历历在目。

侗族人说“歌养心”，确实如此。黄保慧的诗歌孕育了他的心灵，终于演绎出厚厚的《话上湘》。收在《话上湘》里的诗歌，都是七言，但它们不是汉族诗歌格式的绝句或七律，而是风格迥异的民歌样式。侗族诗歌行数不定，每行的字数也不定，但韵律非常严格一首歌当中要用正韵、勾韵和内韵，这在中国各民族诗歌的韵律中是很独特的。《话上湘》由于使用汉语文创作，只能够保持正韵，无法保持勾韵和内韵，但这不影响《话上湘》浓郁的民族文化氛围。其实，黄保慧讴歌家乡的诗歌远不只《话上湘》，退休以后，他有时间与老伴邵玉霜回到自己的家乡湖南通道，走遍这里的山山水水，触景生情，激情洋溢，诗情奔涌，竟然得到了 1200 多首诗歌，让人惊叹！这里的鼓楼、风雨桥、萨岁……乃至童发、童帽、童银镯，都进入了他的诗歌，形成厚厚一本《通道风胜纪实诗歌集》。一不做二不休，他干脆走遍湖南、贵州、广西、湖北等侗族地区，参与那里的民族文化活动。每到一地，他不是走马观花，而是细心考察当地的绿水青山、文物古迹、民族风情和改革开放给侗乡带来的变化，然后用七言民歌体深情地赞颂，又得一本厚厚的诗集《一路歌——侗乡风胜纪实诗歌》。

这些诗歌的显著特色是，每首歌都不空发慨叹，而是在纪实中讴歌自己民族的某种风情，有的还配以简洁的题解和注释，使这些诗歌圆润完整，首尾圆合，引人入胜。吟诵其诗歌，就会被牵引进入侗乡，在风雨桥中聆听动人心弦的情歌对唱，在鼓楼中欣赏悦耳动听的大歌，在草坪上参加热情洋溢的“多也”，在村寨里参与别具特色的“抬官人”，在侗家品尝可口的糯米饭和酸鱼，趣意盎然！在讴歌风景名胜和民族风情的同时，还追溯民族的历史，缅怀古今的英雄人物，慨叹民族历史上的重要事件，从而使诗歌蕴含着丰富的内涵。

在这些诗集中，最为完整、生动的是《话上湘》，这里有上湘自然环境的描绘，有鼓楼、花桥、寨门、凉亭、驿道的描摹，有饮食、起居、歌咏、婚俗、节日、信仰、忌讳习俗的咏叹……更为宝贵的是，这些诗歌和题跋挖掘和保存了上湘的历史文化，举凡民族来源、古墓葬、碑刻、红军标语等，作者不仅赞叹，而且做了简洁的题解和注释，描摹细致，诗歌形态多变，内涵丰富，散韵结合，有史诗的韵味，有传承的功能，对不大了解上湘历史文化的年轻人，是一部生动的民族传统文化教材。翻阅《话上湘》，不会产生审美疲劳，有特别的趣味。作者对自己家乡的偏爱，一目了然。

黄保慧是在一个充满民族团结之情的单位里从政，这就是民族融合的熔炉——中央民族大学。在这里，各民族在学习各种专业知识的同时，都注意挖掘和传承本民族的优秀文化，这些文化又互相交融，使中央民族大学成为中华民族团结和睦的缩影。正是在这样的氛围里，黄保慧的诗歌突破了民族题材的框架，延伸到了京城和京城周边，举凡天安门、人民大会堂、毛主席纪念堂等京城数不尽的景点和文物古迹，都入其诗，还延伸到河北的白洋淀、避暑山庄……于是又得一本《老干休闲游风胜纪实诗集》。四大本厚厚的诗歌集，目前都付梓实属不易，作者选择了讴歌老家的《话上湘》，作为读者窥探侗族历史文化的时空隧道，以飨读者，实为上策。毕竟《话上湘》内容比较完整，诗行比较流畅，稍微加工即可面世。

是为序。

2017 年 11 月

（梁庭望，中央民族大学教授、博士生导师、原副校长，中国少数民族比较文学学会理事长，中国少数民族文学学会理事长。）

喜读黄保慧老师的《话上湘》

邓敏文

我和黄保慧老师初识于20世纪60年代初。当时我是中央民族学院少数民族语言文学系63级侗语班学生，黄保慧老师是该校保卫部门的领导。虽然他没有直接给我们上课，但因为都是侗族人，所以我们经常见面，也都称他为“黄老师”。

1980年我到中国社会科学院民族文学研究所工作之后，在京侗族同胞过“侗年”或平时有事聚会时，黄老师作为长者也经常参加我们的活动。在我的印象中，黄老师温文尔雅，少言寡语，不善言谈。

2000年3月，我创办《侗人快讯》，经常通过电子邮件给一些侗人文友发送侗乡经济文化信息。黄老师曾委托他的女儿给我发来短信表示赞许，给予鼓励。我很高兴。是年10月，我有幸跟黄老师及其夫人邵老师一起到贵州凯里参加学术会议。会后又一起到镇远、玉屏等地参观考察。在朝夕相处的几天里，我才知道黄老师不但温文尔雅，而且是一位激情满怀的诗人。每到一地，他都要用诗的语言记录下当时的所见、所闻和所感。回到北京不久，黄老师便给我寄来了几本自己印制的诗集《一路歌》。这些诗作语言朴实，描写细腻，情感真切。因为我不会写诗，所以我不敢对黄老师的诗歌作品的艺术水平说三道四。最近，黄老师的女儿把《话上湘》这本共300多页的书稿全部拍成照片并通过电子邮件给我传来。拜读之后我才大吃一惊，我才真正体会到这本书稿珍贵的价值所在。

我非常赞同梁庭望教授对《话上湘》这本诗文集的评价："这里有上湘自然环境的描绘，有鼓楼、花桥、寨门、凉亭、驿道的描摹，有饮食、起居、歌咏、婚俗、节日、信仰、忌讳习俗的咏叹……更为宝贵的是，这些诗歌和题跋挖掘和保存了上湘的历史文化，举凡民族来源、古墓葬、碑刻、红军标语等，作者不仅赞叹，而且做了简洁的题解和注释，描摹细致，诗歌形态多变，内涵丰富，散韵结合，有史诗的韵味，有传承的功能，对不大了解上湘历史文化的年轻人，是一部生动的民族传统文化教材。"这些诗文，都反映出离乡多年，身居京城，已经 80 多岁的黄老热恋故土、怀念家乡、想念亲友的强烈情感。

历史是不会原地踏步的。当前，我们正处于社会急剧变化的历史时代。外来文化和现代文化每时每刻都在冲击、取代着传统的、不可再生的物质文化和非物质文化。如果我们这一代人不能用文字、照片或其他科技手段把这些珍贵的传统文化记录下来、保护下来，那么，这些珍贵的传统文化将永远成为后人无法知晓的历史，在人类认识史上也将成为无法弥补的损失！

《话上湘》虽然只记录了其中一个侗族村寨的历史和现实，但是在人类认识史上却是非常典型的范例，这个典型范例在侗族文明史中也将占有非常重要的地位。

2018 年 11 月 6 日

（邓敏文，中国社会科学院民族文学研究所研究员，首届民族团结进步先进个人，国务院政府特殊津贴享受者，中国少数民族文学学会前秘书长和副理事长，侗族文学学会会长。）

上湘——想样

黄保慧

上湘，侗语叫想样，位于湖南省怀化市通道侗族自治县西南隅的播阳镇境内。东邻本县大高坪苗族乡，南接本县独坡乡，北连本镇黄大寨和黄新寨，西界贵州省黔东南苗族侗族自治州黎平县洪州镇的菖蒲村。面积约10平方公里。上湘村坐落在一个小田坝的东北角，地势平坦，坐北朝南，杆栏房民居，整齐排列。背靠后龙山，古树森森；面向上湘河，碧水滔滔；四周青山环抱，树竹繁茂。上湘河由南而来，绕过村脚，向东北方向拐弯而去，注入播阳河。村脚的风雨桥，五亭两孔，飞檐翘角，雄伟壮观，如龙似凤，横卧在上湘河上，掩映在古树之下，时隐时现。上湘全村现有住家140余户610余人，全部是侗族。除石、吴、杨、袁几户外，其余全是黄姓，历来聚族（房族）而居。中华人民共和国成立以来，在党和人民政府的领导下，经过了土地改革、农业社会主义改造、改革开放、新农村建设和林权改革，村民的经济生活有了翻天覆地的变化，文化素质和精神文明有了很大的提高，周围环境以及村容村貌有了很大的改变。

一是上湘修通了公路，来往车辆不断。乡村公路的贯通和硬化，给村民出行、交通运输和对外联系带来了极大便利；修建了机耕道，连接了公路和村内，村民出勤作业，外出从事农耕，非常方便。

二是经过林权改革，村民对植树、造林、爱林、护林的积极性，进一步提高，村寨周围的山山岭岭，被摧残的林木已经扶疏，郁郁葱葱，风景十分美好；再加上新建了风雨桥、鼓楼、寨门和聚心楼、综合平台，增设了卫生室和图书室，修缮了村中石板路，村容村貌焕然一新。

三是村民文化素质和精神文明水平有了显著的提高。学龄儿童全部入学，青少年普及了初中教育，村中已出现高中生群、大学生群及少数研究生。还有一批人当了国家干部，在外工作，有的还担任了县科级的领导；也有不少的人外出打工，从事各种职业劳动，各得其所。50岁以下的村民，基本扫除了文盲。讲文明，重礼节，爱公物，尊老爱幼，团结互助，热情好客之风，得到发扬。组建歌舞队，开展文化娱乐活动，文明之风，得到加强。

四是上湘的风水林和风水树，一直保持完好，而且古蓄树碑和古护林碑均尚在。碑林同在，十分难得。如今上湘的风水古树，占全县古树数量的一半以上。村边古树葱茏，莽莽苍苍，非常幽美，反映出上湘村民历来爱树、护林的传统习俗和优良风尚，引起国内外各方面的关注。早在1994年6月，就有美国福特基金会项目官员孟泽思先生一行，在中国林科院和中南林学院教授的陪同下，来通道进行林业考察时，到上湘了解侗族人民传统造林习俗及护林情况，给予高度评价。2012年至2016年，又先后有中国人民大学林业环境与资源政策研究中心研究生、侗族林业传统知识研究小组，和韩国林业工作者、中国人民大学留学生李贞子，及清华大学农村研究院博士后张明慧等，带着研究课题，进驻上湘考察，调查研究，并发表论文，热情赞颂。上湘本村也于2015年、2016年的农历十月十一日传统祭祖节时，连续举办两届风景林——侗语“拉风旴”生态文化旅游节，每次都引来四面八方远近游客，观看古树林风貌，领略古侗寨风情民俗，品尝侗家合拢席宴，吃饮侗家苦酒、油茶、腌鱼、腌肉，反响强烈，效果良好。

五是全村用上了自来水，不用到河边、井旁挑水了；用上了高压电，不用上山找松膏照明了；用上了沼气，不用上山砍柴火烧炉灶了；用上了打米机，不用每天早起舂米簸糠了……节省了大量劳动力，用以经营副业。中青年人外出打工，增加了收入，修建住房，改善了居住条件；购买电视机、影碟机、电冰箱、洗衣机、手机、摩托车等物，这些高档生活用品进入了普通百姓家庭。村民的生活质量有了很大提高，步入小康，与城镇居民生活拉近了距离。

六是中华人民共和国成立以来，上湘虽遭受到两次大火灾的洗劫和“大跃进”“文化大革命”的荡涤，村中文物古迹遭到毁灭性的损坏，山上林木受到了严重摧残，但如今的上湘，古侗寨功能建筑仍有不少。首先是上湘的古堂哈——私塾堂（暂且这样称），五榀四进间。该堂哈是清朝乾隆年间仿照当时县城的恭城书院建造的。建成后即开办私塾堂，传授汉族文化。生源都是湘、桂、黔三省交界附近的侗家子弟。私塾先生是本地补拉交号（房族名）的人世代传承，培养出不少侗家秀才。值得一提的是，在清朝道光年间出了一个拔贡生，更是名声遐迩。百里侗乡，出了个侗家拔贡，在当时是非常难得的。到上湘堂哈就读的侗家子弟，更加踊跃，络绎不绝。不幸，这所堂哈于1935年被火焚毁，但私塾借用私人的房屋，仍照样开办。1940年将堂哈按照原样在原址上重建，现仍巍然。一个不算大的村子，早在清朝乾隆时期，就建了这么一栋宏大的堂哈，开办私塾，不论是在旧通道，还是现在的通道，也是仅有的。其次是上湘的古石板路、古井、古凉庭（鼓楼）坪、古公塘、古达殿（萨岁坛）、古凉亭均尚保存。风雨桥、鼓楼和寨门重新建造，故古侗寨特征仍然非常明显。村里居民如今仍讲侗话，穿侗衣（特别是妇女），唱侗歌，每逢重大传统节日及庆典，举行侗歌会，民族特征非常突出，民族风情非常浓郁。2014年，经有关专家评审，上湘被国家民委列入“十二五”时期全国少数民族特色村寨保护项目之一。2017年，上湘被国家住建部列为中国传统村落。

七是有了一家民营企业。通道有嚼头食品有限公司于2007年初进入上湘办厂，2010年注册为公司，已具一定规模。该公司是由上湘本地人创办的，从一个作坊发展到今4—5个生产车间和几十个非固定工人，并成为怀化市农业产业化龙头企业，生产通道特色食品。产品品种不断增加，销售范围不断扩大，深受欢迎，享誉全国。

《话上湘》自 2002 年写出初稿之后，即放下好长一段时间，后又增加一些内容。由于形式新颖，可能有些局限，今又增加了一些简要说明或注释，渐趋完善，编订成册，望能出版成书，留作纪念，也是对过去传统文化的一分传承。

需要说明的是，《话上湘》的内容，主要不是介绍今日的上湘，而是着重介绍上湘的传统文化。具体地说，即从远古到通道解放前夕，上湘尚流传和保存的那些传统习俗与建筑。解放前的上湘，跟现在很不一样，当时只有 60 多户人家，不足 400 口人（含袁姓和李姓 2 户共 10 口人）。没有公路，没有电灯，没有自来水，没机耕道，更没有现代化生活用品。村民从事农耕劳动，犁田和耙地靠耕牛和人力；交通运输，也是靠人抬、肩挑和背背；做各种农活全靠人力，脸朝黄土背朝天，早出晚归，非常辛苦。但不同的是，上湘由于在清朝乾隆年间，仿照县城的恭城书院，建了一所私塾堂（侗称堂哈），开办私塾，接纳侗家子弟在此就读，传授汉族文化；再就在清代道光年间，上湘出了个拔贡生，百里侗乡，仅出了这样一个名人，名声遐迩；还有，上湘历史上曾开办过集市贸易，一度引来四方商客云集这里。故上湘在旧通道时，还是有些知名度的。举行些什么活动，也具有一定的代表性。本人生在上湘，长在上湘，对当时上湘流传的传统习俗，有的听说，有的眼见，有的亲自参与，故有所领会，有所体验。

《话上湘》中除写的上湘固有的情景以外，尚留存的那些传统习俗，对通道侗族自治县来讲，就不只是上湘一个寨子的事情了。它可以扩展延伸到今通道西南隅一大片侗家村寨，包括现在的播阳镇、县溪镇、牙屯堡镇和独坡乡等乡镇的侗家村寨。对侗族来讲，其主要居住区域包含了几条河域，即现在的播阳河（俗称大河）流域，牙屯堡河（俗称小河）流域，独坡八寨河（也称黄寨河—含上湘）流域。此外，还有与通道相邻的贵州省黎平县洪州镇东面边沿的菖蒲河流域、靖州苗族侗族自治县南部边沿靠近通道的四乡（侗称岁样）河流域的一些侗家村寨。地域广袤，村寨众多，虽是“百里不同风，十里不同俗”，有些习俗大同小异，是避免不了的，但总的来说，大致相同或者基本相同，有的甚至完全相同，是无疑问的。

一个时期以来，这片侗族村寨，由于受现代生活的撞击，有大批中青年人外出打工，走进大城市，受到城市生活的影响。不少人，特别是有些青年人，民族观念淡薄，对侗族的传统文化十分生疏，对自己民族的传统习俗知之渐少，甚至淡忘。故对这些传统文化，及时地把它用文字记录下来，如实地、实事求是地加以介绍，很有必要。既可使后人对通道这片侗家村寨的传统文化有所了解，有所认知，亦可为当今通道县委和县人民政府正在贯彻实行的“生态立县、旅游兴县”的战略，“依托生态、突出文化”的旅游发展思路，“以文立景、以文铸魂”的旅游开发理念，切实加大原生态侗族文化的保护、传承和挖掘民族文化资源，弘扬民族优秀文化，有所借鉴，有所帮助。

知道过去，才识当今。

另：

【1】为了全面了解上湘，特将有关同志和人员撰写的有关上湘的论述、文章及诗歌、对联，加附在后面。

【2】黄保宇先生（1904—1988），上湘人，毕业于湖南常德师范学校，在旧通道时，是通道侗族中汉语文水平最高者，知名人士。历任保国民学校校长兼教员、中心小学校校长、旧县政府教育科长之职。通道解放前夕，弃职回家教私塾，学生均是周边地区的侗家子弟，桃李满天下。他在当时通道的侗族中有相当的威望和影响，被誉为侗家“三杰”中的“文杰”（“武杰”粟昌福，掌握有枪，俗称粟大王；“政杰”李保铨，敢于与当时县政府当权者欺压百姓的行为作斗争），举办教育和教私塾，培养了不少侗族知识青年，做了不少好事，很受人们的尊敬。解放初期，会同专署在靖县开办的兄弟民族干部学校学习的通道侗族学员中，绝大多数是他的学生。这批学员对通道的二次解放，起了很大作用。后成为通道县解放初期的干部骨干。同时，他也是本人的启蒙老师。故将本人对他的怀

念——《怀念黄保宇先生》，也加附在后面，作为今后人们了解上湘、认识上湘的参考。

以上如有不妥，请批评指正。

2018 年 6 月

目　录

引 言

1998 年三女儿立杰移居加拿大多伦多市。2001 年临近分娩，几次来电话催请前往探亲。2001 年 10 月 12 日，偕同老伴邵玉霜乘机前往。由于语言不通，无所事事，故思遐想，无意中想到了上湘的传统文化。上湘是一个古老的侗寨，传统文化深厚，并且亲见寨中留下不少古代遗迹。寨中的许多事情，有的听说，有的眼见，有的亲身经历。有关上湘的传统文化，值得介绍。用什么形式介绍？歌！侗族的很多事情，都是用歌的形式记载传承下来的。于是就采用纪实诗歌这种形式予以表达，书稿中的图片均为本人拍摄。

多市探亲无他事，语言不通显静寂。
往事历历现眼前，提笔默默思其细。
想到啥事就写啥，类似诗来不像诗。
涂涂改改又划划，力求达意薄格律。

上湘的地理位置

解放前，上湘位于湖南省通道县南端，东邻大高坪乡，南临独坡乡，西依贵州省黎平县洪州乡菖蒲村，北接播阳所，全村60来户300多人，全系侗族。

上湘地处县南头，气候温和山水秀。
南临独坡北播阳，东大高坪西洪州。
地势若盆山环绕，溪河如带南北流。
全村住家六十户，人丁不到四百口。

上湘的始祖

上湘的祖先，或者说三脚黄寨（今上湘、黄寨和黄垢三个黄姓寨子）的祖先，原居住在江西泰和县俄冈大丘江夏塘。早在宋朝时期，因宋王伐夷，黄姓三公（汉臣、汉川和汉贯）逃出大丘。黄姓三公从江夏塘突围，一路逃到靖州飞山，再从靖州沿河而上来到三脚停了下来，在此建村立寨，休养生息，谋求发展。

（一）

上湘始祖原江西，泰和俄冈大丘域。
传说宋王伐苗夷，祖公被迫外逃匿。
自江夏塘三公出，来到三脚地域止。
想样大寨和黄旧①，一人选择一寨居。

（二）

黄姓三公名叫称，汉贯汉川和汉臣。
汉臣择居住想样，建寨立村谋生存。
川居大寨贯黄旧，三脚黄寨始叫称。
后又发展三村寨，帕样黄标和黄门②。

① 想样大寨和黄旧，侗语，即今上湘、黄寨和黄垢三个寨子。
② 帕样黄标和黄门，帕样、黄标是侗语，即今拨乡、黄新寨（又名新寨湾）和黄门。

一、上湘的自然环境

上湘村坐落在一平坝的边沿，四周青山环抱，山虽不高，但植被深厚，杉松翠竹，古木葱茏。发源于湘、桂、黔三省交界的圣山——三省坡麓的上湘河，流经拨乡，由南奔腾而来，到达寨尾，突然转弯，向东北悠然而去，注入播阳河，汇入渠水。

（一）

上湘周边主山坡，矗立东西南北峨。
东客交舵[①]捧旭日，西去鞍马[②]欣月落。
南己茫坡古松劲，北后龙山风林[③]多。
河流南来村头过，寨尾折向播阳河。

（二）

通道播阳上湘村，山山岭岭树竹青。
杉树松树苍郁郁，竹林柴林绿阴阴。
树竹茂密碧波荡，山峦摇翠青云腾。
寨子卧在林盆里，山清水秀长年存。

① 客交舵，侗语，山坡名，指保山寨峰。
② 去鞍马，侗语，山坳名，指马鞍坳。
③ 风林，指风水林、风景林。

上湘坡脉称

通道播阳上湘村，寨周环绕树茂森。
保山寨峰青龙叫，岑楼坡陂白虎名。
麻雀脚坡朱雀谓，后龙山岑玄武称。
左青龙和右白虎，朱雀玄武前后清。

上湘的田坝——院

上湘村周边，有几个大大小小的田坝：院棍（又称院莽棍）——寨前田坝；院烂务（院棍河对面），又称院过凉亭；院烂友——保山寨；院勒（院烂友河对面），又称小寨。另外，靠村北还有几丘田，侗语叫亚退。

（一）

通道播阳上湘村，几个田坝周边萦。
寨前田坝叫院棍，邻近村边土肥润。
小寨又称名院勒，北边及坪地垛侧。
寨子北侧名亚退，有几丘田靠河溪。

（二）

通道播阳上湘村，几个田坝村边萦。
烂务烂友河对面，春耕秋收过河干。
院过凉亭叫烂务，上湘田坝最大处。
院烂友叫保山寨，南侧风林古树栽。

附近山冲虽有田，山冲之田不叫院。

上湘四水渠——四条命

上湘村民世代从事农业，为灌溉田汀，祖辈们千辛万苦，人工开辟了四条水渠——命：命龙（命烂务）、命烂友、命院棍和命院勒，用来引水灌溉上湘的几个田坝——院。

命龙（命烂务）

烂务灌溉水源头，来自坡背长冲首。
冲头交或筑堤坝，拦截山泉往北流。
沿冲西坡修水渠，名叫命龙碧悠悠。
到去岑劳[①]翻山坳，西转灌溉大田畴。

命院棍

院棍水源贯冲头，冲北修渠向东流。
水到白岩急转弯，沿江西坡向北走。
灌溉寨前好田坝，预防干旱保丰收。
供应村中公塘水，养鱼消防不用愁。

命院勒

院勒灌溉水源头，自然来自岩冲首。

① 去岑劳，系侗语地名，岑劳坳。

冲北修渠向东走，能本[①]转折往北修。
泉水碧清悠悠去，浇灌小寨田坝畴。
秧禾茁壮鱼儿肥，喜庆秋后两丰收。

命烂友

长冲水势向北流，烂友田坝水源头。
冲西修渠泉水引，冲口向南渠水修。
泉水顺渠悠悠下，到保山寨入田畴。
滋润田坝秧禾壮，保证粮鱼双丰收。

上湘山冲水田

（一）

通道播阳上湘村，有山冲田散零星。
贯冲鸟冲加支涧，姜冲长冲可直挺。
坐落山沟烂泥泡，光照不足水凉浸。
适合种植糯稻谷，产量欠高晚熟成。

（二）

上湘山冲水田耕，多种糯谷晚收成。
种植糯稻虽劳累，侗家少它却不行。
糯田需用锄挖掘，选种品种需认真。
插秧过后放田鱼，收获时重约一斤。

（三）

上湘种糯史传承，侗族生活密切紧。

① 能本，瀑布，系侗语地名，瀑布边。

糯稻收获穗穗折，两握合成一把捆。
挑回家来晒场晒，干后放入谷仓廪。
用时脱粒舂成米，根据需要制糯品。

（四）

上湘种糯史传承，用糯稻谷制糯品。
走亲访友礼品用，喜庆节日待友宾。
苦酒油菜少不得，酸鱼腌肉无难成。
宴餐无酒不成席，侗家无糯难成亲。

上湘的山坡

上湘后龙山

上湘后龙山，是上湘祖先蓄禁的满坡风水林，古木参天，郁郁葱葱，面积超过百亩。合抱巨树，难以数尽。

播阳上湘后龙山，满坡风林树茂繁。
上抵坡头下塘屋，里岑楼陂外冲岩。
合抱大树葱茏郁，氧气充足空气鲜。
清风吹拂林梢舞，暮降晨临鸟禽喧。

上湘几芒坡

上湘南面几芒坡，播阳林溪必经过[1]。
舒枝展叶古松茂，刚劲挺拔矗山坡。

① 指从湖南通道的播阳到广西三江的林溪。

遮天蔽日阴凉地，树高干大难抱合。
夜晚松涛响嘎嘎，几里以外能听着。

山坡野兽

上湘山坡树草密，各种野兽善藏栖。
狼虎花豹性凶猛，野猪山羊随处觅。
河狸水獭喜鱼类，黄狼野猫贪鸭鸡。
狐狸竹鼠常出没，拉忍[①]豪猪最珍稀。

山林鸟类

上湘鸟类栖山林，凌晨夜幕争啼鸣。
金鸡雉鸡斑角鸡，岩鹰鹞鹰猫头鹰。
白鹭布谷和喜鹊，黄鹂杜鹃与鹌鹑。
乌鸦斑鸠白头翁，翠鸟画眉小白灵。
知不知名难尽数，春夏秋冬山林争。

上湘河

上湘河发源于湘、黔、桂三省交界的三省坡麓，流经独坡至拨乡。从拨乡往下至黄大寨（入播阳河）一段，叫上湘河。上湘河原来有三个沙洲：一在牙桥下——长中口；一叫坪泻交祥——在上湘村前；一叫坪湦邦友——在鸟冲口，俗称河中三只鸭，逆流而上。在水口对峙河中今宝龙桥下，有三块巨石：一块像头盔，一块像印玺，一块像元宝，人们称为河中

① 拉忍，侗语，穿山甲。

奇石，解放后疏通河道时炸掉了。

上湘河流响嘀嘀，河水源头三省坡。
七弯八拐山脚绕，穿村环寨田坝割。
上起拨乡下黄寨，中间名叫上湘河。
河水注入孟形里，与播阳河相汇合。

河中沙洲

上湘河水向北流，河中伏卧三渚洲。
如鸭似雁浮水面，顶波逆浪往上游。
长冲口外牙桥北，坪泻交祥鸟冲口。
晴天丽日休闲处，乘凉夏夜赏月秋。

河中奇石

水口沙坪河中石，参差伫立可神奇。
南倾突出似盔帽，北斜方形如印玺。
中下形状若元宝，三石象征祥瑞吉。
呵护上湘享太平，人畜兴旺家富裕。

上湘河中鱼儿

（一）

上湘河中鱼儿稠，大鱼小鱼水中游。
鲤鱼草鱼白鳞鱼，短头大头洋骨头。
鲶鱼鳜鱼无鳞类，鳊鱼鲑鱼河沙鳅。

涉滩过河卡鱼扎，站立水中白鲦丢[1]。

（二）

上湘河中鱼儿稠，水滩潭渊均住有。
大的小的难计数，早上晚上水中游。
白天水深早晚浅，撒网垂钓皆有收。
墨鸭河中行追逐，小的吞食大者留。

（三）

孟环星夏[2]河潭玄，北岸连接后龙山。
坡麓巨石潜水底，留有大缝平河面。
半水半陆岩缝深，团鱼鳖鱼善藏潜。
南边对岸坪烂友[3]，冲积沙质松软绵。
极适团鱼产卵处，孵出小鳖数清难。

河上桥

上湘河上原来架有好几座桥：一是过凉亭下坪涅交祥的木桥；二是码台勒北角的石墩桥；三是上湘河下游黄大寨码台西北角的石墩桥（石墩毁圮后，改在码台上角，即今古枫树下建座木侨），四是坪地朵飞山庙对面过长冲口南侧的木桥（名叫呀桥，早圮）。此外，上湘原拟在能本（瀑布）北侧建一座福桥（只可惜未来得及实现）。

（一）

侗家村寨特点昭，溪水河川桥跨腰。
上湘河也不例外，几多座桥河上娇。
坪涅交祥木桥架，码台勒有石板桥。

① 丢，侗语，啄之意。
② 孟环星夏，侗语，河潭名。
③ 坪烂友，侗语地名。

黄大寨桥架石板，呀桥木桥早毁掉。

（二）

侗族村寨特征昭，有溪有河必有桥。
上湘河上桥多座，具是石板或木造。
石板木桥欠牢固，一来山洪就冲倒。
上湘能本修福桥，先人设想未及搞。

河上桥

河边码台

从拨乡到黄大寨，叫上湘河。上湘河段共有5个码台：拨乡1个，上湘2个，黄大塞1个，黄寨屯1个。现只介绍上湘的2个。

上湘老桥

上湘河边两码台，一上一下相分开。
青石板铺入水中，洗衣涤布清洁菜。
春末夏初摆木桶，浸泡蓝靛染布色。
石板大路连村里，挑水走道保安泰。

河边水车

上湘河段共修建水车 4 架，上湘村前有 3 架，长冲口对岸牙桥下有 1 架（灌溉黄寨屯前的几丘田用）。这里只介绍上湘村前的 3 架。

上湘河西三水车，问务问大和问勒[①]。
坪泻交祥[②]称问务，仅往延君大田输。
坪涅交匆[③]叫问大，灌入银秀堂亚玛[④]。
下码台北叫问勒，浇先绪田昼连夜。
河边三架水车特，均属私人檐没客[⑤]。

上湘河可通船

播阳上湘小河段，平常可通小木船。
上至拨乡下新寨，五滩五潭碧水涟。
打鱼撒网船可用，偶尔载物上下传。
运送王粮到播阳，木船代运任务完。

① 问务问大和问勒，侗语，上水车、中水车、下水车之意。
② 坪泻交祥，侗语地名。
③ 坪涅交匆，侗语地名。
④ 堂亚玛，侗语，意为大的丘田。
⑤ 檐没客，侗语，指富裕人家。

上湘古风水林（树）

后龙山风水林及水口风水树，郁郁葱葱，古树参天，合抱大树数以千计。就后龙山来讲，何时开始蓄育，无端可考。按照侗族的传统习惯，开始建寨，就开始蓄育风水林或风水树，上湘，恐怕也就是如此。水口风水树是在清朝嘉庆十三年村民集资买田蓄育的，有一通《水口碑》可证。这是后来的事。是村民们认为上湘四周都有山林环护，唯水口这个地方没有什么阻挡，有失祥瑞，为维护村寨的安宁吉瑞而集资买地蓄育的。

（一）

麻雀坡到后龙山，上湘风林古树参。
合抱巨树数千计，占地面积百亩添。

风水古树（一）

风水古树（二）

张枝展叶荫蔽日，水口两岸树梢连。
维护上湘多吉瑞，代代儿孙福无边。

（二）

上湘后龙古林森，枝叶茂密翳日天。
树干粗壮难抱合，姿态龙钟史有年。
何时何代始蓄育，口传碑文无记镌。
代代村民力维护，立碑保卫执行严。

（三）

上湘对岸古树参，蓄禁时间计有年。
清朝嘉庆十三载，集资买地蓄树拦。
维护村寨吉祥瑞，育树堵漏御风寒。
宝山寨至水口堵，护佑上湘太平安。

古风水林

上湘风水树

播阳上湘风水树，种类繁多贵如珠。
每禅每赖[①]枫木葱，每音每忍[②]樟树郁。
每力每桐[③]苍松动，每美每岛[④]古杉粗。
知不知名知多少，古树参天绿云舞。

① 每禅每赖，侗语树名。
② 每音每忍，侗语树名。
③ 每力每桐，侗语树名。
④ 每美每岛，侗语树名。

上湘风水林

播阳上湘风水林，后龙坡陂绿云腾。
合抱巨树上千计，祖先培育世纪春。
美化上湘风景秀，护佑想样民安宁。
风林常年持完整，利村益寨惠子孙。

风水林

上湘竹林

上湘寨前田坝滨，西南起伏诸山岑。
南竹成片遮蔽日，微风吹拂摇翠云。
竹子速长量充足，有余出售换钱银。
春冬两季产竹笋，制作菜肴上乘称。

《水口碑》——古蓄树碑

上湘《水口碑》立于清朝嘉庆十三年，是当时上湘村民为了堵住从水口到客交舵一线的缺口，防止寨内安宁吉瑞外漏，集资买地蓄风水树的石碑。碑上镌刻的是集资人的姓名和捐银数量（两、钱、厘）。值得一提的是，在捐银人名中有生员和黄姓以外的人名。这些人是当时在上湘私塾堂就读的周边侗家子弟。他们之所以能够捐银，说明这些人的家庭比较富裕或是地方的绅士。

（一）

祖公建立上湘村，坐落院棍田坝滨。
东南西面山林护，翠竹松杉古树森。
唯水口到客交舵，一线空荡无挡屏。
为防寨中祥瑞漏，买地蓄树护旺兴。

（二）

清朝嘉庆十三春，水口碑立蓄风林。
碑文镌刻捐赠事，献田捐银列姓名。
仕伟仕杰出田产，黄兄黄弟献钱银。
对江买田蓄风树，堵住缺口护寨村。

（三）

上湘本是黄姓人，蓄树碑蓄风水林。
碑上镌刻黄姓外，还有生员其他姓。
在私塾堂就读者，周边侗家子弟们。
亦作上湘一分子，村寨善事力支撑。

附：水口蓄林碑①

《水口碑》②

对江买田，蓄树以培水口，功果效。
黄仕伟、黄仕杰共捐田一坵，计谷一石；
黄应中六钱五厘；生员黄道尊六钱；黄德盛五钱五厘；

① 清朝咸丰元年立的《护林碑文》从右至左竖刻在此碑的背面。
② 原碑文为从右至左竖向排列，为阅读方便，后按名字次序改为从左到右横向排列。捐钱数的符号也用汉字标明。

古蓄树碑和护林碑

黄德〇五钱五厘；黄〇光五钱五厘；黄〇〇五钱五厘；
黄仕元五钱五厘；黄道彰五钱五厘；黄文彩五钱五厘；
黄银旺五钱五厘；生员黄石琏五钱五厘；黄茂林五钱五厘；
吴光明五钱五厘；黄德学四钱五厘；黄茂学四钱五厘；
黄文生四钱五厘；黄石玉四钱五厘；黄光辉四钱五厘；
黄文辉四钱四厘；黄成俊四钱二厘；黄德现三钱五厘；
黄茂开三钱五厘；黄德文三钱二厘；黄文奉三钱二厘；
黄德才三钱二厘；黄茂才三钱二厘；黄茂璋三钱二厘；
黄仕科二钱八厘；生员黄在中二钱八厘；黄德辉二钱八厘；
黄德高二钱八厘；黄茂云二钱八厘；黄成元二钱八厘；
黄德重二钱五厘；黄石美二钱二厘；黄仕能二钱二厘；
黄石珍二钱二厘；黄石章二钱二厘；黄〇〇二钱二厘；
黄登文二钱二厘；黄德美二钱二厘；黄德先一钱八厘；

黄杨中一钱八厘；黄德仁一钱五厘；黄德茂一钱三厘；
黄德超一钱二厘，黄石〇一钱二厘；黄文彬一钱二厘；
吴王明一钱二厘；黄桥生一钱二厘；吴国炳一钱二厘；
黄德敬一钱二厘。[①]

皇清嘉庆十三年岁次戊辰蒲月上元之吉仝立

上湘护林碑

上湘护林碑立于清朝咸丰元年，为保护上湘的风水林和风水树而立。它明确规定划分了上湘风水林和风水树的范围和对于损毁风水林和风水树的处罚条款，对维护上湘风水林和风水树至今保持完好，起着重要作用。

（一）

上湘有块护林碑，清朝咸丰元年立。
内容保护风水林，村前寨后树培育。
青龙白虎左右明，朱雀玄武前后晰。
所有树木要蓄禁，保护生态永不息。

（二）

上湘有块护林碑，维护上湘风景美。
明确规定后龙山，左右上下抵范围。
里岑楼坡外岩冲，上至坡头下田宇。
树不许砍地禁卖，一切树木要培育。

（三）

上湘有块护林碑，清朝咸丰元年立。

① 其中的“〇”是因风化看不清的字。

明确保山水口树，维护上湘祥瑞吉。
全体村民均知晓，所有树木具蓄育。
不许乱砍和滥伐，违者受罚不姑息。

（四）

上湘有块护林碑，明确上湘众山围。
保山寨山树两块，麻雀坡陂杉一畦。
具是上湘公众山，土地买卖均不许。
地上松杉或他物，收益各半土主归。

（五）

上湘有块护木碑，清朝咸丰元年立。
规定村旁寨后树，长治久安要培育。
后龙山坡保山寨，保山水口麻雀陂。
树不许砍地禁卖，违者责罚不宽余。

（六）

上湘有块护林碑，保护风林出大力。
村前寨后所有树，具属蓄禁要栽培。
尔昌尔炽村民惠，尔富尔寿子孙益。
人人遵守共维护，严格实行不忘遗。

（七）

上湘有块护林碑，立环星夏[①]路边里。
维护风林有贡献，保持祥瑞功劳魁。
村民奉之为神灵，初一十五烧香纸。
过年过节更敬之，道头水酒点蜡祭。

① 环星夏，侗语地名。

上湘护林碑与林

上湘护林碑，成丰元年立。
蓄禁风水林，均完好无毁。
碑林同存在，史书少有记。
立碑蓄禁时，风水林早育。
合抱巨大树，时已数千计。
清朝嘉庆年，水口蓄树晰。
后龙树蓄育，是否同时期？

附：上湘护林碑文

从来天之暖者物始生，地之灵者人方杰。故古人卜居，必相其阴阳，观其流泉。凡左青龙，右白虎，前朱雀，后玄武，所有树木，具为蓄禁，而后保障有资，龙脉不息，可以久安而长治也。我上湘后龙山，祖辈以来，合抱之树常有数千。至后人不肖，挟私妄砍，以致山木之美，转成濯濯，盖至关山破，气脉衰，人心浮薄，地方凋残，有不可救药也。我等抚今思昔，不胜心伤。因于咸丰元年，共聚醮堂，公同计议：凡寨之左右前后，一切树木，俱要栽培，庶可挽乎今而近于古，尔昌尔炽，尔富尔寿，子子孙孙垂裕于无涯矣。

公议我等后龙山，上抵坡头，下抵塘园田屋，里抵岑楼坡岭，外抵岩冲田塘，俱属公地，不许买，亦不许卖。一切树术，俱要蓄禁，不许妄砍。有不尊公议者，系是残贼，公同责罚，决不宽容。

公议系保山寨水口树木，乃一团之保障，俱要蓄禁，不许乱砍，违者责罚。

公议保山寨杉木贰块，麻雀山杉木壹块，俱系众山，地主一半，并归土主会，不许卖，亦不许买。

以上数条，面神议定，决不改移，如有不尊，神诛人殛。

二、上湘古侗寨

上湘始建于何时无记载。根据传说是建于宋代。即宋王伐夷时，黄姓三公逃匿到三脚开始至解放，上湘才有四大补拉——房族 60 余户人家近 400 口人。又据老人们讲：寨中的老房子、凉庭——鼓楼、寨门、石板路等，已有五六百年的历史了。

（一）

上湘住户六十门，四个补拉合组成。
交号和盖①大房族，放仁卡门②最早根。
还有补拉忍廊稿③，后成房族放帮④称。
四个补拉住一寨，团结和睦相敬尊。

（二）

通道播阳上湘村，傍水依山风景新。
南来河流东北折，前面田坝后风林。
宝山后龙树梢接，山林环抱地若盆。
寨中楼房全木质，双坡鳞瓦干栏形。

① 交号和盖，系侗语房族名称。
② 放仁卡门，系侗语房族名称。
③ 忍廊稿，系侗语房族名称。
④ 放帮，系侗语房族名称。

上湘古寨一角

上湘古凉庭（鼓楼）

上湘村建有两座凉庭，一座叫凉庭放仁，一座叫凉庭放帮，均为民居式木房，一檐层，双坡顶，覆盖小青瓦，底呈方形，三楹三进深，中间设火塘，周置长凳，是村民聚会议事、休闲娱乐的场所。凉庭放仁建于清乾隆年间。凉庭放帮始建于清朝嘉庆年。

（一）

上湘寨内两凉庭，底呈四方双坡顶。
坐北朝南民居式，南面中间开大门。
四排立柱支撑力，地上火塘呈圆形。

火池上无天花板，生火便把烟来升。
均为清朝中期建，到今已有几百春。

（二）

上湘寨内两凉庭，放仁放帮分别称。
火池圆形卵石砌，周放长凳便坐人。
开会议事迎耶客[①]，休闲娱乐学歌笙。
讲款宣规布公约，盟誓抗暴援邻村。

（三）

上湘凉庭称堂瓦，休闲娱乐议事堂。
如有争议需裁决，堂瓦[②]众议论短长。
重大事件作决定，堂瓦开会共讨商。
交流经验谈生产，堂瓦议论取善良。
喜迎耶客进村寨，堂瓦笙歌比赛场。

外边寨凉庭——凉庭放帮（凉庭莽）

外边寨凉庭，一梁檐双坡顶，坐北朝南，高三层，清朝嘉庆年间建，名为“聚众仙庭”。凉庭内置有油榨、土灶台、公磨盘等设备。

（一）

外寨堂瓦凉庭莽[③]，位外边寨正中央。
立柱四排三楹阔，楼高三层单檐梁。

---

① 耶客，侗语，集体客人。
② 堂瓦，侗语，即凉庭（鼓楼）。
③ 莽，侗语，大的意思。

坐北朝南民居式，底层地面形正方。
中间火塘呈圆状，四周放置板凳长。

（二）

凉庭莽位寨中间，聚众仙庭门上悬。
南边门外凉庭坪，西面驿道公塘沿。
东南角外石碑巨，凉庭落成时竖镌。
西北东面严封闭，南门两侧半壁掩。

凉庭莽芦笙坪

（一）

上湘外寨凉庭坪，场地宽阔敞亮明。
椭圆卵石嵌地面，人字走向纹痕清。
圆形太阳芒四射，南北端头各一心。
卵石光滑嵌岁月，图腾纹迹镶年龄。

（二）

凉庭门外凉庭坪，椭圆卵石砌筑成。
村民开会议大事，儿童嬉戏鸡藏鹰。
踩堂多耶[①]练歌舞，耶客进寨赛芦笙。
从古到今多世纪，保持完好固若新。

（三）

上湘外寨凉庭坪，位在凉庭南外门。
穿寨驿道西边过，出舵进马往东奔。

① 踩堂多耶，侗族的一种集体歌舞。

上湘凉庭坪鹅卵石太阳图形

东边民居纵排列，凉庭坪呈长方形。
中两圆形卵石砌，芦笙比赛队一轮。

外边寨凉庭火池

（一）

上湘凉庭火池圆，位在凉庭正中间。
周边卵石齐筑砌，呈人字形纹痕显。
外环走向朝外射，里圈围绕往里旋。

火池

历经沧桑多世纪，固若金汤叹止观。

（二）

上湘凉庭火池圆，周边椭形卵石嵌。
纹痕规律砌技巧，结实牢固如新填。
何年月日谁人砌，口传碑文无记镌。
四周长凳人闲息，池内柴火昼夜燃。

外边寨凉庭石碑

外凉庭坪东北角竖有两块大青石碑，名为《千古流芳》。内容是镌刻叙述修建凉庭的缘由、经过，集资人的姓名及捐款数量。立碑时间为清朝嘉庆年间。

（一）

上湘寨中凉庭莽，东南角外碑两方。
千古流芳碑头刻，落款嘉庆字显彰。
内容建筑凉庭叙，捐款献物人名张。
两碑具是青石板，背东朝西面广场。

（二）

凉庭东南碑两方，叙建凉庭缘由详。
聚众仙庭名字命，上湘众人公用场。
议事祭祀休闲逸，讲款多耶美德扬。
接勿耶客赛芦笙，轮流守夜保安祥。

凉庭莽公用设置

为村民方便，在凉庭莽内置有油榨、土灶台和公磨等设置。

油　榨

（一）

外凉庭内临北壁，数抱硬木油榨魁。
拾桐油子舂捣碎，灶火蒸熟榨油汁。
何年月日置此物，口传碑文均无记。
请问寨内长老者，至今已有几十辈。

（二）

上湘油榨二丈长，硬木制作结实刚。
中凿长槽通上下，放置油包木楔插。

两端木楔排列齐，中间油包被紧挤。
巨锤猛击楔子头，挤压油包油汁流。

土灶台

外凉庭内东北角，土夯灶台坚固牢。
灶口一面朝东向，台上三口铁锅烧。
平时闲着少人用，节日喜庆榨油劳。
杀猪烧水备宴菜，草裹油粉蒸油包。

凉庭莽公磨

上湘寨内公用磨，放外凉庭西北角。
四根木柱支撑力，两块磨盘紧压着。
磨米磨面供方便，喜事喜庆可忙活。
一人推之沉甸甸，多人合力转霍霍。

里边寨凉庭——凉庭放仁（凉庭稿）

凉庭放仁又名凉庭稿。与凉庭莽一样，三楹三进双坡顶，坐北朝南。但只有一层高，大门紧靠溪边（命放仁）的石板路。在进门右侧置有两块大石头，专供妇女捶布或用于捶稻草搓绳做草鞋。

（一）

放仁里边寨凉庭，前石板路临溪滨。
坐北朝南单檐屋，鳞瓦覆盖双坡顶。

四排四柱呈四面，三楹三间正方形。
圆形火池卵石砌，人形纹痕明晰清。

（二）

凉庭放仁势不扬，乍看普通一民房。
清朝乾隆年代建，比凉庭莽时间长。
进门右侧两巨石，捶布捶草专用场。
凉庭西面铺花街，延及古建达殿旁。

上湘古民居宅

上湘村属坪坝型村落，民居建在田坝一角的平地上。其特点为：一是成排的杆栏房子。全村 4 个补拉（房族），基本上一个补拉一排房子（三户以上）；二是每排房子一家只住一楹四进间三层高的面积，楼下堂屋和火塘，楼上仓库和住人；三是未成排（一两户）的住户靠近本补拉成排房子很近；四是成排房子近四十住户，占全村住户的三分之二，不成排的住户仅有二十来户，仅占三分之一。如补拉放仁共 14 家，成排房子 3 排 10 户；补拉和盖和交号（大房族）25 家（和盖 13 家，交号 12 家）；成排房子 3 排（和盖 1 排，交号 2 排）17 家（和盖 8 家，交号 9 家）；补拉忍廊搞 11 家，成排房子 1 排 8 家；补拉放帮 12 家，成排房子 1 排 3 家。

（一）

上湘村属坪坝型，坐落后龙山南滨。
房屋建在田坝角，东临河流向北奔。
成排房子干栏屋，前面忍廊后住人。
一个补拉一排房，各个补拉分别清。

（二）

上湘村民建房住，成排房子好几户。
一扇五柱四进深，全排人形双坡覆。
每户一楹三层高，底层火塘与堂屋。
二楼仓库和住人，顶层多用晾杂物。

（三）

上湘民居属干栏，具是坐北面朝南。
房子间距极靠近，前后檐口几相连。
各忍廊头设舵进[①]，两扇门板可开关。
前面忍廊属公用，议事休闲摆宴餐。

糊泥荆墙

上湘盖房常用杉木劈成长条，以南竹破开劈成细篾，将木条在墙上绑成两寸见方的格子，然后将稻草铡成一两寸长，与白或黄泥合成浆，均匀地涂抹在方格上，即成泥荆墙。

（一）

上湘民居干栏房，房屋起后行修装。
东西两侧及北面，外加一层泥荆墙。
杉条顺墙绑格状，稻草和泥涂抹光。
防火防盗起作用，护房保暖有增强。

（二）

上湘住房泥荆墙，泥土灰白或浅黄。
每幢房子东西北，下从地起上檐梁。

① 忍廊，侗语，房廊意；舵进，侗语，指房廊门。

虽用泥荆全封闭，各层采光开个窗。
南边走廊开大门，未作遮挡敞亮光。

上湘古寨门——舵进

上湘共有6个寨门，一个路口一个，用以维护古寨的安全。南边3个分别叫做舵进放帮、舵进干（又名舵进莽）、舵进交些；北边3个分别叫舵进卡门、舵进勒命、舵进家列。各个舵进均为一檐层双坡顶，檐脊两端微翘；门板两扇，均向里开；门壁向外，均呈八字形；均有一门槛，约尺把高。寨门外边有个公多垒（名土地公祠）。寨门与寨门之间，栽种虎刺或筑篱笆连接。关上寨门，从外面是无法进寨的。寨里边紧贴着后龙山茂密的风水林。

（一）

侗族村寨寨门兴，侗村标志分外明。
上湘寨门称舵进，六个舵进卫护村：
舵进放帮舵进干①，舵进交些舵卡门②；
舵进家列舵勒命③，兴建年代明和清。

（二）

上湘村建六寨门，鳞瓦覆盖双坡顶。
立寨周边堪显目，侗村标志特色清。
门板里开均两扇，墙壁外伸八字形。

---

① 舵进干，侗语，均指寨门名字。
② 舵进交些、舵卡门，侗语，均指寨门名字。
③ 舵进家列、舵勒命，侗语，均指寨门名字。

外侧均有公多垒[1]，左右两边篱笆荆。

寨内舵进

上湘周围寨门清，寨内还有舵进门。
舵进交号舵进马，舵忍廊搞舵放仁。
舵进放帮舵和盖，均系补拉[2]舵进称。
一排房子一舵进，各个舵进房族兴。
若是寨门被攻破，补拉还可自为政。

舵进马

舵进马外面放一对石狮子，一边一个。还有两块大青石碑，也是一边一块。碑的内容是修建此门的经过、放置石狮子的理由、集资人的姓名及捐资数量。

（一）

上湘喂养畜不同，养牛养马各有用。
饲牛人家建牛圈，喂马住户支马棚。
马棚建离寨门近，舵进马[3]名因此称。
后人不见马棚在，寨门称谓却留存。

---

① 公多垒，侗语，指土地神祠。
② 补拉，侗语，即房族。
③ 舵进马，侗语寨门名。

（二）

舵进马作寨正门，坐北朝南双坡顶。
石碑两块左右立，石狮一对旁侧蹲。
碑上镌刻捐款事，建门置狮各自分。
门外右边公多垒，进门即是凉庭坪。
五一上湘遭火害，石碑石狮变粉尘。

上湘舵进公多垒——土地神祠

上湘共有 6 个寨门，每个寨门都安有土地神位。有的在门外还为之建个公多垒——小土地庙（舵进家列、舵进勒命，舵进干、舵进马的土地神祠还是石质的，用五块青石砌成，像小庙似的）。

上湘寨门多为奇，舵舵门旁公多垒。
形状庙宇石头质，五块方石砌成的。
内供土地公公像，门前石板祭品置。
逢年过节鸡肉敬，初一十五焚香纸。
祈求安康寨太平，人畜两旺增福祉。

上湘的安全防护

上湘除有 6 个寨门外，在寨门之间还筑有篱笆，种有带刺的荆棘和多瓦（栽竹钉——用南竹片削成六七寸长的三角形钉子倒插在地上，人一踩上，即跑不了）。

（一）

上湘地势平且宽，位在田坝一角边。
西靠后龙古树护，东南北侧面田园。
村南寨北门六个，虎刺篱笆相接连。
危难时刻把门闭，尚能维护寨安全。

（二）

上湘防护有寨门，虎刺篱笆围周滨。
篱笆荆棘依势种，薄处险地栽竹钉。
八寸竹钉指头大，两头削尖中台痕。
桐油烧煮硬如铁，地中埋藏露尖针。

（三）

上湘周边寨门兴，六个路口六寨门。
各门间置荆篱接，险处多瓦栽竹钉。
若是把门紧关闭，寨中静谧且安宁。
寨门篱刺加多瓦，四位一体护卫村。

上湘古过凉亭

在上湘村南面河对岸有一个凉亭，名曰“过凉亭”。双楹单檐双坡顶木结构，覆盖小青瓦，是从湖南通道播阳到广西三江林溪的必经之地。过去两地来往甚密，广西盐商挑食盐到湖南换大米，或是湖南播阳一带挑大米至林溪换食盐，都要经过这个凉亭，故名“过凉亭”，是清朝同治十年建造的。

清朝同治十年时建造的过凉亭

（一）

交祥对岸过凉亭，一檐两楹双坡顶。
六根立柱支撑力，横跨驿道东西滨。
东侧柱子田垠踏，两边横枋立柱亲。
西面古树荫凉盖，路人歇息佳景欣。

（二）

上湘南面河对岸，有过凉亭同治建。
来往行人必歇息，劳动回村也逸闲。
大雨瓢泼无所碍，阳光暴晒莫系干。
河边古树遮天日，以逸待劳心舒坦。

（三）

务滚对岸过凉亭，纵跨大路东西滨。
靖州通道入广西，来往行人路必经。
慈心人家做好事，草鞋挂柱惠行人。
凉亭东北河滨畔，流泉滴井凛冽清。
插地树杈竹筒挂，喝上一口甜透心。

上湘的凉亭

（一）

上湘凉亭形式简，四柱一檐双坡巅。
建在山坳近泉处，有盖树皮或瓦檐。
凉亭两侧枋连柱，当作坐凳供人闲。
饮水就餐观景致，消除疲劳再往前。

（二）

侗家凉亭文化卓，路人歇息弯条索[1]。
上湘凉亭有几座，屈指来算数得着。
几芒山腰几芒坳，贯门半冲寨南郊。
择址近泉立要道，多做好事义务劳。

上湘古驿道

从王寨屯到贵州黎平菖蒲村有一条古驿道，分四段：石板—花街—石

① 弯条索，侗语，喘口气或歇一会儿之意。

板—花街。即（1）从王寨屯开始铺石板路到坪地朵飞山庙门口；（2）从飞山庙门口铺卵石花街到上湘；（3）由上湘铺石板路到贯门冲口；（4）从贯门冲口铺卵石花街到贵州菖蒲，全长六七里路程。其中，由上湘到贯冲口白岩一段石板路尚保持完好，两头的卵石花街均已损毁（但仍残留一些痕迹）。

黄寨屯[1]到菖蒲村，湖南贵州驿道行。
路经上湘分三段，花街石板花街清。
飞山庙到上湘寨，铺墁花街尚留痕。
上湘抵达白岩处，青石板道尚保存。
贯门口到黔菖蒲，卵右花街最长程。

石板路

（一）

上湘寨中路弯曲，街街巷巷铺青石。
东南西北相错落，左右前后互交织。
外接码头井凉亭，内连你家和我户。
还有一条穿村过，铺到白岩接菖蒲。

（二）

上湘村中路径密，路路铺的大青石。
保持村内清洁净，防止雨天烂泥集。
村中行走踏步稳，河边洗汲御险危。
居民个个倍加爱，若有损坏自觉维。

① 黄寨屯，又叫王寨屯，侗族人称作“假屯”。

上湘石板路——古驿道

（三）

南白岩到上湘中，青石板路穿寨通。
铺路石板谁人取，上湘祖先义务工。
雇请石匠岑董凿，放木排人随运送。
顺路块块铺砌成，祖先善事值赞颂。

古水井

上湘有两口古水井，一口在后龙山脚的堂哈东北角，一口在舵进家列外延君大田北头坎下。两口井都是用大青石板围铺，呈长方形状，井上斜盖着一块大青石板。两井水质虽不十分好，但均可饮用。其中，舵进家列的那口井，位置较低，涨大水常遭淹没，已被土埋了。

（一）

上湘古井水清澈，位在村东和寨北。
东井家列①临河边，北闷卡门②学馆侧。
井侧井底青石铺，井台井上岩板遮。
两井形状均四方，常年泉涌不干涸。
能闷家列③地势低，河水上涨泥埋没。

（二）

上湘历来两古井，全村居民汲水饮。
村民对井极爱护，严禁人畜禽坏损。
古井长苔水脏秽，自觉动手除洁清。
井水常年保干净，饮之舒爽健康身。

（三）

上湘另有两口井，能闷烂友闷队滚④。
能闷队滚⑤离寨远，平时少人去汲饮。
能闷烂友⑥水甘洌，过河汲水需要等。
饮水还靠两古井，村民汲水离村近。

---

① 东井家列，系侗语，水井名。
② 北闷卡门，系侗语，水井名。
③ 能闷家列，系侗语，水井名。
④ 能闷烂友闷队滚，系侗语，水井名。
⑤ 能闷队滚，系侗语，水井名。
⑥ 能闷烂友，系侗语，水井名。

能闷烂友

能闷烂友在环铺坎下靠近河边，水质极好，甘甜凛冽，很受人欢迎。泉眼不大，冒出水量小，往往供不应求。

能闷烂友水质良，位在还铺[①]坎下方。
庞桶作井米多深，水质清澈底亮光，
村民汲饮挑木桶，竹筒打起桶里装。
自觉遵循先后到，人多汲了供不上。

上湘的水井

上湘水井有几多，总的说来仅四个。
能闷卡门[②]属老井，嵌青石板围护着。
能闷队滚少人用，离寨较远没奈何。
能闷放烂[③]水甘冽，村人汲饮需过河。
能闷家列土淹埋，已经不能汲水喝。

---

① 还铺，侗语，地名。
② 能闷卡门，侗语，水井名。
③ 能闷放烂，侗语，水井名。

古萨岁坛——殿达

萨岁是侗族的公共祖母，无所不能，时刻维护侗家的利益，受到人们的尊重，把她奉为神灵来祭拜。侗人建寨，首先要选择好建萨岁坛的位置，便于村民祭祀。村里开展什么活动，首先祭拜萨岁，祈求她的保佑，吉祥如意。上湘称萨岁叫达瓦，萨岁坛叫达殿。上湘达殿的位置在今凉庭放仁西北角不远处。

（一）

上湘祭祀萨岁坛，设在放仁[①]凉庭边。
石砌土堆高半丈，土埋铁锅三角圈。
上栽一棵常青树，插把半开纸洋伞。
萨坛神圣不可犯，初一十五祭祀仙。

（二）

上湘殿达即萨坛，里寨凉庭西北边。
花街石路直抵达，石垒土墩尚明显。
烧香焚纸祭达瓦[②]，虔心祈祷佑平安。
达瓦神威众尊敬，戏吓童孙实欠严。

---

① 放仁，系侗语地名。
② 达瓦，侗语，指公共祖母。

萨—萨岁—达瓦

“萨”是侗族的公共祖母——达瓦。在远古时期，她为了保护侗族人民的土地，带领侗族乡亲与敌人斗争了九个春秋，争夺被抢走的田地，但终因寡不敌众，战斗到最后，跳下悬崖，壮烈牺牲。她死后化作神仙，继续带领侗族乡亲与敌人战斗，终于迎来最后的胜利，夺回了土地。

（一）

萨瓦原名称婢奔，出生黎平螺蛳村。
父吴度能母仰香，丈夫石道人实诚。
婢奔聪慧人不及，率兵打仗皆取胜。
多次领导抗官兵，战斗勇猛敌战惊。

（二）

一次朝廷发大兵，攻打萨岁部落民。
双方激战多昼夜，寡不敌众屡失阵。
失败誓不当俘虏，跳下悬崖牺了牲。
死后化作女神仙，继续抗敌护卫村。

（三）

萨岁死后化为神，继续抗敌护卫村。
敌人发兵打侗寨，天昏地暗看不清。
或误歧途遇神鬼，攻打侗家战不胜。
后世侗人感其德，建坛立祠行祭敬。
重要活动大庆典，均到萨坛仪式行。

上湘古飞山庙

上湘古庙是杨公庙，又名飞山庙，是祭拜飞山公杨再思的庙宇。原来建在务滚西面的庙冲里，相当雄伟，香火也旺。杨再思是护寨神，村民们每年三月三都要到庙里杀猪祭祀一次。传说有一年在庙里杀猪，猪没有死，即往寨里跑，结果死在舵进交号旁边。人们认为飞山护寨住在庙冲太远，要进寨来住，就在舵进交号门边，另外盖了一座庙宇供奉飞山，叫飞山庙。

（一）

飞山庙原在庙冲，上湘祭祀飞山公。
三月初三行大祭，杀猪会餐祭祀隆。
有年猪猡未成仙，越坝入寨交号眠。
飞山护寨嫌寨远，庙迁交号门旁边。

（二）

飞山庙宇交号边，四面土夯墙壁坚。
青瓦覆盖双坡顶，面积仅有一楹宽。
北墙泥塑飞山像，手持矛戟威武严。
厚重香炉像前放，祭祀焚香烧冥钱。

（三）

飞山公是护寨神，湖南靖州侗家人。
十峒首领受人敬，惩恶扬善世太平。
祈求保佑寨安泰，人畜兴旺谷丰登。
五一火患殃全寨[1]，庙宇飞山天云升。

① 此句指1951年火烧全寨之事。

祭飞山公

上湘祭祀飞山公，三月初三行隆重。
届时庙前宰猪猡，煮熟猪首神前供。
点烛敬酒焚香纸，跪拜磕头又鞠躬。
念念有词行祷告，祈求保佑寨兴隆。
祭毕聚众行会餐，支出庙田提供用。

飞山公

飞山公即杨再思，唐昭宣时为诚州十峒首领，并奉为诚州刺史。推行牛耕，兴修水利，精耕细作，奖励种棉、纺织；择集镇开辟市场，繁荣经济，提高峒民生活；实行轻徭薄赋，革除苛捐杂税；明法慎刑，赏罚分明；惩恶护善，稳定社会秩序，峒民安居乐业，享受太平。后，群众把他奉为神来祭拜。

（一）

飞山公是靖州人，名杨再思属侗民。
唐末天下纷争起，藩镇割据极盛行。
杨再思和潘金盛，占据飞山十峒境。
后梁马殷湖南据，建政管辖楚王称。

（二）

马殷兴师飞山征，杀潘金盛再思惊。
遂附楚王马殷下，飞山十峒获太平。

再思率众服楚殷，被封诚州刺史臣。
扩地设立十州峒，开荒种地抚峒民。

（三）

再思率领十峒民，兴修水利重农耕。
奖励种棉纺织布，开辟集市繁荣经。
轻徭薄赋除苛税，明法慎刑赏罚分。
惩恶护善持稳定，安居乐业享太平。

（四）

思率十峒各族民，归顺朝廷建功勋。
宋王追封威远侯，英济广惠英惠称。
湘黔桂民思其德，建庙敬奉尊为神。
每年再思诞辰日，祭飞山公隆重行。

古庙遗址

务滚①西侧名庙冲，原飞山庙巍伟宏。
传说有年宰猪祭，猪未成仙奔寨中。
新庙建在交号②边，原庙圮弃成赏空③。
仅留遗址和瓦砾，几块大石无人动。

---

① 务滚，侗语地名。
② 交号，侗语地名。
③ 赏空，侗语地名，指空地或宅基地。

上湘古学堂——堂哈

在后龙山脚下舵进卡门旁边，有一栋四坡顶的木楼房子，那就是上湘的堂哈——学堂。它是清朝乾隆年间仿照县城恭城书院式样建造的。单檐两层五间五柱四进深，中楹一层北面设神龛供孔子塑像，两端及楼上为教室或其他用房。初一、十五或节庆日，村民或学子家长出于对孔子的崇敬，都要到孔子像前烧香焚纸祭拜，望子成龙，祈求保佑。民国二十四年的一天，因香炉插满香烛风吹起火，引燃神龛，把学堂付之一炬。今存学堂是 1944 年在原址按照原貌重建的。

（一）

上湘堂哈卡门边，乾隆时仿恭城建。
楼高两层五间阔，每排五柱四坡檐。
坐北朝南临古井，背依后龙面田园。
二楼周边围廊绕，环境优美清静闲。

（二）

上湘堂哈在卡门，五间五柱四进深。
后龙山下房一栋，中楹北面神龛陈。
孔子塑像龛中供，村寨百姓祭祀勤。
烧香烧纸示崇敬，香炉香烛插满盈。

（三）

上湘堂哈乾隆建，后龙山脚古井边。
建后即开办私塾，求知学子湘桂黔。
尽是侗家人子弟，传授汉族文章篇。

教书先生本地出，补拉交号[①]世代传。

（四）

私塾先生本地人，补拉交号世代承。
培养秀才无统计，道光出个拔贡生[②]。
黄金显入国子监[③]，最高学府在京城。
百里侗乡仅一个，上湘从此更蜚声。

（五）

上湘堂哈在卡门，中楹北面设龛神。
孔子先师受崇敬，早晚烧香时有人。
三五[④]年底香火旺，焚烧香柱炉满盈。
不幸风吹火焰起，引燃神龛堂哈焚。

（六）

三五年底遭不幸，堂哈全部被火焚。
私塾名声传遐迩，求知学子四方登。
无奈借用私人屋，开办私塾仍进行。
四零[⑤]保国民校办，校舍设在檐务邓[⑥]。

（七）

上湘堂哈被火焚，四四[⑦]年时重建兴。
原址原样原型造，近井近园近风林。
日寇侵华民遭罪，土匪横行世不宁。
长时无力装修葺，一直延到五零[⑧]春。

---

① 补拉交号，侗语，房族名。
② 拔贡，科举制度中贡入国子监的生员，每十二年一次，县学 1 名。由省学政从生员中考选，保送入京作为拔贡。经过朝考合格，可以充任京官、知县或教职。
③ 国子监，当时全国最高学府。
④ 三五，指 1935 年。
⑤ 四零，指 1940 年。
⑥ 檐务邓，侗语，地名，塘上房屋之意。
⑦ 四四，指 1944 年。
⑧ 五零，指 1950 年。

1944 年，按清乾隆时原址原貌重建的上湘堂哈

上湘学校

上湘学校始建于 1940 年春，叫保国民学校，首任校长兼教员是黄保宇先生。当时没有校舍，还把他自家檐务邓的房子用作校舍（楼上用作教室，楼下住人）。

（一）

通道播阳上湘村，学校创建四零春。
取名保国民学校，教室设在檐务邓。
一任教员黄保宇，二届继权续进文。
保长爱勋曾代课，爱明任教在五零。

（二）

学校校舍檐务邓，坐北朝南宽三楹。
楼上教室课堂当，底下房子用芝[1]寝。
西南两边近菜地，北东二面临塘滨。
东头空地操场用，全校学生卅余人。

（三）

新学校舍四四起，位在学馆原校址。
面阔五楹鳞瓦盖，楼高双层四倒水。
背靠后龙风水林，前临田塘和菜地。
空空荡荡无隔壁，楼上楼下风吹袭。

（四）

新学校舍四四起，建在学堂原地基。
一檐双层五楹面，尚未装修无墙壁。
保慧五零任教员，教室两间隔树皮。
黑板树立靠西墙，桌凳使用旧家具。

① 用芝，人名。

上湘门槛标志

从外面进入上湘的路口，每个路口都设有一个门槛（即用一青石条横埋在路上地里，高出地面约两寸），标志着跨过这个门槛，即进到了上湘。这几个门槛，一个在长冲口南牙桥上边一点斜坡下（进入保山寨）处；一个在对岑几芒（又叫鞍马脚）处；一个在环星夏（后龙山下腰坡）原立护林碑附近的卵石花街路面上（如花路面未毁，此槛可能还在）；一个在贯冲口白岩往里一点的石板桥头处。

（一）

进出上湘驿道端，设有门槛标志显。
水口南边环星夏①，白岩石西贯冲边。
长冲口南牙桥侧②，院烂务南鞍马山③。
四个门槛坡脚设，进出上湘必跨线。

（二）

上湘古人设门槛，传说维护寨吉安。
一块石条横路面，与路齐宽土埋掩。
突出路面一两寸，入村出寨分水岭。
何时何代始设立，口传碑文均无记。

① 环星夏，侗语，指地名。
② 牙桥，侗语，指地名。
③ 院烂务，侗语，指地名。

上湘桅杆标志

上湘村前田坝里竖有一根桅子，高有数丈，桅顶挂一盏油灯（用绳子拉上）。桅子底下竖放着两块青石维护。桅子顶上的灯在晚上从很远处即可看见。这根桅子是清朝道光年间，补拉交号黄金显中拔贡生后，交号房族人为了张扬他而竖立的，示意上湘已出了名人。从此，桅子周围的田町，也叫“队桅子田”（桅子脚田）。

上湘村前田坝间，笔立桅杆直指天。
两块石板桅下立，维护立杆保安全。
道光金显中拔贡，名声大振乡梓传。
房族因之得荣誉，众议立杆作记签。
杆顶悬挂油灯亮，示意寨中有名贤。

上湘古坟墓

上湘的祖坟墓有坪地朵、岑墓楼、麻雀脚、岑墓列、岑几浪、岑几仁等。祖坟墓葬也基本上按照补拉（房族）来分。补拉放仁祖坟有坪地朵、墓楼、麻雀脚、岑墓列；补拉和盖（交号）和补拉忍廊稿与补拉放仁基本相同；补拉放帮祖坟在岑几浪。岑几仁是乱坟墓，属于公用，不算祖坟，非正常死亡者（包括枪死、刀死、蛇咬、难产、摔死、麻风病死或夭折等），即安葬在几仁坡。

上湘墓地房族分，每个房族有祖坟。
卡门放仁忍廊稿，和盖交号共祖根。
坪地朵和麻雀脚[1]，墓楼墓列作祖陵[2]。
补拉放帮后迁住[3]，几浪尖作祖坟茔。
还有几仁[4]乱坟墓，埋葬夭折奇死人。

上湘古公塘——邓瓦

上湘有一口古公塘坐落在寨子的中央，凉庭西侧，常年蓄水，以备消防。据说，上湘历史上曾遭过一次火患，这口公塘就是火源住户的房基。灾后将房基充公，辟为水塘，使村民天天见到它，吸取教训，牢记在心，做好防火。故此后数百年间，上湘再也没有遭受到火患。

（一）

上湘公塘寨中央，常年蓄水备消防。
东面凉庭穿村路，西边进银汉举房。
北头檐邦[5]房保正，南端石路和赏浪[6]。
塘上盖有一所瓦[7]，坐西朝东存公粮。

---

① 坪地朵，侗语，房族名称。
② 墓楼墓列，侗语，房族名称。
③ 补拉放帮，侗语，房族名称。
④ 几仁，侗语，墓地名。
⑤ 檐邦，侗语，外屋之意。
⑥ 赏浪，侗语，空地之意。
⑦ 所瓦，侗语，指公共仓库。

（二）

凉庭西边一口塘，终年蓄水碧映光。
相传上湘遭火患，火源住户屋基场。
惩罚肇事警后人，房基充公掘池漾。
村民天天塘边过，时刻记住把火防。

（三）

上湘村中一口塘，开渠漾水备消防。
南北长来东西阔，盘踞地面形长方。
西南进水穿塘过，西北流出向西淌。
塘上所瓦公粮放，讨嫌鼠辈难进仓。

上湘公共仓库——所瓦

在公塘上盖一所房子，六柱三楹，一檐双坡顶，上盖小青瓦，六个柱子底下分别垫有高出水面的石墩。房子分做三格，各格东面开门，锁门密封，用以储存寨中公粮。

（一）

上湘寨内一口塘，凉庭西侧形长方。
塘上盖着一檐屋，坐西朝东顶坡双。
塘中垫着六石墩，高出水面若干长。
支撑塘房双三柱，防止柱脚被水伤。

（二）

公塘上面建粮仓，坐西朝东顶坡双。
鳞瓦覆盖三楹阔，储存寨内公家粮。

塘中碧水常年漾，预防鼠辈进入仓。
仓库名称叫所瓦，管所人员众议商。

上湘的鱼塘——邓罢

上湘的鱼塘主要分布在寨子溪沟两边，大大小小有十来口，都有主人，养的主要是鲤鱼、草鱼和鲫鱼、鲢鱼，有的也养鲶鱼，或者存放次年稻田的鱼苗过冬。

（一）

上湘鱼塘碧亮光，位在穿村溪两旁：
交号溪南塘一口[①]，溪北汉君与汉康[②]；
放仁溪南邓罢两[③]，汉安爱明各一塘[④]；
四口鱼塘水光碧，放仁交号溪中央。

（二）

放仁溪北邓延君，两口鱼塘上下邻。
草鱼鲤鱼塘中放，个大个小看得清。
卡门南面鱼塘两[⑤]，水深泥厚鳝鳅昆。
堂哈前边塘两口[⑥]，喂养草鲤波浪兴。

---

① 交号，侗语，房族名，亦作地名。
② 汉君、汉康，人名，即黄汉君和黄汉康。
③ 放仁，侗语，房族名，亦作地名。邓，侗语，池塘。
④ 汉安、爱明，人名。
⑤ 卡门，侗语，房族名，也作地名。
⑥ 堂哈，侗语，学堂、学校。

（三）

勒命南边邓汉康[1]，南北宽窄东西长。
溪水注入常年活，草鲤成群结队帮。
舵进干边塘邓玛[2]，公塘溪水穿过堂。
流入邓瓦[3]往西去，接交号溪东侧旁。

（四）

上湘水塘鱼塘兼，北门进寨路两边。
大小鱼塘十几口，养有草鱼鲤鲫鲢。
个大体肥斤两重，成群结队浪花掀。
塘侧沿边厕所架，池中鱼食自然源。

（五）

上湘鱼塘水碧涟，养鱼种植两可兼。
种植红芋一片片，蓄养浮萍一团团。
浮萍能作牲饲料，饲养肥猪可变钱。
池塘岸上种蔬菜，优化环境享美餐。

上湘寨内三条活水渠——命

当时上湘寨内有三条活水渠：第一条是引来灌溉院莽棍水渠的水，经过塘邓玛注入公塘，再经过空忍汇入命交号；第二条是从院莽棍水田里漾出来的水，直接注入命交号；第三条是从交业岑——马台山泻下来的水，直流入命放仁。这三条水渠分别叫“命邓瓦”“命交号”“命放仁”。三条水渠汇合后经过舵进放仁往命勒（又称勒命）向东流去，汇入

① 勒命，侗语，溪名，亦作地名。
② 塘邓玛，侗语，池塘名，指大池塘。
③ 邓瓦，侗语，公共池塘之意。

上湘河。

上湘寨内三溪名，东命公塘西放仁①。
中间名叫命交号②，三溪汇合命勒③行。
东中水源院莽棍④，西命源头交业岑⑤。
汇后逶迤北流去，注上湘河泾渭分⑥。

横仓——所勿

坐东朝西，背对舵进家列，在今东西石板路里侧，三柱九排，共八楹间。底层为牲禽圈，从南头上楼，楼上西边呈一长廊（通行），东面分八格，做仓库，存放稻草、牲禽饲料等杂物。横仓是财主黄延君所盖，除自己使用外，其余的分给种他田的佃户用。

（一）
青石板路南北延，坐东朝西横仓拦。
鳞瓦覆盖双坡顶，三柱一排单房檐。
楼高两层分上下，二层仓库底牲圈。
上存粮草畜饲料，下把牛猪鹅鸭关。
（二）
青石板路南北延，有横仓拦路里边。
八间两楹单檐屋，墙壁严实牢固坚。

① 放仁，系侗语地名。
② 命交号，系侗语地名。
③ 命勒，系侗语地名。
④ 院莽棍，系侗语地名。
⑤ 交业岑，系侗语地名。
⑥ 水从村里流出，因有牲禽滋扰，水质较浑浊。

财主延君存粮库，佃户长工牲畜圈。
舵进家列把村进，横仓最先入眼帘。

上湘李家屋和李家菜园

在舵进家列进来往北的东西石板路北一带（含今新鼓楼），靠近石板路北有一栋房子（一檐三层三楹四进瓦屋）叫“李家屋”，房子左侧后的菜园叫“李家菜园”。李家是外来户，侗家叫他“假李尬”，是靠买上湘田产发起来的一富户，据说因子孙不争气，好嫖、烟、赌，把家产卖光，终成叫花子，无人理睬而衰败。

传说上湘李家檐①，家住石板路北边。
原是上湘一富户，儿孙不肖公子官。
好吃懒做外来客，赌博烟淫昼夜连。
卖田典地家业尽，终成告化无人怜。
李家败尽人不在，李家屋园名字传。

上湘的空地——赏空

当时上湘还有几块空地，没有起房子，叫做“赏空”。有名字的一叫“赏更”、一叫“赏马”、一叫“赏凉庭”。此外还有“赏放仁”，“赏和盖”和“赏交号”等，是根据这块空地在那个房族的范围内而叫的名称。

① 檐，侗语，屋或房子之意。

赏更——打铁场地

垛进家列[1]进入村，西拐路南名赏更。
东边菜园西北路，启明启德住南滨。
铁匠进寨打农具，多在赏更来进行。
赏更名称因此叫，后赏他用名仍存。

赏马——拴马场

上湘寨内空地宽，赏马位在横仓南。
东南两面石板路，西边一侧房阿三。
来往骑马进村寨，牵住马匹场地拴。
赏马因此而得名，后场不存名称传。

上湘的集市遗址

坪　场

坪烂友曾是上湘的集贸市场。这里，曾赶过集，做过买卖生意，搭台演过戏，摆擂台对过歌，留下来的客人在寨里进行过行歌坐夜……真可谓盛极一时，热闹非凡。可惜后来这里仅存遗址。

① 垛进家列，侗语，寨门名。

上湘对岸沙草坪，面积开阔古树荫。
双边临水一坪坝，地势近似三角形。
风景秀丽空气好，远近客人具赞称。
开办集市最适宜，吸引各方商贾宾。

集　市

（一）

上湘对岸沙坪广，开办集市聚客商。
周边各方生意客，摆摊设点买卖忙。
有卖油盐酱茶醋，有售鞋帽布衣裳。
琳琅货物溢集市，人头潮涌闹熙攘。

（二）

闲时集市又一情，走亲访友应时行。
上湘寨内客满座，时有唱戏赛芦笙。
戏台搭在坪场侧，锣鼓声声腔调明。
男女青年行坐夜，情歌对唱友情增。

搭台演戏

大概在 20 世纪 20 年代末和 30 年代初，上湘在赶场期间，常有来自湘、黔、桂的戏班子唱戏。因没有固定戏台，就在坪场西北搭起了一个固定的戏台唱戏。

（一）

上湘戏台坪场兴，四排立柱三格楹。

坐北朝南面开阔，上盖树皮双坡顶。
底层后楹楼梯架，二层前台后室分。
前台唱戏众人看，后室演员化妆身。

（二）

上湘戏台在坪场，楼高两层面向阳。
木质架构装饰全，节日集天演唱忙。
戏班来自湘黔桂，上演侗戏或京腔。
太平集日不间断，远近宾客聚上湘。

喊加官

戏台唱戏已经完，演员出面喊加官。
根据请帖逐个叫，某某加官福无边。
榜上有名深荣耀，红纸包钱投得欢。
送钱多少皆自便，表示感谢演出班。

上湘的环铺

随着上湘在坪烂友开办集市，村中有几户人家即到环烂友路两侧盖起房屋，开客栈留宿客人。这些房子叫檐铺，环铺之名由此而来。

上湘集市贸易兴，聚集各方商客人。
寨内几家生意户，驿道两侧建房庭。
家远路遥商贸客，早来晚归有处停。

留宿客房叫檐辅[①]，环铺[②]之名由此称。

金雀甲

（一）

想样开办集市场，引来各方生意商。
肩挑背背牲口驮，有货换货手脚忙。
以物易钱算好价，各自满意惠双方。
仗势状告县衙府，好处被抢肥上湘。

（二）

可敬上湘诚实民，被人状告县衙门。
深知县衙为谁开，胳膊大腿怎相拧。
只好放弃办集市，老老实实事农耕。
日寇侵华也告急，团结抗战居头等。

控忍的红军标语

控忍，侗语，阴背胡同意，即比较隐蔽的一条胡同，在补拉和盖的范围内，平时少有人到。在黄延君和黄汉安的外屋墙壁上，用墨汁写有两条标语："打倒国民党反动派！中国共产万岁！"从右至左横排，一家墙上一条。但都经过用石灰涂盖过。外层石灰脱落，两条标语明显显露出来。

① 檐铺，侗语，店铺房子之意。
② 环铺，侗语，一溜店铺房子之意，指在驿道两边用于开店铺做生意的房子。

补拉和盖控忍邃，红军标语书墙壁。
墨汁写的字遒劲，从右到左横排序。
内容打倒国民党，红军共产党万岁。
后来有人将其盖，白灰涂抹行掩蔽。
年久风蚀灰脱落，标语露出清明晰。

上湘的不幸

1951 年 9 月 1 日，阴险的地主分子黄汉安为了进行阶级报复，放了一把火，烧毁了上湘全寨，上湘村民深受其害。这把大火也使上湘的文化古迹受到了毁灭性的破坏。

（一）

九月一日惊鼓鸣，古寨上湘遭不幸。
地主汉安行报复，故意放火把寨焚。
放仁卡门几户外，全村民居皆烧尽。
男悲女泣凄惨状，亲眼目睹实难忍。

（二）

播阳上湘古寨村，通道侗域名蜚声。
祖祖辈辈苦经营，参参差差古建群。
石碑石狮多舵进，民宅民居一凉庭。
古仓古庙付一炬，俱成粉尘实痛心。

三、上湘的居民

上湘的祖公

上湘的祖公，为逃避宋兵追杀，躲避战乱，一路千辛万苦，翻山越岭，艰难跋涉，来到三脚，停下步来。经过辛勤劳动，建村立寨，好不辛苦!

（一）

想样始祖原江西，泰和俄岗大丘地。
传说宋王伐苗夷，祖公被困外突围。
自江下塘三公出，逃生路上人稠密。
宋王追杀时发现，有一女人显异奇。
背上背着大儿子，身边拉的小弟弟。

（二）

宋王不明前问女，“为何背大拉小的?”
妇人回答王不知：“大的前娘养，
小的是我生，遇到逃生危难时，
若是背小拉大的，定会被人看不起。”

（三）

宋王见妇心善美，把面王旗插田里。
拉着妇人旗边站，告知不要再逃离。
宋兵纷纷旗边过，谁也不敢伤该女。
逃亡百姓见此景，匆匆过来田中聚。

（四）

大田聚满几多姓，王军过后湖南奔。
一路来到靖州府，飞山脚下人满盈。
惧怕王军又追杀，各姓分路再逃行。
黄姓三公沿河上，来到三脚地域停。

（五）

三公来到三脚停，十月十一铭记清。
汉臣汉贯和汉川，黄姓三公商议定：
想样大寨和黄旧，三公各自择一村。
汉臣择居住想样，建寨立村谋生存。

开田辟地

三公各自建寨村，三脚黄寨名叫称。
开荒辟地种庄稼，堵沟砌坝置田町。
延谷一块块开发，顺地一片片耕耘。
直到解放上湘村，人均四亩田地耕。
经过多少年和岁，开辟田坝如今型。

开辟山林

上湘祖先建寨村，开发山林果殷勤。
杉树松树茶油树，竹林桐林经济林。
盖房农具杉松用，食油照明茶桐承。

家家户户山林辟，偶有出售换成银。
蓄育风林护村寨，如今古树满山岑。

三脚黄寨公共祖坟

黄姓三公黄汉臣、黄汉川和黄汉贯从江西逃到三脚黄寨建村，逝后均葬在坪地朵。明朝时，三脚黄寨后辈子孙在坪地朵为三公分别立了墓碑（今仍在）。如黄汉川的墓碑文为：“皇明侍赠始祖黄汉川之墓　　三脚仝立”。

（一）

黄寨始祖原江西，躲避战乱跋涉趋。
汉臣汉川和汉贯，上湘大寨黄旧居。
逝后均葬坪地朵，明代黄姓同立碑。
坟墓石碑今仍在，落款三脚清明晰。

（二）

三脚黄寨黄姓人，纪念始祖上祖坟，
每年十月十一日，上坪地朵祭祖亲。
两年一次行大祭，举行歌会赛芦笙。
附近村寨来勿耶，黄姓村寨客满庭。

坪地朵黄汉川墓碑

碑文：皇明侍赠始祖黄汉川之墓
三脚仝立[1]

① 原碑文的字是竖写的。

黄寨坪地朵

坪地朵位于三脚黄寨的中心。三脚祖先们商议，决定用它来作为三脚黄寨各村聚会议事，开展娱乐活动和纪念祖先的地方，不得据为私有，或随意种植。

（一）

三脚黄寨祖公们，各自建立起寨村。
十月十一进村日，纪念祖先需举行。
商定黄寨坪地朵，立祖公坟纪念坪。
每年十月十一日，齐上地朵祭祖亲。

（二）

三脚黄寨坪地朵，黄姓祖先早有约。
定作各村公用地，纪念祖公议事作。
豆粟薯黍皆禁种，起屋盖房更不可。
十月十一祭祖节，上坪地朵同娱乐。
唱歌跳舞赛芦笙，青年男女行对歌。

黄寨坪地拥

坪地拥是一块冲积沙质地，面积宽阔，光照充足，最适宜种植棉花。纺纱织布是侗家妇女不可缺少的活路，故三脚黄寨祖公们商议，决定用它作为各寨妇女种植棉花的地方。为避免混乱，明确规定同日种植，同日耕耘，同日收摘，同日收完。为能按时完成任务，故在坪地拥种植棉花，各寨不约而同，全家出动，气氛浓烈，秩序井然。

（一）

三脚黄寨坪地拥，冲积沙坪土质松。
祖公议定植棉地，黄寨妇女纺织供。
春夏种耨同天做，入秋采摘齐日工。
世世代代往下传，无字款约诚信用。

（二）

地拥黄寨种棉地，同播同收有定期。
谁种谁收定期毕，九月初九始乱队[1]。
乱队之日及早起，背篓争先赴棉地。
见花就摘桃就揪，摘得棉花归自己。

黄寨屯（王寨屯）——假屯

明朝洪武年间，为了加强对侗族地区的镇控，推行屯田、屯军、屯民制度，在侗族地区建立军屯、民屯等组织。黄寨屯，侗人称假屯，就是这个时期建立的军屯。

封建王朝明代起，卫所屯堡政策行。
三脚设立黄寨屯，驻扎王朝官府兵。
拨兵下屯民下寨，控镇侗民反朝廷。
后兵撤走民留下，绝大多数王姓人。

① 乱队，侗语，即可随意在坪地拥采摘棉花及其他农作物，不分你我，谁摘谁得。

王寨屯名因此得，侗人称它作假屯。

上湘的家庭

上湘的家庭维持一夫一妻制，以男性为主体，男主外，女主内，分工明确。妇女在家中的地位，较低于男性。

（一）

上湘家庭一夫妻，有儿有女为最美。
三代同堂较普遍，男人主外妻主内。
耕田重活男的干，纺织家务女人为。
一家之主男担负，女的在家地位低。

（二）

上湘家庭一夫妻，两儿以上需分居。
兄弟分居依俗定，留出父母养生地。
除此以外家财产，弟兄人数平分配。
儿子分家完毕后，父母生活随小的。

（三）

上湘家庭一夫妻，家庭事情父母持。
早失父母的兄弟，改由大哥主家事。
小弟依附长兄住，能独立时可分居。
财产兄弟平均分，一般不留长兄地。

（四）

无儿无女的夫妻，按照习俗可接嗣。
接嗣需由近到远，胞兄胞弟房族的。
本家本姓若没有，最后才找外姓替。

异姓嗣子改从父，改姓才有权继袭。

（五）

上湘家庭一夫妻，有女无儿家庭里。

按俗可招婿入赘，入赘之男配一女。

异姓入赘需从父，改成父姓才承袭。

还需房族的认同，才成族内一分子。

男女分工

在上湘的家庭中，男女分工相当明确。对外联系，犁田耙地、上山砍柴等重活，由男子干。抚育婴儿、纺织、种菜、喂养猪禽等，由妇女承担。

（一）

播阳通道上湘村，男女分工分外明。

犁田耙地重活路，均由男的来担承。

种菜种棉栽蓝靛，女的负责不推停。

一般分工虽明确，农忙时节齐上阵。

（二）

上湘男女分工明，男耕女织任务清。

砍柴伐木喂耕牛，男的担当为己任。

纺纱织布养禽豕，女的负责自觉承。

家庭房族村寨事，男人不在女代行。

（三）

通道播阳上湘村，男耕女织分工明。

男女青年成夫妇，生儿育女多事情。

抚婴育儿日餐事，妻子主内家务承。

砍抬挑扛力气活，丈夫主外事农耕。

上湘妇女

（一）

上湘妇女聪慧灵，擅长纺纱织布巾。
人人会做针线活，个个手巧技艺精。
出嫁之前嫁妆备，纫背儿带背孩婴。
缝衣刺绣织侗锦，小儿衣服鞋帽裙。

（二）

上湘妇女半边天，各把家务担在肩。
舂米做饭无晴雨，纺纱织布没暑寒。
柴米油盐天天想，家人冷暖时时惦。
喂养禽畜找饲料，春夏秋冬忙菜园。

上湘姓氏

中华人民共和国成立前夕，上湘村住家六十余户，除袁姓、李姓两户外，全部是黄姓。

通道播阳上湘村，住有黄袁李三姓。
全寨住家六十许，计有人口三百剩。
黄姓占据绝对多，余下袁李两户人。
袁氏全家人十口，李家一户才四丁。

上湘村民

上湘住户六秩余，人丁三百银金[1]是。
祖祖辈辈事农耕，家家户户种田地。
有田不种仅几家，农外职业近乎没。
村里男女老和少，勤劳诚实人聪慧。

上湘的房族——补拉

上湘始祖从江西来到上湘立寨后，不知道经历多少代人发展至今，才有了四个补拉，即补拉放仁、补拉和盖（交号）、补拉忍廊稿和补拉放帮。四个房族共六十多家近四百人。

（一）

上湘鼻祖江西人，躲避战乱作远行。
十月十一到上湘，良辰吉日建家庭。
人丁兴旺分房族，至今四大房族称：
放仁卡门忍廊稿，和盖交号放帮名。
交号和盖大房族，放帮后来户组成。

① 银金，侗语，即侗族人。

（二）

一个补拉共祖先，婚丧喜事互支援。
清明扫墓祖宗祭，起房立柱义工捐。
外来上湘新住户，人单力薄办事难。
自愿加入某补拉，表示遵守族规款。
补拉聚会议通过，方为房族一成员。

（三）

一个补拉共祖公，逢年过节乐融融。
房族各家和睦处，敬老爱幼相尊崇。
亲戚来访善款待，轮流设宴或合拢。
红白喜事和意外，全房族人来帮工。

（四）

同一房族家人亲，互相帮助重感情。
有人无理被侮欺，族内派人明道理。
补拉利益被侵害，大家团结同护爱。
房族之间生纠纷，开会讨论互让忍。

（五）

上湘寨内房族间，每个房族有公产。
生产收入房族用，清明扫墓聚会餐。
公山众地共财物，房族成员同维捍。
发生矛盾不能解，补拉出面来规圆。
有事意见生分歧，房族决定不能翻。

上湘族规

上湘的房族有族规，但无文字记载或碑文，只凭口头代代传承，内容大致如下。

（一）

上湘房族有族规，言传身教无文碑。
补拉活动长辈教，谆谆教诲晚辈知。

（二）

尊重长者听教诲，爱护亲人敬长辈。
和睦相处讲礼让，助人为乐勤公益。
道德风尚需操守，村寨约规要铭记。
忠实本分爱村寨，热情好客勇斗敌。

（三）

上湘房族族规定，如下行为必罚惩：
破坏龙脉掘坟墓，挖墙拱壁盗粮银；
杀人放火行抢劫，图财害命绑他人；
嫖赌乱伦坏习俗，偷牛盗马窃鱼禽。

（四）

上湘族规规定清，违反规约要严惩。
敲诈勒索里扒外，恃强凌弱富欺贫。
打骂伤人无理闹，乱砍滥伐毁山林。
破坏道路毁生产，损坏公物危害村。

（五）

过去上湘房族兴，违犯族规行罚惩。
敲锣喊寨认错误，杀猪请吃担罪行。
放炮送酒示道歉，进家坐吃息愤心。
抄家敛物捣房屋，驱逐出族迁外村。
活埋沉潭乱棍死，可谓残酷最严刑。

家庭活动

日常生活家为本，户为单位活动频。
一夫一妻家庭制，生产生活日不停。
男持重活主要事，女负轻微杂务承。
款宾待客经常有，助邻帮友不吝勤。

补拉（房族）的活动

属于房族的事情，补拉房族内进行：
每逢年节喜庆日，补拉各户互宴请；
亲戚朋友来走访，补拉招待宴客宾；
红白喜事的举办，补拉房族人帮勤；
清明上山扫坟墓，补拉一同祭祖亲；
房族利益受危害，补拉出面来调停。

全寨的活动

属于上湘村事情，全村寨人来讨论：
公田公地的耕种，全村协商决定从；
公共山林栽管育，全村各户出工力；

公共水渠道路毁，全村共同来修维；
公共凉庭福桥建，全村出力物资捐。
村内公共建筑物，全村居民齐卫护；
寨内驱魔与斋戒，全村老少介入来；
耶客进寨村客人，全村款待不可轻；
涉及全寨的纠纷，全村聚会公理评；
寨中事情已决定，全村村民严执行。

上湘与侗族的款

侗族社会款组织是侗家凝聚力的一条纽带，它的基础是人，然后是家庭，再就是补拉，至一村一寨，至片村片寨（就近几个村寨），乃至更大的片村片寨直至整个侗族地区。作为款组织，活动最多的是家庭，其次是补拉，再次是一村一寨。片村片寨直至整个侗族地区，各级款组织的活动时间，有的有所规定，一般没有事情，是很难实践的。各级款组织均有款首，都是推举德高望重、办事公道的人担任。

（一）

侗族社会款组成，用以凝聚侗家心。
家庭补拉成村寨，若干村寨一款坪。
上坪宣誓示团结，制定款约同执行。
勿耶集会开场式，头人讲款祀仙神。
起款出征抗匪敌，款坪盟誓斗志增。

（二）

侗族社会款组成，小款中款大款分。

黄寨诸村一小款，以坪地朵作款坪。
中款大片侗寨村，三脚六团全包进。
大款更大片村寨，独坡往下老湾滨。

（三）

上湘款坪坪地朵，黄寨祖公早有约。
无字口碑规定示，不许种植庄稼禾。
三脚黄寨用集会，纪念祖公同娱乐。
黄寨要事作商讨，到坪地朵来集合。

（四）

侗族社会款组织，款书上面有所记。
播阳款区含上湘，木缆屯设款坪地。
村头黄寨脚下甲，属一中款清明晰。
中款组织的活动，口传碑坟无记叙。

小款的活动

（一）

上湘大寨黄旧村，三脚黄寨小款成。
有事涉及各村寨，上坪地朵协商定。
修建水渠和道路，分配任务各自承。
地拥黄寨种棉地，管理措施同议明。

（二）

三脚黄寨一款坪，用坪地朵议事情。
坪地朵属黄寨用，同定规约共执行。
款内一村遭火匪，各村奋力齐救应。

十月十一祭祖节，上坪地朵[1]祭祖亲。
上湘属款活动情，家庭房族村寨频。

上湘黄姓字派

上湘黄姓，记有自己的字派，而且与国内很多地方的黄姓字派相近，有的除有少数字有出入外，大致相同，有的甚至完全相同。但从上湘黄姓居民看，取名字真正上字派的辈数和人数并不多，甚至没有，相当混乱。

上湘黄姓字派列：
“昌传汉保进，俊秀仁恭定；
宾良君崇透，万元再通光。”
上湘黄字派，廿代完一轮。
昌字算最大，光为小辈孙。
纵横观全寨，不严照取名。

据传，三脚黄寨黄姓字派与靖州黄姓字派相同或相似，过去曾有人到那里寻根问祖。故特把《湖南靖州渠阳黄姓字派语》及靖州《渠阳黄姓始祖——黄龟年》的情况附后。

附（1）：湖南靖州渠阳黄氏字派语

俊秀仁公定，真良均同透，

① 上坪地朵，同做芦笙一样，三脚黄寨每两年上一次。

万元再通光，昌传汉保进。

（2）靖州渠阳黄氏，后又续百字派语：

大费生民始，渊源少昊长。
名官怀德远，佑后作虞良。
受命垂型日，乘家食采方。
发祥同子姒，肇锡类姬姜。
善御功钦衍，分封域共江。
会齐交自正，在楚祚弥昌。
国仰春申义，篇成博士章。
中山闻诏语，东观启书藏。
两代通侯贵，千秋且叶光。
合宗文节续，先业炳淮阳。

附（2）：渠阳黄姓始祖——黄龟年

黄龟年是渠阳黄氏的始祖。他力弹奸臣秦桧，以驸马身份兼中书舍人，给事中。

渠阳古代为湘西南的一个山寨，后建制为州县，今为湖南省靖州苗族，侗族自治县。渠阳黄氏兴起于南宋初年，奉南宋初著名忠臣黄龟年为始祖，后裔极为繁昌，至今人数达十数万。

据《渠阳黄氏世谱》记载，渠阳黄氏是金华五大族之一的丰城沆江黄氏的一个重要分支。其始祖黄龟年，为黄瑕的后裔，出自丰城黄氏第五代黄德阳。

谱称，黄德阳是江夏黄香的第三十一代，丰城沆江黄氏的第五代，原籍丰城沆江，后徙居江西吉安府吉水县鹅劲大丘圳脚，成为吉水黄氏的一派始祖。黄德阳娶妻范氏，封贤德夫人，生四子：黄映壁、黄咏壁、黄辕壁、黄棣壁。其中，长子黄映壁，字进科，北宋末年官任朝议大夫、左副都御史，因调任南京，遂卜居南京十字街洗马巷，或说居福建永福。黄映铁娶妻谢氏，生三子：长子黄俊朝，字廷植，官任浙江提刑按察司，其二子秀文、秀武后裔南迁黔阳等地；三子黄俊生，其四子黄良山、良和、良社、良穆分支湘江、沅江，并门板桥等地；而黄映铁的次子黄俊国，便是著名的忠臣黄龟年，为渠阳黄氏始祖。

黄龟年，谱名黄俊国，字德邵（或作德绍），号鲁颈，是江夏黄香的第三十三代，丰城黄氏的第七代裔孙，传见《宋史》卷三百八十一及族谱。史载黄龟年为福州永福县（今福建永泰县）人，生于北宋元祐三年（1088 年），自幼聪颖过人，好读书，被永福县簿李朝旌赏识，将女儿许配给他。年十九岁，中崇宁五年（1106 年）进士。初任州司洺州司理参军，后官河北西路提举。任职期间，以忠直谨慎著闻，宰相吕颐浩荐，升为太常博士，不久被招为驸马（按正史无记载，此为家谱补正史记之一例），娶宋哲宗之女为妻。与当今皇上的联姻，给黄氏家族带来莫大的荣显。靖康元年（1126 年），黄龟年官升吏部员外郎，后又任监察御史、尚书左司员外郎及中书门下析正官。绍兴二年（1132 年），再升为殿中侍御史。黄龟年生于乱世，当他任要职之时，正是南北宋交替之世。当国难家仇（黄龟年既为驸马，则是皇亲国戚）之际，黄龟年本忠君爱国之心，力劾南宋初年的大奸臣、民族败类宰相秦桧，致使秦桧落职，他因此又升任太常少卿、起居舍人、中书舍人兼给事中。当此之时，黄龟年以驸马身份高居要职，权倾一世，显赫天下。但十余年后，秦桧欲报私仇，竟指使他人反诬告黄龟年“阴结大臣，致身要地”，图谋不轨，腐朽的南宋皇室竟听信谗言，将黄龟年贬职，令他回乡居住。史书记载，黄龟年回永福后不久，便又被贬至鄞县（今浙江宁波市），65 岁时在此去世。黄龟年的儿子黄了衡，便在宁波落籍，后裔世居于此，遂形成后世鄞县黄氏的一支。

又据渠阳黄氏世谱，黄龟年其实并未死在宁波，鄞县黄氏也仅为黄龟年长子黄子衡一支后裔，正史记载有误。真实的情况是，黄龟年贬居鄞县居住，后又因吕颐浩的竭力援引，被诏重新入朝启用，官任吏部尚书，后改兵部尚书。但不久，腐朽的宋皇室又重新任用奸臣秦桧为相。秦桧复出，又力诛异己、残害忠良，多次进谗，要宋高宗杀黄龟年，后因公主多番说服赵构而没能得逞。时正值辰州苗王吴太玉起义，秦桧便奏请派黄龟年南征平乱，好排除他的影响。宋高宗不察秦桧的阴谋，便诏遣黄龟年南征。于是，在绍兴八年（1138年），黄龟年统率明星、潘有月、姚北大、蒙万户四将率师出征，由辰州进兵至古州（今贵州榕江县）八湾，一举平复苗蛮的反抗。随后，他应部属之请，率兵回驻渠阳（今湖南靖州渠阳镇）。后来，黄龟年因喜爱渠阳的山清水秀，又因仇人奸臣秦桧在朝，所以无意回京。宋高宗见黄龟年拒诏不归，于是在绍兴十四年（1144年），派遣谭鳌至渠阳，宣布诏封黄龟年为"兴国侯"的圣旨，改命他留居渠阳，镇守边疆。从此，黄龟年便在渠阳落籍，卜居渠阳龙宝乡上黄寨。该地原名领金山，上黄寨即因黄龟年居此而得名。黄龟年又劝前来宣诏的谭鳌也留居不归，谭怕获罪，便变姓名，去言为"覃"，与黄龟年同隐于渠阳，后世为纪念他俩，便以二人之姓命名当地，这就是今靖州县"黄覃团"的由来。黄龟年隐居渠阳，直至宋孝宗淳熙三年（1176年）去世，葬在靖州贯头乐山坡（今靖州县甘棠镇平原村）。传说当时黄龟年去世后，宋孝宗曾下令将他的遗骸水运回京国葬。一日，运柩船停泊会同县高涌，夜间忽然狂风大作，浪高水涌。待到天明，风平浪静，而船却复泊于原地。如此的现象，屡次发生。黄氏族人认为是神灵要求，便将黄龟年归葬靖州甘棠镇，而会同县的"高涌"，即因此得名。黄龟年的墓庐，经黄氏族人的历代修整，至今仍在，1985年，由黄龟年的后代集资捐款，再次将黄龟年墓依原有规模修复，1987年，靖州县人民政府将黄龟年墓宣布为县级重点文物保护单位。

黄龟年去世后，他的子孙大都留居渠阳，守祀始祖墓庐，后代繁衍，形成渠阳黄氏宗族。黄龟年的子孙后裔——渠阳黄氏有一个显著的特点，即虽无大显大贵，但人丁却极为蕃昌兴旺。据黄氏族谱记载，黄龟年原配同理（福建永福）人李朝旌之女，生一子，黄子衡，官至湖南提举；后娶宋哲宗之女，诰封一品夫人，生三子：黄秀龙、黄秀凤、黄秀虎。当黄龟年南征渠阳时，大概李氏已逝，而赵夫人又未随行；于是黄龟年在渠阳又娶妻吴氏。吴氏本是当地苗蛮首领“吴王”吴太玉的女儿，黄龟年将吴太玉杀掉后，再娶吴氏为妻，也颇有安抚当地少数民族之意。吴氏共为黄龟年生了六个儿子：黄秀安、黄秀边、黄秀千、黄秀秋、黄子锜、黄子镇。这样，黄龟年三妻共生十子。黄龟年的这十个儿子，除长子黄子衡一支徙居浙江鄞县外，其余九子，均随父南徙渠阳，成为渠阳黄氏各支的分派始祖。

据渠阳城步谱记载，黄龟年南迁渠阳的九个儿子又生五十二孙，子孙绵绵不绝。至民国时，共分三百九十三房，散处于湖南、贵州、四川、广西四省的靖州、会同、绥宁、三穗、黔阳、锦屏、青溪、剑河、天柱、芷江、通道、城步、小江河、龙胜、岳地等十五县，人数近十数万。到今天，黄氏族人外迁他处者，就更多更广，数不胜数了。这里将渠阳黄氏第二代兄弟九人的生娶居处开列如下：

次子黄秀龙，字禄植，官拜太保，诰封光禄大夫，生于北宋靖康元年（1126 年），卒于嘉定元年（1208 年），居靖州黄罩团，卒葬于此。黄秀龙娶妻胡氏，再娶赵氏、姚氏、余氏，共生九子：仁天、仁地、仁人、仁时、仁纳、仁义、仁智、仁和、仁哲。其中，老大黄仁天、老二黄仁地，又徙居湖南会同县；老七黄仁智，授知渠阳军事。余皆居靖县，后又多他迁。

三子黄秀凤，又作秀韞，官拜太子太傅，诰封光禄大夫，居靖州县黄罩团，后裔多居此。娶龚氏、林氏，生三子：仁栎、仁达、仁被。其中，黄仁达后裔迁黔阳县狗皮田，黄仁栎迁会同县。

四子黄秀虎，官拜仁郎，诰封资政大夫。明洪武时追封为滩头圣公，初居靖州黄罩团，后隐修于绥宁县黄石滩畔，仙逝后即葬在此。黄秀虎娶妻陈氏，生十子：仁恩、仁珊、仁锦、仁统、仁细、仁湘、仁受、仁炳、仁国、仁邦。黄秀虎的后裔多居靖州、绥宁、会同、黔阳、芷江等地。

五子黄秀安，又作秀鞍，官任千户指挥，诰封宣武都尉，明初也被封为滩头圣公。初居黄覃团，后徙绥宁黄石滩。娶明氏、袁氏、刘氏，生八子：仁礼、仁备、仁合、仁宽、仁恺、仁智、仁荣、仁贵。其中，前四子居靖州，后四子随徙绥宁武阳黄石滩。

六子黄秀边，也作秀鞭，官任千户指挥，诰封宣封都尉。传说黄秀边与龙、凤、虎、安、千、秋等六人原随父居靖州县。后因绥宁十八姓土人作乱反叛，黄氏七兄弟一同率兵前往平乱。制服土人反抗后，安、边二人留守绥宁，后来便落籍于此，其余五人均回籍靖州。再后，黄秀虎又复去绥宁武阳居住。某日，黄氏虎、安边兄弟三人曾一起在黄石滩头救出一船民。随后，他三人又隐居黄石滩畔的鸡公岩，修炼成仙。到明初，这三位神仙常在黄石滩头显圣显灵。明洪武三年（1371年），朱元璋闻知此事，乃降下圣诣一道，特封黄氏三兄弟为“滩头三圣”。绥宁百姓船民，于是在黄石滩畔修建“三圣公庙”，将他们作为保护过往船民安全的圣灵祭祀。传说此庙当时香火极盛，庙堂庄严，内供三圣像。殿门上书“心平水平”四字横匾，两侧书一副绝妙好联：

日昍晶㬟通大道；月朋朤𣍜定乾坤

此匾至1959年修建洪绥线路时被毁，今遗迹无存。黄秀边娶妻姚氏、项氏、王氏，共生十一子：仁谊、仁志、仁鼎、仁世、仁忠、仁义、仁和、仁高、仁安、仁添、仁性。黄秀边的后裔，绝大部分居在绥宁。

黄龟年第七子黄秀千，也作秀軒，官任千户指挥。诰封宣武都尉，居靖州黄覃团。娶龚氏、马氏，共生三子：仁宪、仁基、仁厥。今仁基、仁厥后裔不详。黄仁宪后裔则居靖州县。

八子黄秀秋，官与前同，也居靖州。娶马氏，生三子：仁信、仁泽、仁麒，后裔居靖州、会同、绥宁、黔阳等地。

九子黄子锜，居靖州，生二子：乐郊、超然。其中黄乐郊无传，黄超然则徙居绥宁石溪。

十子黄子镇，居靖州。娶潘氏，生三子：乐熙、乐红、乐纹，后裔分居靖县、会同两地。

据族谱记载，渠阳蓼氏旧规定自始祖黄龟年第一代始，依次以“俊秀仁公定，真良均同透，万元再通光，昌传汉保进”二十字为派序，然后周而复始。至民国时七修《渠阳黄氏世谱》时，又规定依照《湖南黄氏谱》取派，从黄香第六十一代即黄龟年第三十四代起，按“大费生民始……”等一百字取派。至1988年八修《渠阳黄氏世谱》，又对称湖南省谱一百字派语重申认可。这样，渠阳黄氏自始祖黄龟年以下派语依次是：

（1）前三十代派字

俊秀仁公定，真良均同透，
万元再通光，昌传汉保进。
俊秀仁公定，真良均同透，
万元再。

（2）第三十四代“大”字辈以下一百字派语

大费生民始，渊源少昊长。
名官怀德远，佑后作虞良。
受命垂型日，承家食采方。
发祥同子姒，肇锡类姬姜。
善御功钦衍，分封域共江。
会齐交自正，在楚祚弥昌。
国仰春申义，篇成博士章。
中山闻诏语，东观启书藏。
两代通侯贵，千秋且业光。
合宗文节续，先业炳淮阳。

据1989年八修谱统计，渠阳黄氏龟年的子孙，至今日已传到第三十七代也即江夏黄香的第六十四代“民”字派。

附（3）：历代祖传黄氏字派[①]

昌传汉宝进，俊杰仁公定。
真良均同透，万元再通光。

上湘亲属称谓

一、直系亲属称谓

（一）

侗族社会语言中，亲属称谓成系统。
父亲称补母叫乃，祖母称达祖父公。
曾祖父母属莽辈，公莽达莽莽叫同。
高曾祖辈称莽耿，公达莽耿莽耿通。

（二）

丈夫称少妻称买，儿子称拉女叫婢。
孙儿孙女属看[②]辈，拉看婢看称叫谓。
曾孙看昆[③]拉婢分，拉婢看昆叫唤清。
直系亲属此称谓，旁系亲属另叫称。

① 摘自《中华黄氏通鉴》。
② 看，侗语，一家三世同堂中的最小辈。
③ 看昆，侗语，一家四世同堂中的最小辈。

二、旁系亲属称谓

旁系亲属的叫法，伯祖父母公达玛。
叔祖父母公达呢，伯父伯母补乃玛。
岳父岳母大德客[1]，大舅父母叫龙巴。
小舅父母称由故，表弟表哥农包阿。
嫂嫂弟媳买包农，女婿拉少儿媳俩。

上湘人名称呼

（一）

通道播阳上湘村，男性一人两个名。
出生奶名至亲叫，上学书名先生称。

（二）

上湘男性两个名，寨里寨外正式称。
个别他人取外号，自取字号也有人。

（三）

上湘女性特殊情，生来只把奶名称。
上学也无书名叫，是何原因待探清。

（四）

上湘人名称呼奇，书名奶名只叫一。
婚后生男或生女，父称补某母奶谁[2]。

---

① 本人未直接称呼，以儿女名义称呼，如“孩子他大”“孩子他德”。
② 侗语，补，指父，奶，指母。

待到有了孙子辈，男叫公某女达谁[①]。
有福曾孙抱在膝，男女均喊叫莽谁[②]。

（五）

上湘名字呼叫上，青少年人不一样。
只叫名字不叫姓，或男阿某女婢忙[③]。

上湘村民经济生活状况

上湘村民主要务农，从事农业以外的其他职业基本没有。但经济生活状况有区别。上湘的六十来户人家中，最富裕的有五六户，最贫寒的三四户，绝大多数的人家，生活上能过得去或基本过得去。

上湘六十来住户，经济生活有悬殊。
饥寒交迫不足四，鸡鸭酒肉莫过六。
大多生活过得去，缺餐少顿基本无。
食油咸盐大米换，零花用钱杉竹猪。

上湘赤贫人家

上湘赤贫有几家，穷困潦倒没办法。
养儿育女吃穿没，上餐下顿不知哪。
有人有力无处用，租田租地没犁耙。

① 侗语，公，指爷爷，达，指奶奶。
② 莽，侗语，指曾祖父母。如两人都健在（此种情况非常少），曾祖父叫莽公谁，曾祖母叫莽达谁。
③ 婢忙，侗语，婢，是女孩的通称；忙，是什么、谁之意。

启明启德两兄弟，成斌如珍二家娃。

富贵人家

上湘至富几家人，雇工收租享现成。
拥有劳力不干活，占据田地没自耕。
延君汉安和先细，保伦爰勋与奉铭。
水旱天灾无所虑，吃穿用住莫担心。

上湘客栈雏形

早在20世纪30年代以前，上湘开展集市贸易，每逢集日，做生意的客商，云集上湘，无处停宿，极感不便。于是，以黄传芳为代表的几户人家，到河对岸宝山寨驿道两侧建房开铺（环铺之名由此得），停宿早晚生意客人，已开了个好头，但好景不长，集市停办，后就告吹了。

（一）

上湘开办集市场，远近商贾聚上湘。
寨内几家做生意，对江路旁建屋房。
铺房建造工程竣，内部设备也安装。
四方客人始受用，主人有个好开张。

（二）

集市贸易活动昌，店铺开办待客忙。
住歇来往生意客，安置早晚赶集商。
游宾旅客交宿费，大米油盐均无妨。
萌芽客栈具雏形，集市停办后消亡。

上湘知识群

上湘建有堂哈——学堂，不少人求知欲望强烈，但由于种种原因（主要是受经济条件限制），不能如愿。直到解放前夕，初中以下、小学以上文化程度的也只有五六人。全村近四百口人，绝大多数是文盲。

（一）

上湘人口几百丁，读懂书文没几人。
学识渊博黄保宇，常德师范毕业生。
保伦保民出私塾，汉安汉康私塾成。
上湘长辈知识群，全是富裕家出身。

（二）

临近解放知识群，小学以上毕业生。
继权继光和邦用，保桂保康与爱明。
全村就是这几位，私塾学成无一人。
有的也识几个字，不过会写自己名。

寨事调停人

上湘寨事调停人虽然不是寨老，但却起到寨老的作用。从每个房族中推举出一两个比较有威望、办事公道的人出来，出面代表本房族参加寨事协调管理活动。有何决定需要全寨知道或执行的，通过喊寨方式要每家各出一人到凉庭聆听或讨论。

（一）

寨内有事或纠纷，房族举出调停人。
寨老身份极相似，最享威信者担承。
补拉放仁黄保善，交号和盖黄保民。
忍廊稿举黄汉君，放帮推出黄奉铭。

（二）

上湘寨事调停人，还有副手坐镇听。
交号和盖黄汉福，放仁卡门保周君。
忍廊稿增黄汉立，放帮保连也坐镇。
副手参与作调停，深入讨论意见征。

上湘的人物

黄保宇

（一）

上湘保宇字栋廷，侗家汉文属高层。
湖南常德读师范，学业完成事园丁。
国民学校教员任，播阳中心校长承。
桃红李白满天下，通道侗族极敬尊。

（二）

上湘保宇字栋廷，侗家入县第一人。
通道政府督学任，县治教育科长承。
学校创办有成绩，先生努力不可分。
解放通道民族干，多数栋廷之学生。

黄银华、黄保英——草医生

上湘名医有两人，银华起兵皆黄姓。
号脉抓药无旁贷，黄寨周边享盛名。
随叫随到全义务，病轻病重具治诊。
魂不附体闯阴界，阎王殿里往回擒。
糯谷一把鸡一只，饭后返家手里拎。

补保先[①]——木匠

擅长木工保先父，建房起屋技精熟。
斧刨凿尺合数把，墨盒笔绳备一组。
平时务农种田地，偶尔有请出门户。
寨中木活多揽之，闲时就把木工务。

保玉父子——道灵先生

（一）

保玉父子事道灵，家住交寨名放仁。
上至天文下地理，阴阳之事均知情。
打醮清寨设坛祭，斋戒求福祀仙神。
起房盖屋风水看，婚嫁喜事吉日睁。
筑桥建校盖凉庭，都请他把日子定。

（二）

保玉父子事道灵，风水先生名蜚声。
附近村寨设坛祭，请当先生不推承。

① 补保先，侗语，指黄保先的父亲。

方形青帽戴头上，宽袖红袍穿在身。
坛前祭祀任摆布，手摇铜铃口念经。
揖站跪拜不时变，点水祀神祷安平。

黄庆德

上湘居民几十户，绝大多数把农务。
和盖[①]庆德却不同，养鸟打鱼身兼负。
常年三天两外出，家中农活不耽误。
几只鸬鹚一木船，上湘播阳[②]打鱼处。

黄志强（黄汉举）

（一）

捉鳖能手黄志强，补拉交号单身郎[③]。
上湘河里鳖鱼富，沙中石缝岩洞藏。
生活规律无人识，唯独阿缺别有方[④]。
出去提回一大串，附近村寨把名扬。

（二）

上湘阿缺黄志强，家住公塘边坎上。
抓拿鳖鱼是能手，捕捉鳅鳝亦擅长。
山冲水田寨边池，晚间火把闪亮光。
不用近瞧即知晓，捕鳅捉鳝汉举郎。

① 和盖，侗语，房族名。
② 上湘播阳，指上湘河和播阳河。
③ 补拉交号，侗语，房族名。
④ 因其上嘴唇有缺陷，故名。

黄保民

上湘爱勋三脚名，全凭保长肩担承。
派丁催款乡长令，调纠解纷寨老身。
罪民之事执行者，学校无师代先生。
保民保宇胞兄弟，寨中寨外有名声。

黄保伦

补拉交号黄保伦，刀笔犀利小有名。
谁要状告到官府，前找保伦书状文。
状文书写行密密，稍付点钱酬劳辛。
告状输赢是常事，无必追究写状人。

黄启明

上湘村里黄启明，人到老时还单身。
家贫如洗寸土没，靠打草鞋来谋生。
一双草鞋一筒米，寨里悯恤寨外怜。
居住小房茅草盖，四壁透风树皮捆。

黄汉康

（一）

上湘汉康名黄昇，三脚黄寨也有名。

任保队副精神抖，军官模样训国民[1]。
所作所为执行者，自显自耀责任承。
吸食鸦片上了瘾，临近解放家已贫。

（二）

汉康奶名叫阿三，三兄弟中属崽满。
好吃懒做惹人嘘，偌大家业挥霍完。
烟瘾过后兴奋增，琵琶弹唱神昏颠。
进善天照不时聚，三人弹唱可欣欢。

黄天照

天照俊鳌名称扬，生在大寨长上湘。
大寨情况无所谓，上湘之事满心装。
情歌对唱占一席，琵琶弹奏也在行。
黄昇进善三人聚，吸口鸦片斜横床。
每逢兴奋琵琶奏，不时磨撑天亮光。

黄汉安

（一）

上湘富户黄汉安，心狠毒辣近视眼。
家有田地租人种，农事耕耘从不沾。
曾弑其弟[2]坏名传，企占家财无如愿。
解放时被划地主，阶级报复手段残。

（二）

上湘地主黄汉安，阶级报复手段残。

① 国民，指国民党时期的国民兵。
② 据说，砍了一刀未遂。

竟然放火烧全寨[①]，导致村民受害惨。
衣食住无难度日，依法惩处不能宽。
民愤极大罪恶罄，不杀难平众怒怨。

李进善

进善又名叫宋宝，居住上湘声誉高。
会拉二胡伴唱戏，众人听之均说好。
琵琶弹唱有一套，听者入迷神昏倒。
不时外出南溪奔，搞何买卖人不晓。
学得一口六甲话，深受赞誉不得了。

① 1951年9月1日，黄汉安纵火烧毁上湘村。

四、上湘的习俗

（一）唱侗歌习俗

上湘的歌类

上湘的歌类，与周边地区的完全相同，有耶歌、大歌、双歌、琵琶歌、牛腿琴歌、侗笛歌、酒歌、茶歌、款歌、情歌、儿歌、戏歌、哭歌等。

（一）

上湘村民爱唱歌，歌的种类果真多。
耶歌大歌琵琶歌，双歌酒歌侗笛歌。
情歌儿歌唱戏歌，茶歌款歌可吉歌。
侗族所有歌型类，无一遗漏全囊括。

（二）

上湘人人爱唱歌，侗族歌种果真多。
领唱合唱有耶歌，多声部类属大歌。
乐器伴唱琵琶奏，侗笛牛腿木叶歌。
齐唱双歌敬酒类，独唱情歌和儿歌。

（三）

上湘村民爱唱歌，春夏秋冬歌不落。
男女老少人人会，均是从小开始学。

饭养身来歌养心，交流感情享娱乐。
侗歌是个传家宝，人人牢记在心窝。

耶歌——卡耶

耶歌是侗歌的一种类型，是侗族早期音乐，伴着集体劳动而产生。由一人领唱众人合腔，每句词尾半截加上“耶罗耶”的附调，故叫耶歌。可由纯男或纯女性表演，也可混合表演，少则几人，多则几十上百人。有互相搭肩绕圆圈的，有互相手拉手排成排的，边唱边舞。

侗族卡耶称耶歌，一人领唱众人合。
纯男纯女均可演，两性混合更浓火。
人数几十到几百，搭肩拉手唱均可。
转圈排列行演唱，全场热闹可欢乐。

大歌——卡玛

大歌，侗族称卡玛、卡老，是指侗族民间歌唱的无伴奏多声部侗歌。一是群体唱，不是独唱；二是在盛大活动时唱，场面大，人数多，一人领唱，众人合唱，形成高、中、低多声部，有男女各单唱，也有男女混合唱；三是这种歌长短不限，有一人领唱多人合唱的，也有多人领唱加合唱的。

卡玛卡老即大歌，领唱合唱内容多。
分中高低多音调，唱的人数不受约。
单性男女混合唱，五人十人至千百。
既无指挥无伴奏，人与自然音谐和。

琵琶歌——卡琵琶

琵琶歌是侗族民间流传的曲艺类音乐，因用侗族自制作的琵琶乐器伴唱而得名，流传广，爱听的人多。表现手法有两种：一叫琵琶歌，没有道白；一叫琵琶锦歌，有道白。有一人弹唱的，有多人弹唱的，有男弹唱女伴舞的，也有集体弹唱，边弹唱边舞蹈的。歌的内容也很丰富。

琵琶歌称卡琵琶，边弹边唱音韵雅。
单独一人自弹唱，多人弹唱舞蹈加。
男唱女伴蹁跹舞，多姿多彩众赞夸。
弹唱内容极丰富，多为叙事抒情卡。

双歌——卡碓

双歌是指两个男的或两个女的分别成双、成对，用同一腔调、同一声部唱的歌。有平伴歌、开堂歌、换段歌、花歌等。

双歌属于齐唱类，两男两女分成对。
同一腔调共声部，两人合唱音韵齐。
老少男女都可唱，室内室外坐站宜。
演唱双歌设歌堂，进堂唱歌需功底。

酒歌——卡约高

酒歌又叫劝酒歌，侗族人称卡约高，是两人或几人同唱的双歌。有宴席劝酒和拦门劝酒。有男唱，有女唱。侗家婚宴或女青年走亲做客宴席上，男方后生来唱劝酒歌，劝姑娘喝酒。姑娘不肯喝，就唱赞歌（侗语称卡铺），反之亦然。拦门酒则是主寨在集体客人进寨时，由姑娘端着酒杯唱酒歌，劝客人喝酒，示意是要客人还歌，体现侗族人好客的习俗。

（一）

侗域是个礼仪乡，以酒为礼迎客郎。
无酒不成礼和席，有酒无歌宴不香。
酒俗繁多堪称最，村寨勿耶更无常。
劝酒敬酒酒歌唱，相互祝贺福禄康。

（二）

酒歌侗称卡约高，拦门宴席时唱道。
两人多人同合唱，手捧酒杯劝妹郎。
客接酒盅张口饮，感谢主人情谊深。
外村来客合拢宴，主寨姑娘男客劝。
婚宴女方派索板[①]，歌劝男的将酒干。

牛腿琴歌——可吉歌

可吉歌是以拉出可吉声音而得名。可吉像牛腿，又称牛腿琴，故又称牛腿琴歌，是在青年行歌坐夜作伴唱夜歌用。

制作可吉木质硬，琴头琴颈琴盆分。
琴头牛蹄琴颈腿，琴盆弧形薄板平。
可吉拉弦为乐器，五度定音胸前顶。
行歌坐夜作伴奏，伴唱夜歌假嗓音。

① 索板，侗语，指新娘的同伴——伴娘。

侗笛歌——卡底

侗笛歌是用侗笛伴唱的侗歌。侗笛用芦笙竹制作，长 40—60 厘米，上钻 6 个小孔，可吹出 7—8 个音阶，音色清脆，悠扬悦耳。青年在晚上走村串寨和行歌坐夜时吹唱。

侗笛芦笙竹做成，长卌至六秩公分。
上吹气孔六音眼，奏出韵律七八声。
音色清脆悠扬逸，然些[①]寻找坐夜庭。
侗笛歌在传信息，笛声牵引心上人。

戏歌——卡益

侗戏是侗族唯一的剧种。古老的侗戏只唱没有道白，所以侗族把演戏称之为唱戏，戏中的唱腔称为戏歌。戏歌的腔调有平腔、悲腔和歌腔等。歌腔又以琵琶、大歌、双歌、耶歌腔最为常见。

侗戏种中无道白，平腔悲腔歌腔设。
演戏侗家称唱戏，大歌双歌和卡耶。
戏歌平腔唱到底，旋律优美抒情烈。
平腔旋律上下句，唱词字数可长缺。

茶歌——卡碟

侗族吃油茶极为盛行，有客进屋，女主人就会忙着烧油茶进行招待。特别是节日茶和新娘茶，姑娘们总是唱着茶歌把香喷喷的油茶递到客人手

① 然些，侗语，玩寨之意，指青年人在寨中找地方行歌坐夜。

中，唱对茶歌。

（一）

侗族油茶极盛行，有客进屋油茶迎。
制作油茶极讲究，四道工序必须经。
米花佐料和茶水，沏在碗中油茶成。
碗碗油茶香喷喷，吃完一碗还想盛。

（二）

侗族油茶香脆清，妇女单吃男女混。
喜庆节日新娘茶，热闹非凡歌阵阵。
敬茶劝茶对茶歌，歌茶送茶喜茶称。
吃新娘茶闹茶烈，对唱茶歌到天明。

谜歌——卡断

谜歌，侗语叫卡断，有物谜和字谜两种，有异性对唱，也有同性对唱。对唱时，多用卡挽转的腔调。

谜歌侗家叫卡断，同性异性均可盘。
腔调采用卡挽转，活泼动听受人欢。
女问男答察才智，男问女答试灵迁。
一问一答别情趣，由浅入深拟喻宽。

儿歌——卡拉温

卡拉温是专为儿童编作的歌谣，字数不多，既押韵，又朗朗上口。有的是大人为婴儿唱的、念的和哼的。婴儿背在背上，抱在怀里，或放在摇篮里，作催眠曲。有的是教儿童唱的，演唱时人数不限，有男童声、女童声、男女混合童声。

儿歌侗称卡拉温，专为儿童编唱吟。
人数多少不受限，词句简练押韵清。
有大人带儿童唱，有背儿婴唱或哼。
也有婴儿放篮里，边摇边唱哼音轻。

情歌——卡郎尼（卡行谊）

情歌是青年男女谈情说爱的歌，在侗族诗歌中，不论数量和类别，均居首位。根据演唱时间、地点不同，可分日歌、夜歌、日夜歌三种。

（一）

情歌侗称卡郎尼，男女青年情爱叙。
根据时间地点唱，夜歌日歌昼夜异。
白天约会晚坐夜，青年男女对歌迷。
唱词两句或四句，你问我答别情趣。

（二）

上湘唱歌腔调分，日歌夜歌各异迥。
夜歌腔调轻具细，日歌腔调高昂声。
唯昼夜歌可任意，日腔夜腔唱都行。
歌的内容也有别，不如日夜歌严谨。

（三）

上湘侗歌多且纭，日歌夜歌不同情。
白天唱的称卡问，夜晚唱的叫卡拧。
夜歌腔调轻且细，日歌腔调高昂声。
唯昼夜歌可任意，白天夜晚唱都行。

(1)夜歌——卡拧

夜歌，即夜晚唱的歌，是指夜间在屋内或村寨巷里唱的情歌。如男女行歌坐夜时，或独唱，或男女对唱，极少合唱、齐唱。唱时都用假嗓子轻轻地唱，也常用侗笛轻声伴奏的，故又称为“小声歌”。夜歌的种类繁多，内容丰富，多种多样。

（一）

夜歌夜间屋里唱，或站村巷唱情歌。
只有独唱男女对，行歌坐夜最适合。
多用假嗓轻轻吟，避免他人听得着。
小心吵醒人睡觉，不用真嗓使人觉。

（二）

夜歌夜晚唱的歌，种类繁杂数量多。
出门时有出门歌，翻山时有翻山歌。
过河时有过河歌，进寨时有进寨歌。
想要多坐留情歌，想吃油茶唱茶歌。

（三）

夜歌夜晚唱的歌，行歌坐夜唱最多，
“我们坐夜老休息，起来看看起来坐。”①
男女通宵行对唱，一夜两夜不重合。
要求合板又合拍，对答切题防止错。

① 此句引自夜歌。

催歌（催唱歌）——卡北

催唱歌是夜歌的开始。凡是勿耶或做客，青年行歌坐夜对歌时，不论男女，先由主寨唱催歌，三首为一组。唱完，客人可以接歌。不接，再催唱，但内容忌重合，直到客人接唱歌。

勿耶走亲做客人，卡北银美[1]接唱歌。
行歌坐夜男或女，主寨首先催唱歌。
催歌首首北银美，唱完客人可接歌。
不接主方再催唱，直至银美接唱歌。

接唱歌——卡堆

行歌坐夜主客人，主方洋溢催唱歌。
客感盛情难辞却，真心实意接唱歌。
接歌咏唱忌离谱，要求针对催唱歌。
催歌首数相吻合，先后顺序对应歌。

起源歌——卡仁

起源歌，侗语叫卡仁。客人接歌之后，不分主客，先由女方转入对唱起源歌。起源歌很多，包括人类起源、万物起源等。

接唱催歌已开始，主宾不分男或女。
首先女方对歌唱，内容卡仁先入题。
卡仁名为起源歌，万物起源均可对。
不计时间和首数，对唱直到深夜里。

---

① 银美，侗语，指客人。

路歌——卡庆

路歌，不是道路之歌，而是人们在长期生活中根据事物发展趋势（规律）归纳出来的条理，叫路。如婚恋中的初相会，送信、请媒、把话等，各算一路，叫卡庆。

双方对唱卡仁停，女方先转路歌吟。
根据生活日常事，归纳理成卡庆吟。
卡庆多首为一路，从浅入深次第吟。
上下前后排有序，由下至上对答吟。

换段歌——卡挽段

换段歌是双歌中的一种。当男女双方在对唱歌中，想调换对唱别的歌时，任何一方都可以主动地唱换段双歌，换段双歌只是腔调的不同，是过渡性的，可对唱多首，也可以只对一两首，就换对唱其他歌。

行歌坐夜近尾声，对完路歌换段吟。
挽转歌分上下段，吟唱起来音韵清。
首首内容殊各异，曲曲对唱切题紧。
对唱腔调有变异，对唱首数无规定。

正月歌——卡地勿

正月歌，侗语叫卡地勿。凡在正月做客和行歌坐夜，少不了要对唱正月歌。一般由女方先唱，接歌之后即可唱，连续可唱三首。正月歌是根据金、木、水、火、土的相生相克，按当年十二生肖庚甲推算一年的运程，你问我答地对唱。

男女正月走寨村，唱卡地勿习俗承。
行歌坐夜火塘聚，客人接歌即可吟。
一般习惯女先唱，对歌首数有规定。
歌唱花甲星日月，吟诵水火土木金。

夫妻歌——卡行你

夫妻歌，侗语称卡行你。当行歌坐夜进入尾声快天亮时，男女青年还要对几首卡行你。腔调与前有变化，声大缠绵，和谐悦耳动听，有难舍难分之感。

行歌坐夜对歌内，离天亮前时间里。
男女对唱歌又变，唱卡行你又重起。
腔调和谐且动听，缠缠绵绵难分离。
对歌进入高潮期，一夜对歌算完毕。

长歌——卡唉

长歌，侗语称卡唉。长歌起码有几十甚至百句以上，有叙事和抒情两大类，主要是记叙本民族和翻译汉族的典故，如款坪、芦笙坪、珠郎娘美、刘美、妹道（本民族）和梁山伯祝英台、穆桂英、孟姜女（汉族）等。长时间进行对歌，为避免重复，可对长歌。

长歌侗族称卡唉，内容抒情叙事载。
古代典故当今事，歌句几十至千百。
行歌坐夜唱长歌，内容族内与族外。
吴勉甫宽秦良玉，李旦风姣祝英台。

（2）日歌——卡问

日歌，指白天在野外唱的侗族情歌，以独唱或男女对唱为主，齐唱较少。日歌音律高亢明亮，出门上山，心情舒畅，可放开嗓子唱起来，故有人把日歌又叫大声歌。青年男女白天走亲访友，逢场赶集，赶赴歌会，结伴游玩，唱的是日歌。唱日歌不受年龄、性别限制。

（一）

白天野外唱情歌，独唱对唱是主角。
日歌旋律高亢亮，节奏自由涉面阔。
出门上山心舒畅，放开嗓子高声歌。
大声歌名因此叫，男女恋爱唱得多。

（二）

上湘日歌称卡问，只限白天对唱吟。
青年男女走亲友，赶集玩山歌会吟。
对唱日歌多取兴，同性异性均能吟。
一次一首轮换唱，日歌对唱两人吟。

半路歌——卡半庆

半路歌，即半路相逢唱的歌，侗语叫卡半庆，是陌生男女青年在路上相遇时对唱的歌。先由男方发起，女方接唱。首先唱的说是今日有缘相遇，接着就以歌探情，期盼以后再相会，加强联系。

（一）

陌生男女路上行，半路相逢对歌吟。

首先男方开头唱，女的接歌扣题清。
今日相遇有缘分，彼此以歌来探情。
侗语称作卡半庆，通过对歌互相认。

（二）

日歌对唱类别分，男女两人相对吟。
相识男女半路遇，男的先唱女接吟。
今又相逢缘分定，期盼再会进友情。
两两相邀再约会，增进感情盼成婚。

留情人歌——卡行谊

男女青年相爱恋，临分别时情依依，难舍难分。有恨不得天不黑人不散，情常在的如胶似漆的感情，以留情人的歌来表达。

男女青年对歌吟，双方感情有进增。
临分别时仍依恋，情意绵绵舍难分。
盼天不黑人不散，情谊长留爱更深。
如胶似漆融水乳，留情人歌表达清。

拦门歌——卡架舵

拦门歌有两种情况：一是勿耶（集体客人）做客进寨时，主寨姑娘拦住门唱拦门歌，要客人还歌，叫卡架舵；二是客人要离开主寨，主寨把寨门关上，示意要留住客人，不让客人走，而客人硬要走，就得唱开门歌，叫卡该舵。

（一）

走亲勿耶进寨村，主人有意拦寨门。

手持酒杯歌劝酒，真心热情迎客人。
唱开门歌把酒饮，示对主人表敬尊。
开门放进勿耶客，进堂踩堂歌舞欣。

（二）

走亲勿耶毕返回，主寨拦门留客居。
手拉着手留歌唱，称卡架舵留行你。
客人实意硬要走，唱开门歌还礼仪。
双方边走边对唱，期盼再会情依依。

伙伴歌——卡平板

伙伴歌，侗语叫卡平板，是同性伙伴去游玩时唱的歌。即同伴之间互相赞扬、互相鼓励的歌。

同性伙伴出门玩，唱伙伴歌卡平板。
互相鼓励赞对方，加强团结友谊添。
寻找对象提线索，勉励大胆勇直前。
目标女友曾约会，再努把力早团圆。

款歌——卡宽

款歌内容集政治、军事、历史、文学、音乐为一体，是侗族的一种口头文学艺术——讲款，也是侗歌中的重要组成部分。讲款，侗族称多款、唱款歌。由领款人领唱，根据款词的不同，演唱声调也不同。在村寨有重大活动时，如集会、庆典、祭祀、勿耶等，都要讲款，唱款歌，一呼百应。

讲唱款歌侗家习，重大活动无忘遗。

集会庆典和祭祀，团寨交流勿耶时。
款歌领款人领唱，音量高低据必需。
唱完一段打招呼，听众应声“是啊”齐。

哭歌——卡业

在通道侗乡，亲人辞世，有哭丧歌的习俗。哭歌有腔有调，但无固定腔固定调；有唱词，但无固定的唱词。

通道侗乡哭歌唱，大多亲人辞世亡。
有腔有调词无定，亦无固定调和腔。
孝女孝媳跪身侧，哭说不足和念想。
前来悼唁至亲女，各哭表达自悲伤。

（3）日夜歌——卡问拧

日夜歌的演唱，不受白天黑夜的限制，白天能唱，夜晚也能唱，既可一人独唱，也可多人合唱，还可以一人领唱众人合腔，可用乐器伴奏。故日夜歌的种类繁多。

白天夜晚唱的歌，形式无拘不受约。
单人独唱多人唱，一人领唱众人合。
有吹木叶作伴奏，有奏琴笛来陪和。
唱的内容不受限，歌的类别也繁多。

山歌——卡岑

山歌，侗语叫卡岑。在山上劳动时唱，夜晚休闲时也可哼唱。青年男女唱，中老年男女也可唱，内容很广泛。有自编的、传统的，也有各抒情怀、各叙己见的。

山歌侗家称卡岑，白天上山晚闲吟。
中老青年都能唱，不受限制随意哼。
内容形式甚广泛，流行传统新编成。
各抒情怀叙己见，模拟比喻随任凭。

赞歌——卡铺

赞歌，即夸赞歌，侗称卡铺，是两人合唱的双歌。赞歌的内容很多，有赞宴席、赞房屋、赞父母、赞老人、赞儿童……随机应变，见什么就赞什么。

（一）

赞歌侗语称卡铺，两人合唱内容富。
铺雄铺檐铺地方[1]，铺甫铺公铺银吐[2]。
见到什么铺什么，灵活机动随应付。
客人力赞主方好，主方感谢客誉祝。

（二）

敬酒过后即转题，伴娘宴席赞歌起。
赞主人家丰盛宴，赞主家人勤俭持。
赞主兄妹聪明智，赞主族人好客极。

① 指赞宴席、房子和地方。
② 指赞父亲、祖父及有名望的人。

赞公赞达赞故巴[①]，赞甫赞奶赞姐弟[②]。

（三）

做客主村赞歌起，极力称赞对方美。
赞颂主村风水好，赞誉主寨多福气。
赞颂主村富贵多，赞美主寨人才聚。
曲曲歌赞主方瑞，句句赞誉主方吉。

进堂歌——卡捞堂

勿耶或比赛芦笙和作为主寨的客人，至主寨鼓楼坪，主寨引进鼓楼厅堂时，客人唱进堂歌，以表示感谢之情。

侗家勿耶村互访，主寨请客进庭堂。
边走边唱进堂歌，客谢主寨情意长。
主寨谦虚说怠慢，请客原谅宽心肠。
一赞一谦确有趣，增添友谊和睦彰。

踩堂歌——卡爹堂

客人进鼓楼厅堂后，主寨邀请客人表演踩堂时，客人唱踩堂歌。男唱或女唱，独唱或多人合唱，亦可男女混合唱，边唱边舞。

客人进入凉庭坪，张口齐声把歌吟。
边舞边唱踩堂歌，感谢主寨情谊深。
赞颂主寨风景好，称誉主寨富裕盈。
羡慕主寨多富贵，美好生活冠乡村。

① 指赞祖父母及姑母。
② 指赞父亲及兄弟姐妹。

上湘歌队

上湘歌队分男队和女队，每队两人，最多时各两队，要求能应付北歌和接歌，会唱各种歌类。队员就是歌师，也是歌手，要培养接班人。男女各自培养，有空就聚在一起练习。

上湘人人会唱歌，饭养身来歌养心。
名歌师手却少有，精通侗歌亦乏人。
历代歌队一到两，男的女的各自分。
村中来客催歌唱，做客他寨接歌吟。

上湘侗歌的传承

上湘每代的男歌手或女歌手，都注意培养各自的接班人。各挑出几个对侗歌有兴趣或条件较好的人重点培养，一有空闲或利用做针线活（指女的）的时间进行学习，配合吟唱。

上湘歌手即歌师，熟悉侗歌诸种类。
注意挑选接班人，侗歌因此得承袭。
男挑男的女挑女，有空之时即学习。
代表寨内催接唱①，村中水平最高级。

上湘的舞蹈

上湘的舞蹈，踩堂多耶最为普遍，不论大人小孩，男的女的，几乎人人会跳。其次就是芦笙舞了，芦笙舞只有在吹芦笙的时候跳，男吹芦笙

① 催接唱，指唱催歌和接唱歌。

（带舞）女伴舞。有时男的吹芦笙单独表演跳舞。其他的就是走侗戏的横八字（演唱侗戏时走的舞步）舞步和演春牛舞了。

上湘村民勤劳朴，男女老少善歌舞。
踩堂多耶人人会，芦笙舞步个个熟。
儿童喜演猫抓鼠，成人犁田鱼虾捕。
欢乐气氛尽人兴，民族特征堪突出。

（二）做芦笙——匆仁习俗

侗族有做芦笙的习俗。上湘做芦笙，每两年做一次。上山伐来竹子、藤条等材料后，即到独坡八寨请名匠来制作。上湘芦笙每次最多做二十把，分大（仁老）、中（仁大）、小（仁塞）三种型号和地筒（拱铺）等。仁老和仁塞各做两把，拱铺一个，其余都是仁大。这就是上湘的芦笙队的芦笙。做芦笙年头行匆耶（村寨间集体做客）。耶又分耶高（酒耶）和耶牒（油茶耶）。

（一）
上湘习惯做芦笙，两年一次习俗定。
制作工匠独坡请，竹子藤条山中寻。
芦笙做成声豪放，村寨匆耶受欢迎。
一队芦笙有定数，少十几把多廿零。
（二）
芦笙一队定数量，大的小的和中档。
大号仁老做一对，立地顶天声高昂。
小的仁塞制两把，玲珑轻巧高音腔。

中型仁大居多数，浑厚浓重音豪放。
地筒拱铺做一个，狮吼虎啸闷雷响。

（三）

上湘一带行勿耶，农闲进行农忙歇。
勿耶年头做芦笙，远村近寨互做客。
耶牒耶高有区分，进寨做客笙曲别。
耶高请酒互轮换，耶牒油茶随时勿[1]。

（四）

勿耶之日集体行，逢村过寨吹芦笙。
吹过路曲无需应，进村曲奏芦笙迎。
耶客进寨人鼎沸，油茶甜酒香脆醇。
男吹芦笙女伴舞，芦笙赛后做客人。

（五）

耶客进寨赛芦笙，比赛完毕将客请。
办办勉勉[2]请耶客，拉拉扯扯示热情。
请到耶客众多者，深感自豪和荣幸。
洗脸热水及时送，递烟献茶表情真。

（六）

耶客进寨当天晚，小伙姑娘集一檐[3]。
中年老人需回避，未婚男女留下玩。
行歌坐夜找对象，情歌对唱互打探。
窃窃私语情蜜蜜，交换信物示诚坦。

---

① 勿，侗语，做的意思。
② 办办勉勉，侗语，指男男女女。“办”指男，“勉”指女。
③ 檐，侗语，指房子或家、屋之意。

上湘芦笙舞步

上湘芦笙队奏芦笙时，有自己的舞步。舞步走法，也各有自己的名称。吹奏芦笙走舞步时，要求动作整齐，步伐一致。

芦笙舞步步法纭，每步走法有名称。
白鹤亮翅赶老虎，丹凤朝阳斗鸡鸣。
鲤鱼上滩龙门跳，乌龙盘柱云霄腾。
花猫捕鼠麻雀怯，滚车拌草鸟飞惊。
围圈采花鹰翔舞，芦笙舞步步步精。

上湘芦笙曲

上湘芦笙曲，也同其他村寨一样，有一成套的曲子。如集合曲、行进曲、过路曲、进寨曲、邀请曲（欢迎曲）、踩堂曲、比赛曲、告别曲、欢送曲和团结曲等。遇什么场合就吹奏什么曲子。

（一）

侗家芦笙曲有名，听曲可知那个村。
勿耶[①]吹奏集合曲，准备出发去主村。
吹进行曲即上路，目标作客主寨村。
路上遇到村和寨，吹过路曲不进村。

（二）

勿耶队伍到主村，吹进村曲报知情。
主寨邀请曲亦奏，欢迎客人把村进。
客人进寨行踩堂，吹踩堂曲各进行。

① 勿耶，侗语，集体做客意。

踩堂完毕芦笙赛，奏比赛曲各分清。

（三）

客人进寨赛芦笙，分开齐奏分别行。
芦笙比赛比赛曲，谁胜谁负能听清。
客人离寨告别曲，主寨欢送曲亦鸣。
比赛完毕行合奏，吹团结曲友谊增。

芦笙衣

上湘勿耶芦笙队，身上穿戴芦笙衣。
新帕包头插雉尾，新衣服外坎肩披。
后肩衣脚彩线网，下吊各色串珠玑。
吹奏芦笙身摆动，珠玑叮当闪光辉。

（三）男女青年社交习俗

上湘青年男女交往方式，也和周边地区一样，形式和方法多种多样，不拘一格。具体表现，有如下几种。

行歌坐夜——夜晚在歌堂对歌

婚姻补拉或村寨的青年男女，一起聚集在歌堂，谈情说爱，对唱情歌，促成相识、相知、相爱，最后达到喜结良缘的目的。

（一）

寨内年青姑娘约，深夜三五结伴伙。
选定宽敞家房屋，纺纱刺绣针线活。
罗汉[①]提灯哼曲调，穿巷寻妹唱对歌。
几番周折妹开门，进入屋内情爱说。

（二）

几经坐夜[②]唱对歌，男女双方情意合。
但愿关系续发展，表示真情相爱慕。
两厢商定再约会，一展心扉真言说。
希望未来成夫妇，有饭同吃粥同喝。

（三）

双方愿把亲情定，互相信任不变心。
男欢女乐把凭换，衣服手镯布匹巾。
山盟海誓石不烂，确定关系愿成亲。
各自准备娶嫁事，商定婚嫁诸事情。

（四）

上湘对歌严限制，结亲房族必同辈。
恋爱对歌行坐夜，同一房族绝禁止。
只有甲房男青年，对同乙族姑娘女。
若是违反此俗规，视为乱伦遭责斥。

看新人——怒银美

怒银美，即看新来本寨做客的姑娘。凡寨里来了外寨姑娘在谁家做客，主寨的小伙子（郎尼——罗汉）们必定到该家怒银美，进行行歌坐夜。

---

① 罗汉，侗语，指未婚男青年。
② 坐夜，指行歌坐夜。

（一）

村里来了姑娘客，寨中郎尼必来挪。
晚饭过后到主家，门外窥视说笑话。
屋里有股生人味，家中是否来银美？
姑娘终于答了言，以歌对答把情牵。

（二）

郎尼寨中怒银美，随把烟袋身上系。
姑娘开门进了屋，直奔火塘旁边聚。
拿出烟来银美点，烟斗火只动不止。
无话找词相挑逗，故点不着互偷睨。

（三）

郎尼点烟闹完毕，程序转入正式题。
男女开始吟对歌，进入行歌坐夜期。
一问一答行试探，歌词语句互摸底。
相识相知如有情，交换信物再约会。

吃夜宵——见更

青年男女相识后，互相约定时间地点，由男青年（郎汉——小伙子——郎尼）手提鸡、鸭、鹅、肉到姑娘一方。可由姑娘方负责准备夜宵（油茶、甜酒之类）招待婚姻补拉（房族）或外寨男青年们，进行行歌坐夜，侗语叫“见更”。

男女青年相约会，节日佳期深夜里。
男方罗汉结成队，手提鸡鸭款妹吃。
女的邀请众姐妹，坐在火塘做伴陪。
悄言细语互试探，行歌坐夜结友谊。

赔更——还夜宵

赔更同见更，是郎汉们到姑娘方吃夜宵时，姑娘们也拿出猪蹄、鱼、肉出来招待，以示意男方下次还要来“见更”。

男女青年相约会，节日佳期深夜里。
男方郎汉相约齐，手提鸡鸭招待妹。
女约姊妹来做伴，猪蹄鱼肉待哥吃。
示意郎汉要再来，互相接触增情谊。

做客吃节气——勿索见堆气

索，侗语，指青年姑娘。即寨中同龄的姑娘们，到某个节日时，三五成群，相约到外寨某亲戚家做客（勿银美），吸引该寨男青年来行歌坐夜。

（一）

寨中姑娘同龄岁，三三两两结成队。
择村选寨吃节气，节日前夕走亲戚。
主寨郎汉约伴伙，手提灯笼找银美。
勿索期间行坐夜，青年男女结友谊。

（二）

通过对歌觅知音，觅得知音心里明。
情投意合再约会，互换信物作把凭。
女送罗汉银饰簪，男赠姑娘衣头巾。
相互信任心不变，海誓山盟结婚姻。

歌为媒

男女青年初相会，不需介绍歌为媒。
银美进寨或路逢，妙问巧答歌代语。
姓甚名谁家何方，明词晰语歌句叙。
无心爱恋歌说明，有意结友歌表示。

郎尼玩寨——拉汉然些

寨中小伙结队成群，在拉汉头的带领下，手提灯笼，口哼曲调，在本寨或他寨寻找有姑娘做针线活的人家，进行行歌坐夜。

（一）

上湘青年小伙们，三四五六结成群。
手提灯笼哼曲调，前往他寨姑娘寻。
走街串巷细打听，找到姑娘集结庭。
站在窗外把歌唱，要求姑娘快开门。

（二）

后生门外的歌声，姑娘自然能听清。
忙把手上活停止，不急开门接歌吟。
轻拉门闩小伙进，行歌坐夜到天明。
情投意合信物换，愿作伴侣结成亲。

（三）

青年玩寨有俗规，必在歌堂灯下为。
女从青春萌发始，到做母亲前时期。
男到他的年纪大，自觉再玩情难为。
同一房族不可玩，异族邻村需同辈。

种公地——勿地瓦

即婚姻补拉或村寨青年男女，邀约在每年农历三月，同扛锄头上山，开荒种地，夏天同耘耨，秋天同收获，边劳动边对歌边谈情说爱。到了冬天，又相约一同吃夜宵，“见更，吃更，行歌坐夜”。

（一）

行勿地瓦侗风俗，婚姻村寨或房族。
农历三月时令到，女约同伴肩扛锄。
邀请对方小伙子，帮助挖地种禾薯。
同锄同种谈情爱，各展心扉真言诉。

（二）

庄稼种下壮苗出，四月以后需耘锄。
施肥除草助禾长，小伙应约同奔赴。
秋天收获又约定，姑娘小伙相互助。
晚上度更[①]行坐夜，促进感情更牢固。

赶歌会——勿银美

上湘男女青年各自相约，穿新戴银，盛装打扮，三五成队，赶赴歌会。三月大戊日赴雾蒙歌会，六月初六赴哈团岑惹歌会。歌会结束，即入就近村寨住进亲友家做客，勿银美，居住三五天，进行行歌坐夜。

上湘男女青年聚，每逢歌会去赶集。
届时全身着盛装，三五成群又结队。
赴大雾梁六团住，奔上岑惹八寨居。

① 度更，侗语，指煮夜宵意。

宿亲友家匆银美[1]，行歌坐夜觅知己。
寻得知音唱对歌，互相了解把凭易。

村寨集体做客——匆耶

侗族周边各村寨农闲时盛行匆耶。有耶牒拉（油茶、甜酒）、耶高（酒耶）之分。耶牒拉较简单，随时可做，主要为青年男女提供行歌坐夜，招待一顿油茶或甜酒就行。耶高规模大，活动内容多，做时要事先互相预约，一般每两年一次。今次你到我村，下次我到你寨。要搞文艺汇演，唱侗戏，比对歌，赛芦笙，杀猪宰牲，办宴席招待耶客和举行仪式，接客送客等等。青年男女则趁机行歌坐夜。

（一）

上湘周边各寨村，匆耶习俗极盛行。
秋后春前休闲日，你来我往做客勤。
加强来往促团结，密切联系增友情。
青年男女行坐夜，谈情说爱觅知音。

（二）

村寨匆耶习俗定，大多秋后来进行。
寨为单位行组织，相互来往添友情。
今天你来我做主，下次我往做客人。
家家堂中客满坐，户户席上酒盈樽。

（三）

匆耶规模情不同，招待耶客有轻重。
耶牒随时可以做，油茶招待简便松。
耶高活动较复杂，两寨事先要沟通。
一般两年做一次，规模宏大内容丰。

① 银美，侗语，指青年姑娘。

（四）

耶高时长规模大，举办起来较复杂。
两寨事先预约好，提前准备付辛劳。
对歌演戏赛芦笙，耶高活动必进行。
猪羊佳肴和水酒，招待耶客应备有。

勿耶高程序

酒耶规模大，时间长，活动内容丰富，故主客两寨事先沟通好，各自先要做些准备。

（一）

耶高村寨社交一，双方都先要准备。
歌队戏队芦笙队，舞龙舞灯舞狮子。
主寨要做好接客，猪羊佳肴和酒水。
活动议程协商好，务使勿耶井有序。

（二）

客寨勿耶出发前，耶客岩坪仪式先。
酒耶队伍三部分，耶头芦笙众乡员。
人到齐后围成圈，耶头请师祭萨念。
天合地合人神合，普水安道无忌全。

（三）

请萨化符颂词完，吹行进曲绕场圈。
酒耶队伍甚浩荡，少的几十多百员。
耶头萨神前一后，两位将军随后边。
最后老人压阵脚，浩浩荡荡主寨前。

（四）

酒耶之首几头客，走在前面穿着特。

侗帕包头插雉羽，身披布毡鲜红色。
头位佩剑显威严，怀抱锣盘和颜悦。
其余几位打扮同，未佩刀剑锣盘缺。

（五）

紧跟耶头芦笙队，头包侗帕插雉羽。
身着侗锦芦笙衣，腰围侗锦花带系。
花带重叠内层长，两边缝入雉毛镶。
下端雉毛薏米串，做成珠子花缭乱。

（六）

酒耶成员叫子耶，盛装打扮一长列。
每人手提一竹篮，内装新衣加上别。
篮用侗锦花帕盖，出嫁新娘也是这。
队伍出发上路时，芦笙欢奏曲清彻。

迎 客

（一）

耶客来到主寨滨，先在寨外吹芦笙。
主寨寨老古装著，带领姑娘芦笙群。
排列拦门欢迎曲，姑娘设障堵寨门。
层层设下障碍物，纺车鸡笼犁耙凳。

（二）

姑娘唱起拦路歌，要求耶客对歌吟。
对上一曲拆一物，一问一答尽人兴。
对答错了呀啰味！重新答上才能成。
对答完了物拆毕，耶客才能进入村。

（三）

对答圆满无缺陷，路障拆完客进门。

耶客进入主寨村，举行仪式迎客人。
芦笙队奏进堂曲，耶客进入鼓楼坪。
表演双人芦笙舞，演毕抢客即进行。

抢　客

耶客进入鼓楼坪，耶头率众绕三巡。
芦笙队奏进堂曲，表演双人舞芦笙。
跳过三曲主持宣，散客抢客即进行。
主寨群众拥入场，摘客雉羽进家门。

酬　客

（一）

耶客随主进家门，热情款待不可轻。
抢得客多最荣幸，烟酒茶待极热情。
未抢得客不好意，到客多家把人分。
家家户户客满座，主宾欢聚感情增。

（二）

午后双方鼓楼云，踩堂多耶赛芦笙。
耶客进寨受欢迎，主人酬客别有情。
演出之前戏台上，演员祝词谢主人。
少年儿童耐不住，鞭炮纷纷台上扔。

（三）

耶客戏台演出期，台下观众不得宁。
老中青年施不吝，红包台上落纷纷。
妇女也各显身手，争抛花鞋锦带巾。
整场演出甚热闹，台上台下心连心。

（四）

次日宾主游寨村，青年男女上山岑。
情歌对唱互摸底，谈情说爱觅知音。
情投意合把凭换，邀约再会增感情。
晚上则行歌坐夜，悄声细语诉衷心。

宴耶

（一）

耶客离去头一天，主寨举行合拢宴。
杀猪宰牲宴耶客，主客聚会极乐欢。
席上主客忙不迭，频频举杯把酒劝。
酒过三巡主人起，邀客换杯把酒干。

（二）

两人换杯把酒干，三者插入也来劝。
宴席桌上歌敬酒，撑一撑二到撑三。
手臂交错甚热闹，主酣客醉情意绵。
反时针向依次敬，散席圆杯尽所欢。

（三）

宴毕耶头招芦笙，吹骂搞[①]曲谢主人。
客人谢毕发邀请，下次勿耶到我村。
主村寨老示答应，还礼则把猪头赠。
客接猪头举仪式，陈述款词来谢忱。

送耶

勿耶完毕客离村，主寨男女聚寨门。

① 骂搞，侗语，吵扰之意。

两寨结下深情谊，牵手吟歌舍难分。
主人极力挽留客，耶客难留要出村。
过筛补酒把客送，一场勿耶算完成。

（四）婚姻习俗

上湘的婚姻，总的说来有自由恋爱和父母包办两种形式。但有所不同，分别有如下情况：一是男女双方素不相识，或者互不了解，但门当户对，全由父母包办，请媒人说合，双方同意缔结的婚姻，即所谓的明媒正娶；二是男方有意，托媒去女方家说合，女方表同意缔结的婚姻，亦属明媒正娶；三是男女双方自由恋爱，愿意结婚，但有一方家长不同意，需请媒人沟通，双方家长同意后，缔结的婚姻；四是男女自由恋爱，不管双方家长同不同意，缔结的婚姻。

侗家婚姻习俗明，包办自由两分清。
明媒正娶婚姻结，媒人来去走得勤。
生辰八字相吻合，迎亲办酒协商定。
自由恋爱婚姻缔，主要事情男方承。
两式相同又相别，相同相别复相近。

（1）明媒正娶

请媒——多媒

（一）

明媒正娶结婚姻，全由父母包办成。

或是男女无接触，双方均有爱慕心。
男的告知家父母，请托媒人去说亲。
媒人肩负说亲任，去到女家来意明。

（二）

一次请媒出门行，锅炒糍粑三半斤。
前往女家求婚配，需把来意说清明。
女方父母示同意，收下糍粑待媒人。
媒返男家报信息，说明婚事有了门。

（三）

明媒正娶结婚姻，双方家长均应允。
媒人再次到女家，详细介绍新郎情。
女方又次热情待，新娘情况也说清。
媒人回来报信息，男方高兴女欢欣。

（四）

明媒正娶结婚姻，男方三次托媒人。
前往女家取八字，出生年月与时辰。
算命先生红庚合，详测有无相克因。
结果相合不相克，表明婚姻事可成。

（五）

明媒正娶姻缘缔，男方四次托媒去。
赠送银元若干两，交由女方打首饰。
送银多少家情定，半斤一斤十两宜。
女方如数把钱收，回报男方做准备。

（六）

明媒正娶婚姻缔，男方五次请媒去。
携带礼物到女家，商定婚礼和婚期。
送礼半盘或满盘①，婚期一天或三日。

① 半盘、满盘，侗族婚礼名词。满盘，送猪肉 48 斤、糍粑 150 个以及酒水等；“半盘”，即减半。

婚礼婚期均确定，拟办婚宴报亲戚。

结婚准备

双方商定要结婚，结婚准备需早行。
男备肥猪米水酒，打粑糯米尽丰盈。
女方准备新衣服，手帕鞋袜嫁妆新。
婚宴日期已商定，送礼多少也讲清。
双方均再无异议，准备随时结婚姻。

催　婚

双方确定婚姻缔，主动权由男方持。
结婚当年的秋季，男方派人把婚催。
携带礼品鸭酒肉，告知冬季办婚礼。
女请房族热情待，同意冬季结连理。

报结婚日

双方同意当年缔，男方选好结婚日。
当年冬季择一天，派房族人多少位。
提鸡鸭肉往女家，报知某日办婚事。
女方叔伯来赴宴，接亲送亲人数议。

接　亲

（一）

举办婚礼择良辰，男方头天去接亲。

迎新队伍需五位，男方房族人中寻。
妻儿女全一男士，有夫儿女两妇人。
一男初了①青年任，同往女家新娘迎。

（二）

举办婚礼头一天，男方派人接买仙②。
接亲礼物糍粑酒，茶叶片糖与食盐。
盛箩装筐成一担，接亲男士挑在肩。
两位故巴③作陪伴，青年初了持洋伞。

（三）

迎亲队伍着盛装，手拿红伞不许张。
快到女家鸣鞭炮，女方接担进屋堂。
伴娘队伍早选好，当晚同席话吉祥。
女方长老开礼物，手解绳索口念章。

附：开接亲礼物颂词

颂词（1）

两手解绳索，金银财宝装满箩。
一开天长地久，二开地久天长。
鸳鸯成对，龙凤成双，
新娘出门喜安康。
拿一双，双龙抢宝；
拿二双，瑞光吉祥；

① 初了，侗语，接亲成员之一。
② 买仙，指新娘。买，侗语，妻子，这里指新娘。
③ 故巴，侗语，指姑姑，这里专指接亲成员中的两位妇人。

拿三双，夫妻团圆；
拿四双，日月普照，雁落殿堂。

颂词（2）

打开伞

一开开金伞，二开开银伞；
三开金银宝贝，四开富贵荣昌；
五开天生一对，六开地生一双；
圆伞盖天，全家幸福又安康。

开盐包

打开盐，富贵双全，
金银财宝倍加增添。

开茶包

茶叶好，福气大；
生得七男二女家大发。
茶叶香，富贵双；
合家幸福快乐又安康。

（四）

伴娘队伍女方选，一位头客四娘伴。
头客儿女夫全有，伴娘美貌善歌言。
备新衣服若干套，竹篮装盛接亲担。
万一闹婚受污染，应急时刻便换穿。

（五）

接买送买在女家，热情款待微不差。
同席共话吉祥语，头客伴娘把话发。
要求男方斯文点，不用锅灰伴娘抹。
莫把粑棰娘伴沾，接亲一一答应下。

（六）

送买队伍着盛装，准备适时离家房。
出发之前举仪式，设坛敬祖烧纸香。
新娘取出整匹布，初了扯下丈余长。
摆桌酒席族人坐，举杯痛饮干三光[①]。

（七）

出门仪式敬纸香，告知祖先把心放。
姑娘今日要出阁，保佑一切都顺畅。
出门仪式履行毕，准备出发把路上，
随着鞭炮噼啪响，姑娘出门离家房。

（八）

接亲队伍离家门，排列顺序习俗定。
头客火把作先导，接亲挑担随后跟。
新娘夹在伴娘中，手持洋伞忌开撑。
绕桌一周出门去，化符禾草藏在身。

接亲路上

接亲队伍路上行，头客火把半路扔。
遇上对面接亲队，抢占高处吉利争。
来到寨边临时停，每人一碗甜酒饮。
双方符草切齐整，鸣放鞭炮迎进村。

① 光，侗语，指碗。

到家门口明火跨，祛邪存吉进家门。

新娘进屋

（一）

迎接新娘进家屋，新郎家中有摆布。
有夫儿女贤明妇，郎家事务她做主。
杉树干叶堆门外，告知家人避或出。
洞房门口盆架筛，甜酒油茶碗筷箸。

（二）

新娘进寨放鞭炮，郎家事先准备好。
新郎楼上大门跨，示意新娘服从少[①]。
安排家人全躲避，防与新娘生争吵。
新娘跨火进堂屋，示意祛邪除恶妖。

（三）

新娘进入郎家了，举行仪式不可少。
郎家堂屋摆桌席，新娘围桌一周绕。
洞房布置早完毕，门口圆筛已放好。
新娘跨筛进洞房，万事如意福祉招。

（四）

家无孕妇双全[②]君，端坐中堂方桌边。
一人一碗清茶水，口吃黄豆“添”三声。
接亲队伍进堂屋，绕桌一周火房进。
伴娘火塘坐休息，等待晚宴热闹欣。

① 少，侗语，指新郎或丈夫。
② 双全，指有儿有女的人。

设坛祭祖先

买进屋后设祭坛，大米香纸酒礼钱。
祭坛摆在神龛前，道灵先生一手专。
点灯烧香焚纸钱，作揖跪拜念经篇。
示意新娘已进屋，一切顺利慰祖先。

晚宴席上

（一）

新娘进屋当天晚，郎家盛宴待客员。
众望老人颂贺词，美满婚姻庆团圆。
百年好合鸳鸯对，龙凤成双儿女全。
颂毕举杯共祝贺，合家欢乐幸福添。
干杯！

（二）

新娘进屋当天晚，婚宴席上非等闲。
青年男女宴席上，歌劝伴娘把酒干。
伴娘以歌来回答，对答如流众赞酣。
主方催歌客人接，接不及时喊声喧。
嗨啰喂！

（三）

敬酒过后即转题，伴娘席上赞歌起。
赞新郎家丰盛宴，赞郎家人勤俭持。
赞郎兄妹聪明智，赞郎寨人好客极。
歌歌称赞郎家好，句句颂唱郎方吉。

（四）

男方青年男和女，考验伴娘赞歌技。
故选用具桌上摊，伴娘件件歌赞誉。
大多都有现存句，对答如流无所非。
有的需要临时编，赞不及时嗨啰喂！
赞歌俱赞郎家好，主客尽兴方散席。

挑索买——吵闹新娘伴娘

晚宴结束老人歇，新娘伴娘得熬夜。
需煮甜酒烧油茶，款待前来贺喜客。
青年男女嬉戏闹，吵要喂酒喂随牒[①]。
闹要点烟要饭菜，递碗递筷斗智策。
笑语欢声充满屋，情歌对唱天亮彻。

别索买——找新娘伴娘撒娇

童稚事先有人教，寻找索买[②]来撒娇。
喂饮喂食故找词，洗脸洗手枝节挑。
鸡蛋里面找石子，考验索买善诱导。
吵来争去滚新床，横七竖八装睡觉。

贺喜——贺买

双方把结婚日期定下后，远亲近戚及宾朋好友都已告知。婚宴头天，男方把新娘接进屋后，第二天所有的亲戚朋友都来贺喜——贺买。携带礼

① 随牒，侗语，指糍粑油茶。
② 索买，侗语，指伴娘和新娘。

物有水酒、猪肉、礼包、衣被及用具等，肩挑手提，鸣放鞭炮，络绎不绝。主人安排专人接待，领去先吃碗甜酒或油茶，等待婚宴。

（一）

双方结婚日子定，亲戚朋友早告知。
头天把买接进屋，全房族人帮忙事。
亲戚朋友来贺喜，手提肩挑续络绎。
鸣放鞭炮响连天，专人接待热情极。

（二）

举行婚礼黄道吉，亲戚朋友来贺喜。
携带礼品水酒肉，红包匾联鞋被衣。
礼轻礼重专人点，回礼还礼糍粑随。
先吃油茶或甜酒，等待正式婚宴席。

陪嫁田林

上湘姑娘出嫁，一般没有嫁妆。只是在明媒正娶的婚姻中，个别比较富有的人家，有送陪嫁田地和陪嫁山林的做法。陪嫁田地和山林属姑娘私有。但此种情况非常少。

（一）

姑娘出嫁夜离家，提起衣篮就出发。
自由婚姻均如此，明媒正娶多效法。
个别富有人家中，闺女出阁有陪嫁。
陪嫁物有树山林，或是田地多亩把。

（二）

陪嫁田地树山林，作为姑娘私房金。
田地山林有收入，姑娘支配可任凭。

男方兄弟和房族，无权干涉或侵吞。
逝后退还舅家主，或由女儿来继承。

正式婚宴

正式婚宴有两种情况：有办一天的，有办三天的。办一天的，由主家负责头天的招待，次日由房族负责一餐，即送新娘回门。办三天的，头天由主家负责招待，次日中餐以后分别由兄弟和房族负责“掠盘待客”[①]。最后再由主家负责办一餐散客，送新娘回门。但实际上办三天的极少。

（一）

郎家结婚定日子，亲戚朋友均告知。
贺喜亲友具到齐，郎家正式婚宴举。
美酒醇醪盛满盅，山珍海味摆盈席。
表示恭贺赠吉语，互相敬酒齐举杯。

（二）

婚宴席上敬酒欢，新郎新娘端出盘。
斟酒持杯敬贺客，致谢亲友礼厚娟。
吉语良言恭喜赞，亲友难却把酒干。
郎家盛宴只一顿，次日喜酒房族担。

（三）

正式婚宴第二天，盛宴喜酒房族办。
掠盘[②]款待贺喜客，不亚主家盛宴餐。
宴毕鸾买[③]回娘家，娘家招待送亲员。
举办三天的婚宴，次日中餐即有变。

---

① 掠盘待客，指房族内各户各提一盘菜、一壶酒来招待客人。
② 掠盘，侗语，指各家拎酒菜。
③ 鸾买，侗语，指送妻，这里指送新娘。

（四）

三天喜酒次日餐，先由兄弟来承办。
接着房族来负责，掠盘待客合拢宴。
伴娘晚上行坐夜，情歌对唱喜乐欢。
最后一餐回主家，鸾买回门把客散。

附：婚宴贺词（1）

桃子尖尖，杯子圆圆。
我得吃了，美味香甜。
二人好合，天地良缘。
双生贵子，盖过凡天。

婚宴贺词（2）

进了一堂又一堂，美画贺联挂两旁。
抬脚来到贵府上，十杯美酒摆中堂。
一杯美酒鸳鸯成对，二杯美酒龙凤成双。
三杯美酒白头到老，四杯美酒百事荣昌。
五杯美酒五子登科，六杯美酒六位高升。
七杯美酒七星高照，八杯美酒八仙过海。
九杯美酒九子团圆，十杯美酒万事兴隆。

婚宴贺词（3）

竹箩筐圆沉甸甸，金银财宝满尖尖。
婚礼糍粑团团圆，七男二女是神仙。

婚宴贺词（4）

一开天，二开地，三开生和气。
四开生富贵，五开五谷丰登。
六开金银宝贝，七开七男二女。
八开八仙过海，九开九子团圆。
十开合家欢乐福寿添。

砸礼粑——重随买

男方举办婚酒，要做很多糍粑作为礼品：一是分别回赠来贺喜的亲友；二是送新娘回门时，送给女方作为送亲友的礼品。所以才有捶糍粑这个热闹场面。

（一）

婚宴期间捶糍粑，作为礼品亲友发。
新娘拿出衣一套，稻草人穿槽边插。
鼓励小伙多用力，砸出糍粑细嫩滑。
双全老人把槽开，青年小伙喊声大。
嘿啰嘿啰举起槌，你上我下奋力砸。

（二）

婚礼糍粑槽又槽，青年小伙嘿声高。
郎尼举槌使劲砸，伴娘团粑一般大。
团团圆圆斤多重，还团两个盖箩用。
你捶我团乐开怀，小伙伴娘斗口才。
哥不用力砸不烂，妹未擦汗汗难干。

（三）

最后一槽糍粑完，青年小伙把身转。

追赶新娘伴娘闹，举起木槌身上粘。
伴娘担心抹黑脸，走街串巷躲藏潜。
有人特意通报信，她们这里那里掩。

（四）

郎尼追赶紧不放，伴娘躲藏怕声张。
抓住伴娘不放手，乌黑锅灰抹脸上。
喜笑开怀叫声欢，争吵嬉闹不相让。
围观群众捧腹笑，男女老少喜洋洋。

附：重随买开槽词

日吉时良，天地开张。
一打金，二打银，
三打进财源，四打进田庄，
五打五子登科，六打六位高升。

送新娘回门——鸾买

婚宴过后，男方要送新娘回娘家，要陪送很多礼品（主要是猪肉、糍粑、水酒等），分成若干担，由房族人（主要是男青年）挑送去。由女家分给亲友和举办宴席招待送亲人、房族及亲友用。

送新娘回门礼

新娘回门送担礼，半盘满盘酌分配。
正客报恩装一担，送新娘家父母的。
娘家祭祖装一担，举办酒席宴友亲。
房族祭祖装一担，掠盘待客办酒席。
补拉按户装一担，每家多少有定规。

茶礼专门装一担，娘家房族亲戚吃。
扛鱼抬猪挑水酒，女家设宴所必需。

回门出门仪式

（一）

新娘回门举仪式，郎家堂屋设虚席。
族人佯饮三杯酒，鸣炮示意回门去。
新娘糍粑花帕裹，姑娘红伞糍粑持。
新娘姑娘同出屋，走至岔路互换礼。

（二）

新娘姑娘礼物持，指定地点行交易。
行换手礼背靠背，换后姑娘另路回。
新娘姑娘换手礼，示意双方成亲戚。
互谅互让多来往，亲密和睦增友谊。

鸾买回门

送新娘回门的队伍，少的几人，多的十几人（奇数）。抬着猪，挑着担，一路铳炮当当响。送到女方寨门，被拦在门外，女方先唱拦门歌，男方回答，唱开门歌，经过一番折腾，允许进村。来到女家门，又被挡在门外，躲藏在背后的姑娘突然上来，油手锅灰抹男方小伙的脸。女方族人急忙接担，小伙迅速进屋。

（一）

婚宴过后送买还，首先必要人员选。
未婚小伙若干位，儿女双全男一员。
回门礼物准备好，满盘半盘原商安。
送亲人员限奇数，具体多少礼担看。

（二）

送亲队伍甚浩荡，一路铳炮响咚当。
队伍抵达郎家寨，首先遇到寨门挡。
女方亲友把门拦，催歌男方接歌唱。
男方接歌或答词，得到允许进村庄。

（三）

鸾买来到娘家房，燃放鞭炮连天响。
又遇族人家门挡，隐蔽姑娘突上场。
油手锅灰抹小伙，一脸花黑出洋相。
女方族人忙接担，小伙快速进屋堂。

附：拦门酒词

金杯酒，银杯酒，杯杯富贵酒；
文也有，武也有，文武双出头；
左手接一杯，高门富贵万万岁；
右手接一杯，夫妻恩爱过百岁。

（四）

客人陆续进屋堂，热情接待喜洋洋。
招呼请坐忙拉凳，优质烟叶即送上。
洗脸热水腾腾雾，甜酒油茶喷喷香。
男女青年相挑逗，你追我赶串村庄。

回门酒宴

在鸾买回门的当天晚上，女方办回门晚宴。在回门礼中有一担礼品，盖有大糍粑的箩筐，放在酒宴的主席桌旁。主持宣布宴席开始，由女方房族一众望老人来开箩筐，手揭箩盖口念章。毕，共同举杯，干头一碗酒，酒宴开始。

（一）

回门礼中有一担，大块糍粑箩筐冠。
殷红喜字甚鲜艳，儿女双全男汉担。
晚宴时放主席位，宴席开始主持宣。
众望老人开箩盖，手解绳索念祝言。
念完举杯共祝贺，一饮而尽头一碗。

附：开箩祝词（1）

登堂全是大圆光，正午月亮团团光。
左手鸳鸯结成对，右手龙凤配成双。
同时夫妻心如蜜，相亲相爱又相帮。
今日欢饮团圆酒，他年必出状元郎。

开箩祝词（2）

一朵葵花向太阳，金银宝贝下山来。
来到家中成富贵，来到家中富贵财。
一开鸳鸯成对，二开龙凤成双。
三开白头到老，四开百事荣昌。
五开五子登科，六开六位高升。
七开七星高照，八开八仙过海。
九开九子团圆，十开万事兴隆。

（二）

接着姑娘歌敬酒，催歌客人接歌还。

送亲罗汉回答慢，毫不客气动手掰。
按住郎尼嘴里灌，回报伴娘受磨难。
客人被逼把酒饮，无不酣醉神亦仙。

（三）

回门当天的夜里，送亲客人难休息。
女方姑娘纠缠紧，吵要买鸡煮更[1]吃。
男的故说没带钱，女就拉扯拧到底。
脱下郎汉身上衣，买鸡记更[2]才满意。

（四）

婚宴过后买回门，男方罗汉送买还。
回门礼物需齐备，猪肉水酒鱼米全。
送回门酒过三关，拦门灌酒剥衣衫。
伴娘郎家受折难，今得报复才心甘。

（五）

次日午餐回门席，女方房族招待的。
掠盘待客合拢宴，宾主尽兴把酒吃。
热闹非凡如以往，客人多半酩酊醉。
挑担回家各自散，一桩婚事算完毕。

不落夫家

明媒正娶的婚姻，新郎新娘不同房，婚宴之后，即送新娘回娘家，以后就长期住在娘家了。接着迎来送往，前后要经过三五年时间，待新娘怀了孕，才正式回夫家长期居住。

（一）

正娶婚礼时间长，新郎新娘不同房。

① 煮更，侗语，一般指煮夜宵、吃油茶甜酒之意。
② 记更，侗语，吃夜宵，吃油茶、甜酒之意。

婚礼结束送亲后，新娘回住父母方。
待到次年二月间，男方数妇接买还。
买在郎家住几天，郎家又送买回转。

（二）

男方接买回夫家，住上几天返娘家。
三年在上五年下，不住夫家住娘家。
直到新娘怀了孕，女方数妇送夫家。
从此长期夫家住，养儿育女当自家。

（三）

婚宴过后送买回，买在娘家居住期。
姑娘行为不受限，行歌坐夜如往昔。
勿索勿耶[①]赶歌会，情人相约均允许。
织锦刺绣添内容，增作婴儿鞋帽衣。

送坛吃猪腿

（一）

送买回门宴会完，散席各自把家转。
男方故意留坛罐，女家择日送回还。
黄道吉日选择定，买美[②]赠郎新衣衫。
房族众妇礼担送，新绣花巾遮坛篮。

（二）

女方送坛礼厚佳，男家族妇劳接驾。
迎客进屋扯又扯，请吃油茶家复家。
掠盘待客行盛宴，吉语良言娘郎夸。
送坛郎家吃猪腿，宴毕还礼糯糍粑。

① 勿索勿耶，侗语，指姑娘做客。
② 买美，侗语，指新娘。

送棉纺纱

（一）

婚礼过后第二年，农历正月上旬间。
新郎母亲约族妇，给新娘送纺纱棉。
女家房族妇女待，掠盘款客宴席欢。
饭后送棉客回返，女方欢送情绵绵。

（二）

新娘将棉纺纱完，农历二月上旬间，
女母邀请房族妇，纺好棉纱送还男。
男家族妇举盛宴，行合拢宴把客款。
宴席散后送客归，双方惜别情意绵。

婚后接送新娘

此种情形一般存在于明媒正娶和经过托媒说和后缔结的婚姻中。

（一）

婚礼过后新娘归，住在娘家事劳体。
次年二月春龙节，男方一妇带姑媳。
前往女家新娘接，拉扯新娘郎家回。
新郎新娘始同宿，夫妻生活甜蜜蜜。

（二）

新娘郎家住几天，郎家一妇送买转。
三月初三上祀节，男方派人接买还。

（三）

住不几天买自归，男方不送女不理。

四月初八插秧急，男方数妇接买回。

（四）

买住男家插秧毕，自回娘家无人理。

待到怀孕有了喜，女方数妇送买回。

从此新娘住夫家，等待生儿或育女。

夫妻二人融水乳，长期生活不分离。

（2）自由婚姻

自由婚姻之一

行歌坐月相亲人，自由恋爱秘密行。

两人多次相接触，双方意合又投情。

已是瓜熟蒂也落，男女决定要结婚。

分别告知各父母，要求双亲答应允。

自由恋爱

多媒——托媒

自由恋爱一般秘密进行，结婚前，双方告知家长，有两种情况：一是双方家长都同意，男方托媒前往女家试订婚；二是有一方家长不同意，同意方托媒前往说亲后同意结婚。

（一）

男女双方达婚龄，几经接触愿成亲。

双方父母均同意，多媒前往试订婚。

酒肉糍粑礼品备，媒人上路女家登。
表明来意与心愿，取定情物九分成。

（二）

上湘结亲请媒说，笋壳包好糍粑糯。
媒到女家得应允，取回庚辰先生合。
算命先生八字测，男女相合两欢乐。
送红庚礼首饰银，择吉良日把门过。

接　亲

（一）

双方意合又投情，家长同意应了允。
男方邀请两同伴，手提灯笼夜宵品。
深夜前往女家去，迎接新娘来夫门。
女的约伴在等候，吃完夜宵别双亲。

（二）

接亲多在夜间行，出门选择寅时辰。
一是人与寅谐音，外出办事吉利增。
二是夜深境清静，非吉利事少逢迎。
迎接新娘是喜事，一路风顺必先争。

接亲路上

迎接新娘夫家行，新娘装篮郎伴拎。
新娘手拿新雨伞，忌讳打开换手擎。
路上碰人要躲让，遇另接亲避让分。

来到夫寨凉庭歇，新娘伴娘甜酒饮。
郎家门外燃篝火，新娘伴娘跨进门。

新娘进门

（一）

公婆楼上大门跨，新娘进屋穿胯下。
家人大小早避开，只留道灵先生在。
新郎堂屋盆架筛，新娘跨越走过来。
道灵先生接雨伞，发化符草娘伴买。
堂屋坛前祭祖先，告慰郎娘安然泰。

（二）

接亲当晚习俗定，禾把放在门外清。
新娘入门提进屋，挂堂屋柱表定根。
鸣放鞭炮宣告示，某人把买娶入门。
买美生火煮油茶，碓房舂米传臼声。

（三）

深夜闻到人舂米，左邻右舍均知悉。
知道某某已娶妻，次日清晨看买美。
主家热情油茶待，美之名曰牒买①吃。
急切看到买一眼，品头评足脸笑迷。

① 牒买，侗语，指新娘油茶。

贺　喜

郎家举行结婚礼，亲戚朋友早告知。
婚礼头天接买回，次日亲友来贺喜。
一路鞭炮响噼啪，亲友贺喜有贺礼。
酒肉贺匾钱被衣，肩挑手提续络绎。
族人接担进屋堂，专有收点礼物记。

正式婚宴

（一）

郎家结婚定日子，亲戚朋友均告知。
贺喜亲友具到齐，郎家正式婚宴举。
美酒醇醪盛满盅，山珍海味摆盈席。
表示恭贺赠吉语，互相敬酒齐举杯。
新娘新郎酒敬客，吉语良言恭贺喜。

（二）

郎家结婚日子宣，举办婚宴只一餐。
亲戚朋友来恭贺，赞新郎娘举杯干。
郎家盛席婚宴毕，次日房族来承办。
掠盘待客吃一顿，宴毕送买娘家还。
（活动内容与明媒正娶同）

自由婚姻之二

男女双方秘密恋爱，两人决定结婚。由男的约一两个同伴偷偷陪新郎把新娘领回家，告知父母。家人自然高兴，烧煮油茶热情款待，并鸣放鞭炮。次日派一众望老人前往女家报信：说你家姑娘已到我房族某某家为媳……并兼负商量办婚礼、婚酒之事。

（一）

自由婚姻另一情，男女相爱秘密行。
双方家长都不晓，瓜熟蒂落自结亲。
新郎约伴新娘接，新娘偷偷离家门。
新郎新娘一路走，尽量避免遇行人。

（二）

新郎新娘一路行，人鬼不知进了村。
新郎进屋把娘叫，儿已引买①进家门。
家人高兴油茶待，买献布酬郎伴辛。
次日派人丈母报，兼负商量婚事情。

报　信

男方派人到女家报信，可能遇到如下三种情况，但最后都是同意办婚事的。

（一）

报信人赶女家去，女方父母示同意。
热情招待报信人，回礼也无啥挑剔。

---

①引买，侗语，指娶妻。

双方各自告亲友，到时来把喜酒吃。
婚宴按俗规进行，举办酒席一天毕。

（二）

报信人往女家去，女方家长勉强极。
凡事都得争讨商，婚礼婚宴各自提。
开始讨价又还价，双方让步生和气。
最后意见成一致，婚礼婚宴俗定规。

（三）

报信人忙女家去，女方父母示反对。
口口声声骂女儿，冷冷清清不理会。
男方无奈赔不是，亲友劝说下台梯。
生米已做成熟饭，勉强同意行婚礼。

相沓——私奔

（一）

自由恋爱又一情，男女决定要结婚。
双方父母均反对，两人相沓同私奔。
或在亲友家藏匿，或到外地立门庭。
或过多少年和岁，携儿带女回家门。

（二）

自由恋爱结夫妻，双方父母未应许。
或是父母强嫁娶，男该女更不愿意[①]。
两人自定黄道日，相沓私奔躲藏匿。
或走外地落家户，或逃他乡永不归。

① 此句中的“该”和“更”均为侗语，不愿意和不肯之意。

入　赘

上湘婚俗许上门，无后为大是原因。
有女无儿招郎赘，上门郎赘外族村。
兄弟几人异房族，情投意合允许行。
入赘女婿属异姓，跟随女方姓辈名。

继嗣——续家烟

无儿无女家户人，允许继嗣侄过门。
在补拉中有此景，胞兄弟中优先寻。
亲近兄弟没条件，可在房族内找人。
优先考虑何人嗣，都要补拉来决定。

自由婚姻之三

（一）

侗家孩童三四龄，随同长辈儿歌哼。
十岁左右学情歌，十三四岁歌堂进。
行歌坐夜谈情爱，作客他村对歌吟。
以歌传情知音觅，情投意合定终身。

（二）

男女恋爱觅知音，瓜熟蒂落结婚姻。
新郎约好知心友，深夜悄往新娘门。
接来新娘郎家进，吃完油茶友回庭。
新郎新娘洞房入，结为夫妇已告成。

（三）

新娘进门次日晨，告知亲友某日婚。
亲友鸣炮来庆贺，郎家设宴待来宾。
面向大众公开布，这场婚事告完成。
此种形式较简单，依此办理亦少人。

上湘寨内和亲关系

上湘寨内黄姓人，各房族间互结亲。
补拉和盖忍廊稿，补拉放帮同放仁[①]。
女回舅门是陋习，古老习俗逐渐冷。
同一补拉大房族，同一房族禁结婚。

上湘的婚姻范围

上湘婚姻有范围，附近村寨结亲密。
三脚黄寨各村间，互相结亲均允许。
西黔菖蒲和洪州，北至六团及土溪。
南到独坡八寨地，东边团头五通域。
个别他乡远嫁娶，不同民族结亲稀。

离　婚

上湘男女结婚后，因某种原因产生不和，可以离婚。而离婚的方法，全用行动来表示。婚宴过后，女回娘家，男方不予理睬，并挑一担柴火放

① 此两句指上湘各房族名称。

在女方家门口，表示男的要离婚；男家派人去接女方，女的回到男家挑满一缸水溢出缸外，悄离男家，即表示女的要离婚。

上湘离婚事难免，婚后离异实有原。
明媒正娶包办婚，男该女更比例繁。
或是男方先表示，抑或女的示意先。
全凭行动表明白，双方会意知由缘。

男方先表离异

婚宴过后买回门，男方不理不接亲。
郎挑担柴女家放，示意男的要离婚。
男方提出先离异，女方房族把理评。
去到男家坐吃饭，要洗妇钱事才停。

女方先表离异

婚宴过后买回家，男方屡接不到她。
或回郎家来挑水，溢出缸外悄离家。
女方示意要离异，男方房族去索价。
坐镇女家理由讲，要洗夫钱才作罢。

（五）育婴习俗

捆缚包手

上湘育婴习俗，在婴儿生下来后，就用布帕包裹连手捆绑，在坐月期间不能松开，示意长大斯斯文文，听大人的话，不乱动手乱翻乱拿别人的东西。如不捆绑，长大可能成为小偷，偷拿他人的东西。

上湘育婴习俗神，婴儿生下眼未睁。
温水把身洗干净，布帕包裹连手捆。
满月之前不可松，防止手快乱翻腾。
长大翻拿人讨厌，如生三手留骂名。

坐月报亲

女方分娩三天整，专人娘家去报亲。
生男手提公鸡往，育女携带母鸡登。
娘家受报备礼物，准备勿德[1]择良辰。
告知族内姑嫂妇，前去郎家做客宾。
族妇各人也准备，送礼多农[2]诸礼品。

① 勿德，侗语，做外婆的。
② 多农，侗语，给婴儿。

勿德——做外婆

女儿分娩坐月期，母亲择定黄道吉。
邀约族内姑嫂妇，送礼多农认亲戚。
有送背带活鸡蛋，有送鞋帽婴儿衣。
有扛一把糯稻谷，有挑一担酒米随[1]。
女家族妇热情待，掠盘待客办宴席。

产妇坐月习俗

妇女坐月习俗定，产妇卅日不出门。
坐月期间善饮食，催奶育婴会心情。
沾水吹风绝禁止，家庭事务尽减轻。
老公亲友多关心，或找专人来照应。

吃满月酒

（一）

头胎婴儿满月酒，不在家做婆家做。
房族妇女七八人，伴随母婴一路走。
猪肉米酒需齐全，糯米糍粑也要有。
婆家族妇拎高盘[2]，热情款待乐悠悠。

---

① 随，侗语，即糯米糍粑。
② 高盘，侗语，指酒菜。

（二）

二胎以下满月酒，不在家吃走亲友。
满月酒在谁家吃，送礼多农时定有。
吃满月酒互对换，那家欠换有先优。
新定满月随前后，还满月酒不忌久。

（三）

二胎以下满月酒，不在家做走亲友。
上湘习俗有规定，还满月酒不论久。
前辈要是还不了，留给下代人来做。
礼尚往来情意重，吃满月酒忌欠酬。

周岁酒

婴满一年周岁酒，大多都由郎家做。
做前先告请亲友，那天那日儿一周。
亲朋好友作准备，送礼钱物衣鞋帽。
办桌丰盛宴席待，回礼糯米糍粑酬。

（六）节日习俗

侗族的节日很多，可称得上月月有节。上湘（含三脚黄寨）也一样，除每年农历十月十一的“祭祖节”之外，其他节日均与周边地区侗家村寨的相同。

上湘节日自古传，月月有节热闹欢。
大年三十团圆庆，正月十五元宵团。

二月二把新娘接，三月初三敬飞山。
四月初八乌饭郁，五月初五粽粑鲜。
六月初六尝新节，七月十五赐祖钱。
八月十五赏秋月，九月初九敬老仙。
十月十一祭先祖，一年四季节节悬。
腊月除夕辞旧岁，合家团圆迎新年。

(1) 春节

一年四季节日中，要算春节最隆重。
准备年货大扫除，迎接新春新衣缝。
腊月廿三小年起，正月十五元宵终。
时间最长活动多，礼仪厚重内容丰。

过年准备

腊月岁尾天气寒，家家户户备过年。
买炮买糖购年货，杀猪杀牲敬祖先。
赶打年粑甜藤捣，准备年画灯笼联。
外出人员回家转，少年儿童换新颜。
合家团圆迎送岁，大年三十同乐欢。

打扫卫生

腊月廿四搞卫生，寨内户户都进行。
生活用具祖先位，屋顶板壁墙角根。
水井沟壑石板路，牲圈凉庭村寨门。
或扫或掸水清洗，亦干亦净迎新春。
灯笼盏盏挂檐底，春联副副贴门楹。

打年粑

上湘过年打年粑，家家户户糯米发[1]。
甜藤水浸昼夜过，蒸笼蒸熟棒槌砸。
男汉捶打女辈团，晾干水浸数月加。
或当礼品送亲友，或待客人泡油茶。

制作侗果

采来甜藤洗净鲜，制作甜汁藤捣烂。
糯米蒸熟捶糍粑，加甜藤汁合砸软。
晾至半干糍粑切，指头大小粒晾干。
热锅炒豉或油炸，裹上糖汁芝麻粘。
一般过年时才做，吃年糖茶香脆甜。

杀年猪

（一）

腊月廿四前后天，杀猪过年不再延。
家家早备猪一口，户户宰杀先后间。
帮忙亲友及时到，房族邻居不贪闲。
磨刀烧水动手宰，分工到位细密严。

（二）

有猪过年喜盈盈，预示来岁福祉增。
宰杀顺序分前后，轮吃抛馕习俗承。
杀猪帮忙当然客，房族亲友老少青。
抛馕席上甚热闹，饮酒划拳吉利云。

① 发，指将糯米用水泡胀的意思。

杀猪过年

备年酒

兴高采烈迎大年，家家户户喜连天。
杀猪之前酿年酒，烘谷春米酒曲全。
每户至少一斗米，酿制水酒满缸坛。
祀神待客随取用，节日气氛浓兴添。

置年货

大年三十即将到，准备年货不可少。
柴米油盐酱醋茶，糖果柿饼铳鞭炮。
新衣新鞋新头饰，红纸红灯红礼包。
贴新门联迎春到，焚纸香烛祖神朝。

大年三十祭神灵

（一）

上湘信仰多神灵，大年三十祭祀神。
祖先萨岁和土地，飞山社公寨门神。
山水石树与桥头，河边道上过路神。
荒郊野地诸野鬼，天上地下有众神。

（二）

上湘过年祭神灵，备酒备食竹篮盛。
寨门寺庙萨岁坛，河边路侧桥头顶。
烧香焚纸点蜡烛，洒酒作揖跪拜行。
祈求太平鼎盛世，六畜兴旺谷丰登。

宰杀家禽过年

（三）

大年三十夜晚到，家家户户鸣鞭炮。
合家团圆吃年饭，留给祖先席位高。
初一清晨打新水，煮沏清茶家祖招。
初三过后狮龙舞，穿村走寨堂屋蹈。

（四）

上湘鼻祖江西住，躲避战乱逃亡出。
肩担步行春又春，半路过年度复度。
三十除夕火池旁，放置箩筐与碗箸。
团圆饭时烧块肉，缅怀祖先过年苦。

年三十守岁

三十晚饭团圆毕，同围火塘行守岁。
炕篮系上一绳子，捆绑菜叶吊篮底。
嘴吃花生嗑瓜子，眼看火节测天气。
或讲故事赞祖先，守到鸡鸣才歇息。

守岁测天气

大年除夕守岁时，预测天气晴或雨。
年饭过后围火塘，铁钳夹出红火子。
一年共有十二月，夹出火子双六只。
从右至左依次排，黑白分明晴雨识。
白示晴天阴雨黑，一年天气大致知。

挑新水

三十守岁到鸡鸣，已是初一早临晨。
家家户户汲新水，男男女女河井奔。
取回新水清茶沏，焚香点烛敬祖神。
放炮烧纸诚祈祷，人畜兴旺事顺心。

吃年油茶

年节油茶花样鲜，油茶佐料内容全。
米花黄豆爆包谷，花生年粑猪肠肝。
初一二三油茶沏，祭祀神灵及祖先。
房族各户互吃请，过年油茶香脆鲜。

吃年糖茶

初一二三正餐前，先吃糖茶再宴餐。
原料柿饼米糖果，办年货时早备全。
挑来新水清茶沏，摆好糖果敬祖先。
一人一碗清茶水，茶糖柿饼味美甜。

大年初一到元宵

（一）

大年初一到元宵，亲友走访待客劳。
或住家中事休息，或坐凉庭天地聊。
牵狗上山行打猎，走寨勿耶情趣高。
青年男女学唱歌，演戏对歌果热闹。

（二）

大年初一到元宵，节日消遣乐逍遥。

赌钱打牌是恶习，为了娱乐也搞搞。
勤奋人家磨刀斧，上山砍树堆柴烧。
过了元宵大年过，投入农事辛苦劳。

（2）元宵节

正月十五元宵到，磨糯米面做元宵。
堂屋内外灯笼亮，童稚提灯兴致高。
热闹场面过年似，青少年人赛高跷。
夜幕降临舞龙灯，晚上猜谜侗歌教。

（3）春龙节

（一）

二月初二过春龙，甜藤粽粑款宾朋。
妇女采来甜藤蔓，洗净去皮石臼舂。
清水浸泡取汁液，调和米粉包甜粽。
上火蒸熟粽子得，香甜凉爽酥软松。

（二）

二月初二春龙节，郎家派人新娘接。
新娘回来住几天，新郎新娘始同歇。
远近姑娘吃节气，亲戚朋友家做客。
引来郎汉走村寨，男女青年行坐夜。

（三）

二月初二春龙节，稻田积肥延不得。
猪屎牛粪堆田里，修整田埂灭鼠蛇。

整沟平地备春耕，犁绳耙索早拧结。
甜藤糍粑方粽醇，祈神保佑灾害绝。

（四）

“二月初二过，忙不完的活；
吃了甜粽粑，各自走天涯；
吃了初二酒，不走也得走。”[①]
初二粽子甜蜜蜜，到辞别时情依依。
山草为邻兽做伴，出门远去忧泪陪。

（4）上祀节

（一）

三月初三上祀节，家家户户忙包或[②]。
采来甜藤和黄蔷，洗净捣烂取汁液。
拌糯米粉或糁末，包成方粽用桐叶。
上火蒸熟粽子成，祭祀诸神祖宗爷。

（二）

三月初三上祀节，春耕生产耽不得。
准备秧田正当时，修渠堵漏绑水车。
放水进田泡软泥，施肥犁耙反复匆[③]。
三月头戊还有事，上岑雾蒙多卡耶[④]。

① 此数句是侗族谚语。
② 或，侗语，指粽子。
③ 匆，侗语，做的意思。
④ 此句的意思为：上雾蒙山唱歌跳舞。

祭飞山公

（一）

三月初三宰猪豕，对飞山公诚祭祀。
煮熟猪头奔庙里，斟酒烧香焚冥纸。
在神龛前跪又拜，祈求保佑寨安谧。
期盼风调雨也顺，万事顺心如人意。

（二）

飞山公名杨再思，湖南靖州侗人氏。
十峒地区任首领，率飞山民服王室。
大修水利兴农业，除暴安民太平世。
侗族群众感其德，奉为神仙来祭祀。

赶歌会上大雾梁

（一）

播阳兜我[1]两地间，雾蒙山耸漫岚烟。
三月头戊当天日，大雾梁上人满山。
雾蒙歌会堪热闹，男女青年对歌欢。
寻找对象觅知已，山歌对唱诉情缘。

（二）

大雾梁侗称雾蒙，播阳兜我交界峰。
位通道县西南部，东南广西西黔东。
每年三月戊寅日，姑娘小伙聚山隆。
举行盛大侗歌会，纪念肖女与门龙。

① 兜我，侗语，地名，即今牙屯堡。

（三）

雾蒙歌会年一次，农历三月戊寅日。
周边男女盛装扮，三五成群奔歌会。
情歌对唱气氛浓，谈情说爱真言叙。
意合情投信物换，交朋识友寻伴侣。

话说大雾梁歌会

传说，古州青年门龙到牙屯堡肖财主家种田，与肖女相爱，常相约到岑雾蒙对歌叙情。后被肖父发现，赶走门龙回古州。肖女因思念门龙，托人捎信（一包装有木炭、棉纱、小虾、大虾、芝麻和黄豆等）给门龙，要门龙上门提亲。经歌师解密，门龙连夜赶到肖家，遭到嫌贫爱富的肖父拒绝。两人乘大戊日上大雾梁成亲，连夜私奔，过五通河时遇山洪暴发，双双罹难，化作两座巨石相偎在河中。为了纪念门龙和肖女，当地青年男女，每年在大戊日，都要上大雾梁对唱歌。俗称“大雾（戊）梁歌会”。

（一）

话说通道雾蒙梁，有个故事人心痛。
古州青年门龙汉，来到兜我当长工。
犁田耙地真出色，诚实善良人敬崇。
财主肖女眼看中，产生爱慕门龙兄。
雾蒙梁上唱对歌，谈情说爱情意浓。

（二）

门龙肖女生爱慕，雾蒙梁上唱对歌。
越唱感情越亲近，商定成婚美生活。
肖女父母听得知，坚决反对极恼火。
赶走门龙回古州，关闭女儿把门锁。

（三）

门龙肖女两地分，相互思念心如焚。
兜我[1]商人传信息，古州兜我往返行。
肖女捎去信物袋，门龙开看心不明：
木炭棉花表啥意？黄豆芝麻示何情？

（四）

门龙去找歌师询，歌师破解说分明。
肖女叹气想念你，情意绵绵难舍分。
定要与你结连理，不许芝麻刺痛心。
门龙次日即启程。赶往肖家提结亲。

（五）

肖父爱富且嫌贫，逼迫闺女嫁富人。
肖女誓死坚不顺，大戊之日同私奔。
上雾蒙梁结连理，不料追逐紧逼跟。
渡兜我河山洪发，双双罹难不离分。
化两巨石互依偎，屹立五通[2]河中心。

警　示

话说肖女与门龙，对待爱情极贞忠。
嫌贫爱富肖财主，逼迫女儿嫁富翁。
肖女门龙坚不肯，私奔落难在五通。
警示后人汲教训，不学肖父嫌人穷。

① 兜我，即牙屯堡。
② 五通，即牙屯堡。

（5）清明节

挂清扫墓

（一）

清明节日念祖亲，各个房族去挂清。
杀猪宰鸡作供品，篮盛肩扛上祖坟。
铲草除杂净坟墓，摆上供品香纸焚。
鸣放鞭炮揖拜跪，祈求祖先保安平。

（二）

清明侗家称退迷，家家户户去扫坟。
篮盛筐装祭供品，酒肉汤圆甚丰盈。
敬奉祖先家神灵，与人共餐喜欢欣。
祭毕大小同聚会，坟上野餐别有情。

清明吃会——聚餐

清明节时，各房族上坟挂清扫墓后，回来全族人员聚餐。每个补拉都有会田，利用会田收入开支。一个补拉杀一口猪或几个补拉共杀一头猪。会餐时，忆叙祖先功德，对晚辈进行家德族风教育：助人为乐，堂正做人，待人以诚，努力工作，遇事不斤斤计较，绝不能做那些受人在背后指着脊梁骨骂的事情，或者商议房族中有何事需要解决和将来要办的事情。

（一）

房族各户挂清毕，聚在一起同吃会。
会前头人持供品，面向祖坟方向祭。
焚香烧纸鸣鞭炮，呼喊房族祖先归。
回村聚会面子孙，得罪之处不较计。

保佑房族得发达，人畜兴旺谷仓溢。

（二）

清明房族同吃会，上湘祖宗留传习。
筹备会餐有会首，房族各户轮流为。
吃会开支有田地，轮流耕种或租植。
会餐席上议族事，追忆祖宗光辉绩。

（三）

清明房族行吃会，有的补拉几个会。
和盖交号大房族，合在一起一个会。
交号和盖两分开，分别各有一个会。
补拉和盖中又有，近亲祖宗三家会。

（四）

清明吃会叙祖亲，谁与谁家较亲近。
祖坟何处啥名字，叮嘱晚辈铭记清。
教育后代需学好，优良美德要继承。
团结友爱相互助，不良现象要批评。

勿亚退迷——种清明田

各户种清明田，可以在自家种的田地中选择任何一丘来种（也有的家庭不种）。但种清明田的稻种，必须在清节这天浸泡。

收获过后冻亚[①]翻，灌水浸泡田泥烂。
冬施牛粪春割青，肥腐牛耙几多遍。

① 冻亚，侗语，冬天用牛犁田翻土。

清明稻种今浸泡，撒种育秧他稻般。
秋收稻子清明谷，米煮成苟[1]退迷饭。

（6）四月初八乌饭节

（一）

四月初八乌饭节，上山采来杨桐叶。
春烂浸泡出黑水，糯米黑水泡一夜。
滤干蒸笼火上煮，饭熟饭粒呈黑色。
味美香醇受欢迎，敬祭神仙保丰获。
或做米花沏油茶，办勉勿耶[2]招待客。

（二）

四月初八牛生日，犁地耕牛全天歇。
清除积粪净牛栏，新草铺垫牛王舍。
精心除去身上污，喂吃甜酒嫩草叶。
栏圈门口祭牛神，焚香赐蜜乌饭黑。

（三）

四月八，牛歇轭，牛王生日吃枇杷。
打扫牛栏圈，替牛来刮痧。
喂牛黄酒甜蜂蜜，打扫庭院送毛蜡。
送毛蜡，毛蜡一去永不发。

（四）

四月初八除虫日，危农害虫全杀灭。
稻秧成熟始插田，驱虫条幅门上贴。
茅厕暗处撒石灰，屋角沿边一片白。
堂屋门内画弓弩，魑魅魍魉心胆怯。

---

① 苟，侗语，指米饭。
② 办勉勿耶，侗语，男女集体做客。

杨氏乌饭节

杨八美之哥反抗朝廷，不幸被捕关在柳州牢里。八美每次给他送饭，都被牢役抢吃，所剩无几。其兄未能吃饱饭，困乏无力。一天，八美做成黑米饭，内里藏刀送到牢里。佯装饭里有毒，要毒死他哥。牢役信以为真，不敢抢吃。杨兄吃饱了饭，力气大增，拔出刀子杀出监狱，大获全胜。杨姓为了纪念此事，每年农历四月初八吃黑米饭，沿袭至今。

（一）

四月初八乌饭节，原为杨姓过节日。
八美之兄抗朝廷，不幸被捕关牢里。
美每送饭给兄吃，都被牢役抢吃毕。
后送黑饭佯有毒，把兄毒死万事吉。

（二）

骗得牢役信为真，不敢再抢黑饭吃。
饭里藏着一把刀，美告知兄这般为。
兄吃饱饭力大增，拔出刀来杀出狱。
里应外合获全胜，杨姓纪念他族随。

端午节

（一）

五月初五粽子特，首先备好包粽叶。
烧稻草灰滤碱水，清水浸泡糯米洁。
包成粽形角锥扁，入锅碱水蒸煮热。
旺火煮熟粽子成，色鲜耐放款宾客。

（二）

五月初五端午节，纪念男女殉情日。
传说昔时男女双，自由恋爱婚姻结。
各自家长坚反对，一对男女遭斥责。
双双投河把情殉，人人敬佩其壮烈。
侗族过节纪念之，举行歌会龙舟决。

（三）

五月初五端午节，侗族人民大节日。
播阳六团赛龙舟，周边群众观闹热。
上湘青年男和女，借吃节气去做客。
住在六团亲友家，行歌坐夜三五夜。

（四）

五月初五端午节，正值夏日天炎热。
预防疾病正当时，消除衍生细菌灭。
菖蒲艾草挂门上，房根圈脚撒灰白。
儿童佩戴大蒜包，喝雄黄酒祛病邪。

（五）

五月初五挂菖蒲，小孩剃头吊香符。
大蒜串，雄黄点，无病无灾有祉福。
山苍菖蒲叶捣烂，稻草灰水同锅煮。
洗头发，擦身体，洒庭院，杀菌毒。
大人饮杯雄黄酒，万般疾病可免除。

尝新节

（一）

六月初六尝新节，家家包粽隋多牒[①]。

① 隋多牒，侗语，指糯米粽粑油茶。

田中秧禾正含穗，各户自把嫩包摘。
煮熟盛出放桌上，祭祖求神保丰越。
祝愿新谷长得壮，秋季丰收大欢悦。

（二）

六月初六种晚粟，禾苗长得茁壮粗。
六月初六晒被服，杀虫灭菌病害除。
六月初六祭神祖，祈求保佑增祉福。
六月初六祭牛神，犁田耙地它辛苦。

赶歌会——架岑惹[①]

（一）

独坡虾团岑惹坡，六月初六行对歌。
上湘青年男和女，三五成群结伴伙。
穿新戴银盛装着，赶赴岑惹会妹哥。
木叶声声漫山岭，树荫底下歌成河。

（二）

六月初六赶歌会，青年男女各结队。
稿哈[②]岑惹唱对歌，独坡八寨吃节气。
住亲友家勿银美[③]，行歌坐夜情爱叙。
热闹度过两三天，觅得知音信物易。

岑惹——岑榔坡歌会的来历

岑惹在独坡虾团（稿哈），即今岑榔坡。每年农历的六月初六，都要

① 岑惹，侗语山名，在独坡虾团境内，又叫岑榔坡。
② 稿哈，侗语，即虾团。
③ 勿银美，侗语，做客之意，新客人。

在这里举行一次歌会。周边的各族青年男女，盛装打扮，三五成群，从四面八方赶来，展开情歌对唱，寻找知心伴侣。歌会的来历有一个动人的故事：古时有一叫邹霞的姑娘，看上了在她家做长工的小伙子崔相良，两人暗中相恋，常上岑惹对歌。被邹父发现，强行拆散。后两人在岑惹上成亲，私奔外出成家。半年后，被邹父骗回，害死相良。邹霞闻讯后，便于六月初六上岑惹殉情自尽。后人为了纪念这对青年，即在这天上岑惹举行歌会，情歌对唱，寻觅知音，年年如此，延续至今。

（一）

传说清朝嘉庆年，有家富人邹清泉。
生一闺女名邹霞，如花似玉胜天仙。
心地善良手勤快，常同长工下地田。
长工相良相貌美，勤劳勇敢聪慧憨。

（二）

邹霞看上铭心记，芳心袒露爱慕起。
哈团岑惹上对歌，树荫木丛情爱叙。
海誓山盟不分离，愿意成亲结连理。
邹父发现强拆散，相良化作货郎回。

（三）

两人岑惹结良缘，私奔程阳把家安。
邹父清泉施骗术，亲自送钱诈女还。
霞念母病把家返，时间还不到半年。
邹父勾结县衙府，诬陷相良偷银钱。

（四）

几个捕快来到哈，突然闯进相良家。
床底搜出一桶银，相良立被五绑押。
去到县衙定死罪，惨遭摧残难活下。
安分守己勤劳作，邹霞到监探望他。

（五）

患难两口狱中见，泣不成声难说话。
相良认定自命苦，成亲私奔害邹霞。
今世无缘来生见，一头撞去把墙砸。
邹霞见状立昏倒，三天三夜不知啥。

（六）

相良被害命归西，邹霞醒来极痛悲。
眼泪哭干话难讲，决心要跟夫同去。
六月初六上岑惹，枫木树下乘鹤飞。
八寨青年为之动，岑惹对歌二人纪。

中元节

中元节，一叫小中秋，吃清茶月饼，青年男女走亲吃节气，行歌坐夜；二是寨中发生不幸，即在中元节时打醮清寨送瘟神；三是献财节，即给祖先及各种神灵献财。把冥纸包上封包，写上祖先及神灵的名字，然后在一个空地上把封包给烧了，示意钱财献给了神灵。

（一）

七月十五中元节，清茶月饼不可缺。
风调雨顺人所愿，五谷丰登众欢悦。
宰牲杀猪祭祖先，祈求诸神保丰获。
敬供神灵献诚心，家兴寨旺灾殃绝。

（二）

遇有灾害疾病生，疑是寨内有凶神。
鼓楼设坛行斋祭，打醮清寨送瘟神。
道灵先生作主持，把酒念经请煞神。
送到河边纸灯放，瘟神远去寨安宁。

（三）

农历七月十五日，祭祀祖先献财节。
杀猪宰牲作供品，冥纸封包祖名列。
敞地设坛冥包烧，金银财宝敬神爷。
各家神龛再行祭，祈求祖宗安详舍。

（四）

七月十五小中秋，青年男女幽会稠。
郎汉走村又串寨，姑娘择寨做客友。
圆圆月饼郎汉携，郁郁油茶姑娘做。
姑娘小伙打牙祭，行歌坐夜乐悠悠。

中秋节

（一）

八月十五中秋至，男女青年盛装饰。
播阳场上相约会，姑娘回寨火塘集。
糯米黄豆煮油茶，等待郎汉来相聚。
郎汉带来圆月饼，兴高采烈打牙祭。
行歌坐夜情爱叙，情投意合信物易。

（二）

八月中秋节气娟，秋高气爽月明圆。
茶油进缸谷入库，清茶月饼敬神仙。
欢天喜地丰收庆，走村串寨匆耶欢。
多耶[1]唱戏芦笙赛，杀猪宰牲耶客款。
男女青年行坐夜，情歌对唱叙情缘。

① 多耶，侗语，即踩堂舞。

重阳节——敬老节

侗族有尊老敬老的习俗，把重阳节当作敬老节，开展一些敬老活动，如召开敬老会、为老人祝寿等。

（一）

九月初九重阳节，秋收糯谷几完结。
做新糍粑庆丰收，家家户户隋多牒。
重阳酒酿待客友，勿索勿耶行做客。
男女青年煮更又①，情歌对唱行坐夜。

（二）

九月初九老人节，宁老②登高避灾邪。
尊老爱老侗习俗，古时今时金③美德。
适时举行敬老会，全寨宁老皆欢悦。
节日祝愿众老人，健康长寿年过百。

酿制苦酒

酿制苦酒习俗久，上湘户户酿苦酒。
糯米蒸熟配酒曲，发酵即成甜苦酒。
滤出汁液单放置，过些时日成苦酒。
甜酒苦酒两兼得，自饮待客上等酒。

① 更又，侗语，是一种夜宵，以野玫瑰果做原料。
② 宁老，侗语，指老人。
③ 金，侗语，是侗族的自称。

尊敬老人

（一）

上湘村人尊重老，时时刻刻注意到：
对待老人要尊称，不可呼唤老人名。
喜庆节日众聚会，安排老人坐首席。
花桥鼓楼竣工典，众望老人把彩剪。

（二）

公共场所话家常，有老人来把坐让。
青年男女行坐夜，老人在场先聊别。
遇事老人面前过，需说得罪老人啰。
老人面前要注意，绝不可跷二郎腿。

（三）

窄路老人相遭遇，先要礼让道旁立。
老人走路过险地，举手搀扶要积极。
顺路遇老挑扛物，帮助挑扛到住处。
与老交谈重礼仪，说话口气要谦虚。
孤寡老人无儿女，所在房族关照之。

让路礼节

居民走路重礼节，父母从小就教儿。
遇到长者需让路，礼貌问候示亲切。
长者要是先让你，说不必让慢走些。
礼让谦虚是美德，骄傲自大要不得。

祭祖节

上湘祭祖节，即三脚黄寨祭祖节，时间是每年农历十月十一日。两年一大祭，做芦笙上坪地朵，隆重纪念黄姓祖先。上坪地朵时，赛歌、赛耶、赛芦笙、唱对歌，热闹非凡。没有上坪地朵的年头，也有不少外村的姑娘来吃节气，进村做客，行歌坐夜，也很热闹。

（一）

上湘始祖原江西，躲避战乱外逃匿。
十月十一抵上湘，建村立寨谋生息。
缅怀祖先建寨苦，每到时日行祭祀。
两年一次做芦笙，上坪地朵隆重祭。

（二）

上坪地朵祭祖亲，三脚黄寨[①]顺序登。
黄姓三公兄弟列，上湘大寨黄旧循。
老大上湘先进场，大寨黄旧随后跟。
其他村寨先后到，井然有序登上坪。

（三）

十月十一入寒冬，纪念祖先黄姓公。
糯米糍粑款亲友，美酒佳肴待友朋。
三脚黄寨祭祖节，上坪地朵人潮拥。
多卡多耶声阵阵，芦笙比赛响嗡嗡。

① 三脚黄寨，指上湘、大寨和黄旧等黄姓村寨。

（四）

十月十一祭祖节，四方办勉来做客。
家家户户客满座，宴宴席席甚闹热。
劝客催歌首又首，客人赞曲那复这。
铺雄铺檐铺补奶，铺顺铺些铺大德①。
宴毕男女行坐夜，情投意合良缘结。

（七）建新房习俗

择黄道吉日

上湘起盖新房，首先要请道灵（风水）先生相风水，看黄道吉日。

上湘村民起房子，道灵先生择吉时。
选吉日子伐梁木，选吉日子整房基。
选吉日子起木墨，选吉日子房柱立。
选吉日子上屋梁，选吉日子入新居。

起建新房的准备

凡新建房的主家，建房前先要做一些准备。如整理新房地基、请技精木匠、准备水酒及宴请亲友贺喜之所需等。

① 此两句指赞宴席、房子和父母、村寨及姥爷、姥姥。

上湘居民起新屋，道灵先生地基目。
黄道吉日整房基，请精木匠疏枋柱。
养猪鸡鸭做准备，糍粑水酒量充足。
竖立房柱日子定，告知亲友来祝福。

兴工发墨的祭坛

兴工发墨之前，要设一个祭坛。在新建房堂屋间放一八仙桌，桌上摆放祭品及木匠用的工具。

新房地基中堂格，八仙桌子当中设。
众多祭品摆桌上，木匠工具亦排列。
凿子锯子和斧头，刨子尺子与线墨。
红包刀头各一个，花生大米少不得。
烟香冥纸和蜡烛，酒水碗杯不能缺。

兴工发墨

兴工发墨是建房的开始。木匠把放在中堂木马上的新房中堂左柱料刨光一路，用新墨线和墨汁弹上一根墨线。口中念念有词，并用斧脑连击柱料三下。鸣放鞭炮，发墨结束，开始动手施工。

（一）

起盖新房日子定，建屋木匠师傅请。
木匠兴工发墨时，坛前祭师口念经。
鲁班祖师太神宗，手中掌握万马军。
不便思量变太岁，默念祖师记在心。

（二）

木匠斧脑敲三声，将柱一面削刨平。
取来主家新墨线，边唱边描弹一绳。
天地开张吉良日，鲁班兴工事顺心。
人财两发生富贵，增福添寿健康身。

发槌竖柱

木匠将新房的所有主要构件都做好了，在道灵先生选定竖柱的黄道吉日头一天，在木匠的指挥下，请人将木枋与柱子连成扇。木匠也制作一个木槌，包上红纸用丝线捆好。吉时一到，即发槌竖柱。

（一）

木匠施工部件造，竖柱头天准备好。
各排木柱次第列，立柱横枋穿插牢。
祭坛换上熟猪头，木匠坛前仪式操。
口念唱词手接鸡，斧刈冠齿枋柱浇。

（二）

枋柱冠齿血红碧，木匠口中另念词。
“神听仙人口，凡听匠人语。”
举起木槌中柱敲，边敲边念咒语晰：
“一槌敲开天门响，二槌凶神全打退”；
三槌斗起中柱竖，连敲三下炮声激。

（三）

上湘建房起新屋，黄道吉日竖房柱。
房族村里人帮忙，亲戚朋友来祝福。
水酒钱米肉若干，鸣炮庆贺联一副。
主家宰猪设盛宴，招待贺喜和帮助。

附：艳煞鸡词

此鸡此鸡，不是非凡鸡。
王母娘娘孵的鸡，头戴凤冠穿毛衣。
凡人将你无用处，鲁班用你啄煞鸡。
一啄东方青帝煞，二啄南方赤帝煞。
三啄西方白帝煞，四啄北方黑帝煞。
五啄中央黄帝煞。
上啄凶神，下啄恶煞；天啄归天，地啄归地；
滴血下地，大吉大发。

砍伐梁木

主家事先上山选择梁木。砍伐梁木一般和竖柱同步进行。发槌的炮声一响，伐梁木人即动手砍伐。梁木以香椿树为最佳，没有香椿树，双株或多株的杉树亦可。伐梁木的人必须偶数，2 人或 4 人，并且是儿女齐全的壮年男人。酒足饭饱之后，自带斧锯提前到树下等候，听到发槌炮声，即点香烧纸以敬树神和山神。

（一）

梁木事先选择好，竖柱伐木同时操。
砍梁木人必偶数，儿女具全壮男劳。
酒足饭饱树下待，等闻竖柱鸣鞭炮。
树倒防止触地面，依附尺寸去树梢。

附：伐梁木咒语

砍头斧，步步高升；
砍二斧，四季平安；
砍三斧，财源滚滚；
砍四斧，人丁兴旺；
……
抬着梁木到中堂，梁木放在木马上。
任何人来不敢量，鲁班砍平刨个光。
此木横架中堂上，主家幸福万年长。

（二）

梁木抬回新房中，木匠师傅细加工。
发梁物品全具备，放八仙桌摆堂中。
梁木加工也完毕，染上颜色已通红。
放置新建堂屋间，等待木匠发梁钟。

发　梁

将已加工好的梁木放在新建房的堂屋间，由木匠将已备好的银锭、旧历书、毛笔、糯稻穗等在梁木上钉好捆好。祭坛早已放上了猪头，举行发梁仪式。

（一）

一根梁木红彤彤，放在新房堂屋中。
银笔筷穗齐具备，参与人员肩披红。

梁上平台抛梁物，糍粑糖果碎粑丰。
拉梁木人也登上，等待木匠发梁钟。

（二）

梁木放在堂中央，木匠装梁实在忙。
钉银包物续复续，装梁咒语章又章。
“天地开张吉良辰，今日主东造新房。
选黄道日大吉利，鲁班要我来装梁。”

（三）

梁木装饰已完毕，接着拿斧来刈鸡。
将血涂在梁木上，边涂边唱吉利语。
“艳梁头，代代儿孙出公侯。
艳梁中，一路求财百事通。
艳梁尾，儿孙代代生富贵。”

（四）

木匠手握一把尺，对着梁木口念词。
用尺将梁测一下，鸣炮梁木起动始。
梁木徐徐往上升，拉到中柱顶上止。
主家主妇架铁锅，烧煮油茶香四溢。

附：发梁词之一

西密山下一只鸡，啄世人家事事宜。
头戴凤冠尾达地，身穿五色绒毛衣。
日在西密山上叫，夜在西密山下啼。
凡人将你无用处，鲁班用你啄煞鸡。
啄了金木水火土，上啄归天，下啄归地；
凶神恶煞归原位，滴血下地，大吉大利。

发梁词之二

此木此木，生在何处？生在西密山林处。
别人不敢剁，鲁班砍来做梁木。
长了锯两头，宽了两边除。
长短宽窄正适宜，仙风吹上中堂屋。

上　梁

一切准备就绪，等待吉时到来。木匠焚香绕纸，口中念念有词，把刈了的公鸡放进笼里后，将手一挥："鸣炮！"拉梁人便徐徐把梁木往上拉到梁顶，两头放在中堂柱顶上的榫眼里。

（一）

新房屋架已竖起，上梁仪式也完毕。
梁木徐徐往上升，鞭炮当当震天地。
两头嵌入柱顶端，衔接牢固又结实。
"玉柱朝天天赐福，金梁盖地地生辉。"

（二）

大厦落成梁柱标，鲁班在此万无忌。
房族兄弟义务工，亲戚朋友来贺喜。
梁木底下熙熙攘，热闹非凡浓浓气。
红色对联贴新柱，紫微高照横枋披。

登　梁

梁木衔接好后，木匠师傅穿上主人家给的新鞋，待炮声一停，即登梯上梁。每上一步，唱一句登梁词。上到梁上平台，即行踩梁。

（一）

鸣放鞭炮声一停，木匠即往梯上登。
每上一步唱一句，登梁祝词吉语吟。
祝愿主家生富贵，祝愿主家财满盈。
祝愿主家多祥瑞，祝愿主家幸福增。

（二）

木匠登梁上平台，举步即把梁来踩。
梁下熙攘堪热闹，众人举额梁上睬。
等拾抛梁糍粑糖，目不转睛在期待。
也有品头又评足，说到兴处笑开怀。

附：登梁词之一

上一步，儿孙满屋；上二步，富贵双入；
上三步，三多喜庆；上四步，四季安平；
上五步，五子登科；上六步，六位高升；
上七步，吉星高照；上八步，八发其财；
上九步，九子团圆；上十步，文武双全。

登梁词之二

脚踩梯，手把枋，儿孙代代有余粮；
脚踩枋，手把竿，儿孙代代当知县。
脚踩枋，手把瓜，世世代代富贵家；
脚踩枋，手把梁，鲁班弟子登上梁。
左脚载缸金，右脚载缸银。

左脚抬起年年盛，右脚动步代代兴。

踩　梁

木匠师傅登上了搭台，即从这头走到那头，谓之踩梁。边走边唱踩梁吉语：“踩梁头，出公侯；踩梁中，坐朝中；踩梁尾，金银满屋堆。”接着即行抛梁。

木匠师傅上梁台，接着迈步把梁踩。
口中念唱吉祥语，这头踩到那头来。
脚踩梁头出公侯，脚踩梁中出高才。
脚踩梁尾踩梁毕，满库金银满库财。

抛　梁

木匠师傅踩梁结束，接着进行抛梁。木匠先用酒壶从梁上倒下酒来，由主人用碗接了喝。然后把一匹侗布一头挂在梁上抛下来，另头由主人在下接在箩筐（簸箕）内。木匠口中念念有词，先把主人备的四对圆粑顺布滑下。接着从箩筐里抓碎糍粑、糖果、花生等抛下来。边抛边唱抛梁吉语。这时，拉梁木上梁的人，也帮助抓抛。梁下抢拾的人群，当仁不让，争拣糍粑、糖果、花生等。发槌竖柱仪式达到高潮。

（一）

踩梁结束继抛梁，木匠洒酒口念章；
把酒洒上天，敬请鲁班师先尝；
把酒洒地下，龙神土地喝一光；
师傅拉梁三同饮，主家年年大吉昌。

（二）

一匹侗布有用场，尾拖地面头悬梁。
师傅顺布糍粑放，主家用箩接进筐。
“糍粑来一对，主家大富贵；
糍粑来二双，主家大荣昌；
糍粑来三对，金银用箩堆；
糍粑来四双，子孙状元郎。”

（三）

众人熙攘鞭炮响，师傅梁上口念章。
礼毕手抓糍粑撒，边撒边把吉语唱：
华堂一响上中堂，五亲六眷喜洋洋。
主东中堂来就座，弟子今日来抛梁。

（四）

弟子今日来抛梁，手抓糍粑口念章：
赐你主家金银宝，主东拿来买田庄。
“抛梁抛梁，抛在中堂。
老的拾得，福寿安康。
少的拣得，富贵久长。”

（五）

梁上师傅把粑撒，拉梁两人跟着抓。
三人同时齐抛下，群众沸腾热闹加。
笑语欢声浪高浪，人声雷动乐哈哈。
拾得多者示吉利，拣到品杂福祥发。

附：木匠洒酒词

一指指上天，天上有神仙。
一指指下地，地下有龙神土地。

左一滴，右一滴，过往神仙都得吃。
鲁班弟子也要吃一杯。
鲁班弟子赐你主人家长流水，
赐你人财两发，赐你长命富贵。

木匠撒粑词

兹起斯梁，天地开张。
斯梁长在禾米山上。
何人赐你生，何人赐你长，
地脉龙神赐你生，露水茫茫赐你长。
日长千尺，夜长万丈。
鲁班弟子把你拿来做屋梁。
刨子推光，成对成双。
赐你人丁兴旺，粮发满仓。

答　宴

竖柱上梁仪式结束后，人们纷纷品尝拾到的食品和主家主妇烧煮的油茶。然后入席宴餐。宴毕客散。

竖柱上梁仪式毕，主家待客办酒席。
亲戚朋友祝贺客，房族寨里帮忙的。
美食佳肴摆满桌，苦酒醇醪盈盅杯。
频频举杯把酒干，句句祥语祝吉利。
宴毕人人致祝谢，各自打点把家回。

（八）丧葬习俗

上湘丧葬习俗，与其他侗族地区一样，实行土葬。老人正常死亡，从病危、落气、报丧、装殓……到入土为安，都有一套俗规程序。

病危落气

老人体衰正常亡，家人子女需在场。
落气前喝清茶水，转世投胎心亮堂。
有事嘱咐亲儿女，身旁含泪应承当。
待到气绝嚎啕哭，数说老人恩德良。

报　丧

老人落气需报丧，孝家鸣炮三声响。
族人闻声俱赶到，举办丧事任务商。
后勤炊事报丧事，安排就绪各奔忙。
父亡首告出嫁女，母故先报舅家娘。
亲友近远交情报，得知携礼来吊亡。

装　殓

（一）

老人过世要装殓，孝子河井清水担。
生火烧水使温热，沐尸剃头身洁干。

更换寿衣袜鞋帽，腰系丝线岁一圈。
敲去门牙含银片，手握冥纸移堂间。
放置冷床脚朝东，头部设坛香烛燃。

（二）

装殓停放上山前，孝子上香悲泣言。
叙说亡者生前德，细数自己深思念。
按时上香烧冥纸，致谢亲友来悼唁。
悼念亲友送祭品，鱼肉大米或现钱。

设祭坛

（一）

亲人亡故设祭坛，摆在堂屋神龛前。
八仙桌上置供品，大米糍粑豆腐钱。
每天早晚行祭奠，道灵先生主持专。
左右点水口念经，手摇铜铃揖跪变。

（二）

祭坛设在堂屋内，道灵先生在指挥。
锣鼓钹手两边站，敲锣打鼓配合齐。
唢呐吹奏吊丧曲，声调低沉沁心扉。
尸停几日祭几日，止祭待棺土埋毕。

守　灵

老人过世灵柩存，儿女至亲轮守灵。
白天黑夜不间断，预防不测侵尸身。
灵堂灯烛光明亮，守人端坐神志清。
尸停三日为期限，期到出葬守灵停。

入 棺

老人过世入棺时，烧稻草灰撒棺底。
铺上布垫枕头放，至亲旁侧嚎啕啼。
道灵先生口念经，“生的出来死入内”。
开盖将尸移棺里，至亲看后棺钉实。

斋 戒

老人辞世离红尘，晚辈丧期示敬尊。
儿子儿媳孙子辈，女儿女婿外甥们。
素饮素餐停尸日，节水节食止清庭。
入土为安丧事毕，生活恢复正常情。

悼 唁

（一）

母逝舅家来悼唁，孝子儿媳门外看。
迎接舅家进堂屋，受斥不孝行径言。
舅父喝酒吃正餐，封赠祥言吉语赞。
“满满尖尖，富贵登天；
黄金落窖，万宝归原；
七男二女，九子团圆。”

（二）

父亡女儿来悼念，女婿房族家一员。
唢呐一队猪一头，糯米十升帐一面。
一缸水酒一匹布，白蜡烛香冥纸钱。

女儿女婿穿孝衣，会同孝子上坟山。

（三）

母亡舅家来悼念，悼祭礼品丰厚繁。
一头白猪一队呐，一斗糯米祭帐钱。
水酒一缸一匹布，娘舅至亲孝衣穿。
奔丧送葬悲泣哭，数落慈母德厚渊。

（四）

一般亲友悼念礼，一把糯禾水酒鱼。
前往孝家来祭吊，发白布条右臂佩。
套在臂上送葬带，轻脚漫步后跟随。
心中悲戚眼含泪，默默思绪持静寂。

上祭——悼念仪式

老人过世设悼坛，一般设在神龛前。
两边祭帐侗锦挂，主持道灵先生担。
悼者逐个前叩拜，先生宣读送礼单。
子女叩首诵文听，女婿内侄揖叩连。
鸣放鞭炮奏唢呐，示送亡者顺升天。

挖掘坟坑

道灵先生墓地看，罗盘指针定位完。
烧香赐酒仪式毕，孝子坟心先挖剜。
先生宣布挖掘始，掘者丈量长与宽。
坟井长宽深有度，挖掘完毕待入棺。

出殡送葬

（一）

风水先生择良辰，抬棺出葬应时行。
扶灵登山举仪式，白布围柩祭奠神。
子媳三拜九叩首，先生朗诵读祭文。
棺木缠绕青白布，抬棺扛杠备有人。

（二）

道灵先生令起棺，鞭炮轰响哭声震。
各队唢呐奏衰曲，锣鼓钹响彻霄云。
亲房侄孙扶棺木，手持灵牌缓步行。
边跪边退啼前走，一路诉说哭不停。

送葬队伍

（一）

选定吉日出殡时，出殡送葬队伍序。
举幡男士前引路，提篮放炮散冥纸。
持帐人群跟着走，幅幅祭文迎风飞。
道灵班子敲锣鼓，边敲边走口念词。

（二）

接着孝子及至亲，手持灵牌悲泣哼。
边走边退揖跪拜，不时手把棺扶撑。
唢呐班子灵柩后，吹奏哀曲凄凉情。
送葬群众最后走，默默思念缓步行。

（三）

送葬队伍缓步行，浩浩荡荡铳炮鸣。

锣鼓铛铛声沉闷，唢呐嘀嘀凉沁心。
孝子至亲泣悲戚，送葬人群默念深。
吭唷吭唷抬棺者，一鼓作气抵坟坑。

安葬

（一）

棺材抬至坟坑前，五个酒杯坑底垫。
四个坑角各一个，还有一只放中间。
丝线珠钞放杯里，水酒斟上盖石岩。
风水先生把词念，踩棺仪式随接连。

（二）

老人过世安葬前，地理先生踩棺先。
刈颈公鸡井穴跳，芝麻干叶坟坑烧。
从棺前踩到棺尾，手端碗水口念词：
“黄金落窟又落身，孝子添子又添孙；
黄金落下官职进，白玉藏珠状元增。”

（三）

地理先生踩棺坟，手持布袋钱米盛。
“黄金落窟又落身”，面对跪拜子女问：
“官贵临门要不要”，子女回答“要”声承。
白米铜钱怀里抛，子女嚎啕哭三声。

（四）

地理先生罗盘移，罗盘指针固定位。
送葬人群俱躲避，收取人影棺入地。
子女嚎啕声声哭，把中心土放原处。
众人动手把棺埋，亡人安葬墓碑栽。
孝子致谢送葬人，脱下孝衣回家门。

（五）

亡人出殡已完成，挽棺布匹抬棺分。
收取祭物离坟地，带回柴火遗物焚。
孝子火燎去邪气，众人烧水手足清。
子女跪递盆茶水，送葬洗手示敬尊。
亡者衣物寨外烧，完好火燎可保存。

（六）

出殡完毕孝家庭，众人洗手已净身。
孝子真诚致谢意，风水先生祭品清。
悼念孝家共午饭，孝家子女可开荤。
一场殡葬完毕后，悼念亲友回家门。

奠　财

去世老人安葬完毕的当天，由女婿、内侄等亲友（用红纸包着钱），从屋外燃放鞭炮走进堂屋给孝子送礼金，这叫奠财。

老人葬毕行奠财，饭后亲友凑钱来。
女婿内侄带头献，白喜去了财喜来。
手持红包放鞭炮，堂屋外面走进来。
朝着孝子身边靠，念念有词递过来。

附：奠财词语（摘）

开金口，露银牙；寅时葬，卯时发。
葬在龙头出天子，葬在龙尾出状元。
金一番，银一番，买田买地千万担。
有钱有粮家富贵，发子发孙万代传。

一去千来天赐福，百出万进财来添。

孝子出行

孝子出行有的地方叫求财。即父母亡故满七日，孝子即要到亲戚家出行。父亡去女家，母故去舅家。去时孝子披麻戴孝，手撑洋伞，佯背亡灵。房族陪伴人限奇数，吃一顿饭即返回。

（一）

父母去世七日辰，孝子亲戚家出行。
父亡前往女儿家，母故得进舅家门。
礼品猪肉米酒类，房族陪伴奇数人。
披麻戴孝亡灵背，一路手把洋伞撑。

（二）

孝子出行亲戚堂，进门鞭炮响叮当。
示对祖先表尊敬，亲戚赠语话吉祥：
“孝子出门来求昌，埋葬故人保安康；
龙凤到此是吉日，脱下孝服换常装。”

（三）

孝子出行单日行，陪人奇数房族寻。
吃顿中饭即返回，还礼稻谷或大米。
示对孝家作补偿，孝子铭记心不忘。
回家路上唤亡灵，跟随孝儿回家门。

戴孝——服丧

家人亡故要服丧，头戴白帕三年长。
白帕戴着不许洗，忌讳进入人家房。

服丧期间需谨慎，让人一步吉利昌。
避免与人生口角，小心委屈别逞强。

（九）信仰习俗

信仰多神

据称，通道侗族信仰有图腾崇拜、祖先崇拜和自然崇拜。上湘也不例外，信仰多神，认为万物有灵，如山、水、雷、电，日、月、星、辰，动物、植物等。有什么信什么，也就祭拜什么。

（一）
上湘信仰多神灵，自然崇拜观念深。
日月辰星风雨电，山川树石兽虫禽。
认为有灵均崇拜，焚香赐酒表敬尊。
初一十五节庆日，崇敬有加祭品增。
（二）
上湘信仰多神灵，认为万物都有魂。
萨岁飞山祖先神，土地寨门桥头神；
水神火神山田神，日神月神兽禽神；
信啥祀啥真诚祭，节日喜庆更敬尊。

祭祀神灵

（一）
上湘敬祭诸神灵，初一十五节庆行。

祭祀心情需诚正，上供祭品必新真。
猪头猪肉鸡米酒，汤圆元宵糍粑新。
豆品食物新茶水，糖米果类盘满盈。

（二）

上湘敬祭各神灵，烧纸焚香器具整。
点灯燃烛鸣鞭炮，叩首跪拜揖躬身。
祷告祈求虔诚实，风调雨顺好年成。
足食丰衣安居乐，免除灾害寨太平。

经常祭祀的神灵

上湘常祭的神灵，初一十五节日行。
祖先社公和萨岁，飞山土地与门神。
祈求保佑安无事，人畜兴旺谷丰登。
遇有病灾及时祭，解除痛苦驱煞精。

祭祖先神

（一）

上湘祭祀家祖先，神龛设在堂屋间。
天地君亲之神位，早晚烧香油灯燃。
初一十五节庆日，祭品增添质新鲜。
年年清明上坟祭，族人聚会深怀缅。

（二）

上湘祭祀祖先神，早晚吃饭或宴请。
席首放下杯碗筷，留给祖先席位尊。
吃饭时叫老人啊！靠拢席来把餐进。
凡事都要想祖先，保佑家人安太平。

祭土地神

（一）

上湘祭祀土地神，与祭祖先同进行。
天地国亲神位下，安装土地神位明。
土生万物无疑问，地发千金想事成。
保佑家庭生富贵，人财两旺幸福增。

（二）

上湘祭祀土地神，祭寨门神同进行。
每个寨门外右侧，设公多垒小祠精。
初一十五门神敬，祀土地神放在心。
烧香焚纸点蜡烛，祈求保佑安太平。

祭萨岁神

（一）

萨岁侗族祖母神，神通广大无不能。
造天造地造人类，管风管雨管雷霆。
掌山掌水掌树木，护村护寨护田町。
无时无刻无不在，尽其所能佑侗民。

（二）

公共祖母萨岁神，侗家古代女能人。
生产生活善组织，待人接物极热情。
助人为乐德高尚，大公无私受敬尊。
率众抗敌力奋斗，保卫侗民不顾身。

（三）

萨岁侗家共祖神，设坛祭祀必真诚。

刀头香烛冥纸钱，甜酒油茶酸荤牲。
二月初二祭祀日，道灵先生念诵经，
祈求祖母多保佑，人畜兴旺寨太平。

祭飞山公

（一）

飞山公名杨再思，湖南靖州侗人氏。
十峒地区任头目，率飞山民顺皇室。
兴修水利符民求，发展生产合众意。
唐宋皇朝封为侯，人民群众当神祭。

（二）

十峒首领杨再思，除暴安民政策施。
革去苛捐减负担，惩恶扬善稳定持。
人民安居又乐业，男耕女织太平世。
奉为神仙来祭拜，树立形象建庙宇。

（三）

飞山庙在交号门，内供飞山护寨神。
飞山护寨功劳大，初一十五香纸焚。
三月初三宰猪祭，整熟猪头龛前呈。
村民前往跪又拜，祈求户旺寨安宁。

祭社公神

（一）

上湘祭祀社公神，两年一次社日行。
社公掌管雷雨电，天时气候风光云。
奉为神灵虔诚拜，聚环星夏水口坪。

祭祀用品忌沾血，猪鸡溺死不杀生。

（二）

祭祀社公全寨行，祈求风调和雨顺。
推出几家牵头户，备好祭品猪鸡醇。
祭祀社公诚心献，敬酒跪拜香纸焚。
年年四季风雨顺，人畜兴旺寨安平。

祭祀门神

（一）

上湘祭祀家门神，祭祀祖先同进行。
堂屋神龛蜡烛点，家门口外香纸焚。
初一十五不可忘，逢年过节更敬尊。
祈求出门获吉利，避免灾祸殃人身。

（二）

上湘祭祀寨门神，祭土地神同进行。
寨门神灵主吉利，出寨办事握把柄。
初一十五虔诚祭，喜庆节日供品增。
神位设在寨门外，出门祭祀事顺心。

祭山水神

上湘祭祀山水神，开山种地时进行。
上山砍柴伐树木，下地开荒事农耕。
烧香焚纸表敬意，祈祷神灵保安平。
如有惊犯不计较，慈悲为怀气免生。

祭桥头神

上湘祭祀桥头神，多为人病时进行。
大人小孩身患病，灵魂桥上迷了津。
请来巫师作祭奠，牵绳拉线把魂引。
带上鸡布米供品，巫师祭毕往家拎。

祭其他神

上湘祭祀其他神，据情届时来进行。
出门上路走远道，上山打猎追野牲。
宴集体客烧炉灶，兴修水渠饰田埌。
事前有关神灵祭，保佑吉利和安平。

打醮清寨驱鬼神

上湘凡逢天灾和不幸，经道灵先生测看，认为有恶鬼骚扰，即要吃斋清寨驱鬼。在凉庭里设一祭坛，摆上祭品，烧香焚纸，点蜡烛，由道灵先生在坛前主持，锣鼓手在旁配合，每天早晚念经驱鬼，持续两三天。最后则走街串巷，道灵先生走在前面，众人跟着，搜索恶鬼从寨中送到河边，表示恶神已走，以保村寨平安。

（一）

寨有不幸灾害生，疑是寨中有煞神。
七月十五设坛祭，打醮清寨送瘟神。
供品糍粑米豆饼，敬供各路恶魔神。
道灵先生作主持，锣鼓钹手配合清。

（二）

打醮清寨送瘟神，祭坛设在凉庭厅。
坛后悬挂神像帐，示意各路妖魔临。
道灵先生坛前站，手摇铜铃口念经。
作揖跪拜不时变，祭请各路煞神灵。
锣鼓钹手旁侧立，敲锣打鼓配合匀。
全村斋戒两三日，祭祀早晚来进行。

（三）

斋戒三日已完成，祭坛换上肉供品。
开斋宴席甚丰盛，各路凶神皆祈请。

（四）

搜送寨内恶瘟神，祭坛供物全换新。
神像一幅人工画，大米黄豆纸船茗。

（五）

敲锣打鼓节奏明，关上寨门搜瘟神。
抬着祭坛前面走，纸船明烛随后跟。

（六）

绕寨一周搜瘟神，载上瘟神出北门。
男女老少齐护送，前呼后拥去河滨。

（七）

瘟神快要到河滨，祭坛神像举高升。
示意过了奈何桥，各路瘟神即远行。

（八）

祭坛抬到河中心，放入水中顺流行。
纸船明烛全放走，河里灯光闪亮明。

（九）

瘟神上路去无影，风调雨顺有保证。
人丁兴旺谷丰裕，免除祸害保安平。

（十）

打醮清寨保安宁，风调雨顺两年兴。
若遇瘟疫和灾害，应时而变随举行。

祖先、神灵不可罪

各类神灵不可罪，人们时刻要牢记。
野地倾赃便溺时，心里想到低声叙：
您老人家躲开哟，我要撒赃或便溺。
孩提儿童不懂事，大人从小施教诲。

（十）上湘的忌讳

我国各地侗族都有不少忌讳。上湘也一样，有不少忌讳。

（一）

护寨风林忌砍伐，燃烧柴火忌倒焚；
祭祀场所忌嬉戏，凶死人忌葬祖坟；
墓地蛇类忌赶打，走夜路忌吹哨音；
忌在坟地大小便，火塘铁架忌踏蹬；
红白喜庆祭祀物，孕妇寡妇忌摸拎。

（二）

春季戊日忌农事，砍山伐木都不行；
小牛学耕畜产子，忌讳孕妇旁观睁；
铁木银匠用工具，忌讳有人跨坐蹲；
妇女坐月挂标草，忌讳外人闯入门；

出门忌吃夹生饭，打猎忌唤野兽名。

（三）

新娘出门，忌遇送葬；

两队结婚，忌碰路上；

接亲送亲，孕妇躲藏。

忌讳路上遇蛇横，忌讳红纸写祭帐。

（四）

棺脚点灯忌息烟，死尸棺材忌猫践；

丧期子女忌吃荤，亡人铺草忌垫圈。

忌用红纸写挽联，忌拿铜铁作殉葬；

在外凶死男和女，忌讳抬进寨内放。

（五）

说话忌讳，恶语伤人；对于长辈，忌呼其名。

下辈名字，讳长同音；忌骂祖先，讳罪神灵。

早晨忌讳，说鬼论魂；出门忌说，虎蛇伤身。

其他忌讳

早乌鸦叫，出门糟糕：

碰蛇交配，寓不吉利；

见蛇蜕皮，事有不吉；

吃软皮蛋，长大有难；

跨越房梁，门户不昌；

身上补衣，有伤元气；

穿衣钉扣，必有后忧；

踩踏字纸，来世瞎子；

井旁撒尿，神仙发恼；

上山采药，忌闻狗叫；

乱扔石头，伤神莫做；
随地便溺，山神不许；
饭碗插筷，祖先不快；
坐月出门，得罪神灵；
煮吃蛇肉，忌在寨屋。

戊日禁忌

上湘戊日有习惯，届时农活都停干。
妇女纺纱织布止，男汉歇活凉庭闲。
碓房停止舂谷米，菜园忌入采摘鲜。
土地龙王在休息，禁忌动土扰宁安。

织侗锦

五、上湘的生产生活及其他

（一）饮食习俗

上湘主食

上湘居民日常食，大米为主天天吃。
一天四顿油茶外，早饭中午晚餐吃。
凌晨起床干活去，油茶之后早饭吃。
太阳偏西中午餐，晚饭至夜才能吃。

上湘副食

上湘副食品种杂，红薯芋头南冬瓜。
土豆包谷穇米粟，肉类猪羊鹅鸡鸭。
水产鱼类草和鲤，蔬菜豆品姜葱辣。
泥鳅黄鳝蛙蛇蚌，蝗虫蜂蛹河田虾。

侗不离酸——上湘的酸

（一）

侗不离酸名声雅，上湘的酸也不差。

肉酸鱼酸酸鸭鹅，素酸荤酸酸豆瓜。
家家备有酸坛罐，户户腌制酸味佳。
款宾待客酸肴足，五湖四海口赞夸。

（二）

上湘吃酸远古传，祖公进寨即传延。
鸭鹅鱼肉皆可制，根茎瓜叶俱能腌。
酸莱酸肉酸瓜豆，随腌随制随宴餐。
色鲜味美醇可口，款宾待客受赞酣。

（三）

上湘吃食不离酸，家家都有酸桶坛。
腌制荤酸堪称绝，长期存放质不变。
十天半月到一年，保持色泽味美鲜。
火边放个酸坛罐，素酸随泡随用餐。

（四）

上湘吃酸代代袭，腌酸食品有时机。
三月蔬菜正旺盛，腌制素酸季节宜。
夏日鹅鸭果肥壮，腌鸭鹅酸最合适。
八月干田鱼儿肥，腌鲤草酸好机会。
过年杀猪不出售，腌制酸肉户户为。

吃油茶

上湘居民喜油茶，每天早点吃油茶。
亲朋好友来走访，首先招待用油茶。
罗汉走寨行坐夜，姑娘度更多油茶。
逢年过节族兄弟，轮流互请吃油茶。

上湘人好客

侗家无酒不成席，交友无糯不成礼。
款宾无酸不成宴，敬酒无歌不成席。
待人无诚不成友，相处无真不成戚。
来往无情不成义，不到上湘不成知。

吃抛馕

三脚各寨及上湘，杀猪习惯吃抛馕。
款待帮忙与亲友，切猪脖肉半寸方。
洗净配料热锅炒，水干油出浇血浆。
搅拌均匀即盛出，色鲜味美喷喷香。

吃蛇肉

上湘有人吃蛇肉，猎得长蛇需羹煮。
只能野地生炉灶，忌讳带进寨家屋。
蛇类有灵人崇拜，进寨家吃罪神祖。
得罪神灵非小可，不测祸事随可出。

上湘美食

走进上湘侗家村，上湘美食受欢迎。
苦酒油茶人人爱，酸鱼腌肉个个欣。
桐叶竹叶粽香喷，糯粑糁粑乌饭醇。
腌菜盐菜干笋蕨，素酸荤酸甜辣品。

侗家美食俱特色，上湘体现清晰明。

过节杀猪习俗

上湘过节有习俗，每逢节日要杀猪。
杀谁家猪商议定，尽量避免有重复。
买点鲜肉回家转，改善生活祭神祖。
迎接春节更为甚，杀猪过年有祉福。
家家都备有年猪，一般只吃不售出。

（二）上湘居住习俗

上湘村是坪坝型村落，但仍背山临水。村落建在一坪坝边沿。居民聚族而居。干栏式木房，一檐双坡顶，高一至三层，坐北朝南，多数人家一间四进楹，前为忍廊（房廊），后为住屋。住屋底层前为堂屋，后为火塘，楼上为仓库和住人，基本上一个房族（补拉）一条忍廊，有的三条忍廊（三家以上）。另盖一至三间房的住户，也紧贴在本房族的忍廊近旁。

上湘民居

（一）

聚族而居上湘民，补拉居住大致分。
补拉放仁里边寨，紧靠后龙山麓滨。
放帮房族外面村，距上湘河比较近。
和盖交号忍廊稿，居住上湘寨中心。

（二）

上湘民居杉木建，属干栏式北朝南。

一到两层三层高，单至三楹四进间。

一个补拉一排房，前后檐口几相连。

房前忍廊属公用，各户进屋供方便。

（三）

上湘村民聚族居，各个补拉划分区。

三户以上连起屋，成一忍廊寨中立。

放帮一个放仁三，交号两条和盖一。

寨中名叫忍廊稿，上湘忍廊最长的。

（四）

上湘民居住房竖，房前忍廊房后屋。

单檐一至三层祟，一间四楹排五柱。

底层堂屋火塘房，楼上仓库人居住。

碓房厕所则另设，牲禽柴火放杂物。

忍廊——房廊

上湘民居的特点，就是 3 户以上连成的忍廊相当突出。60 来户人家，因此形成的忍廊就有 8 处之多，占全村住户一半以上，而多数住户只有一楹四进间的面积。

（一）

上湘房子按族建，同一房族户户连。

房前忍廊属过道，各户楼下房前穿。

东西两端设舱进，安门双扇可开关。

防止盗匪夜潜入，保护房族得安全。

（二）

上湘忍廊房族分，各个忍廊有名称：
忍廊和盖与交号，忍廊放仁和卡门；
寨中名叫忍廊稿，村前忍廊放邦名。
一排房子一忍廊，三户以上连接成。

（三）

房前忍廊东西穿，同一房族诸户专。
进出家屋供方便，补拉聚会议事点。
避雨防晒歇息处，有客来访接待间。
节日喜庆待亲友，忍廊可供摆宴餐。

忍廊交号

补拉交号是世代书香门第，文人辈出，有的知名度还相当高。如清朝咸丰时的黄金显是拔贡生，民国时期的黄保宇（曾任中心小学校长和县教育科长），在当时通道来讲，都是相当有名气的人物。

忍廊交号天花板，长方匾额几挂满。
黑底金字醒眼目，歌功颂德加励勉。
书香门第抬头见，功德无量迅入眼。
官府名人多鼓励，高朋贵友恭贺赞。

上湘住家的火塘

上湘家家有火塘，设在堂屋背后间。
中央支架三脚铁，取暖做饭待客仙。
燃烧柴火习俗定，头端向里尾朝边。
火塘上面吊炕篮，生湿物品便烘干。

上湘住家的堂屋

上湘补拉各住户，家家设有一堂屋。
大都设在正屋间，对门壁上神龛筑。
壁上写的祖先位，龛前放着插香炉。
每天早晚烧香纸，点灯敬烛增祉福。

堂屋神龛

上湘民居堂屋中，设有神龛祭祖宗。
龛墙竖写祖神位，天地国亲师位工[①]。
顶上横书四大字，祖德流芳笔劲雄，
两侧对联可随意，一副两副任所从。
龛前横板放瓷炉，烧香焚纸时应用。

附：堂屋神龛联

“宝鼎呈祥香引凤，银台扼喜烛招光。”
“九天司令太乙府，黄氏至上历代宗。”

① 有的也写“天地国君亲师位”或“天地君亲师位”。

“敬奉祖宗登宝殿，荣华富贵满堂宫。”
“祖功千秋垂福泽，宗德万世衔家风。”

檔碓——碓房

中华人民共和国成立前，上湘村民的碓房、牲禽圈和厕所都另建，很少与住房连在一起。

（一）

通道播阳上湘村，全寨住家六十门。
大多碓房都另设，每户安置地异迥。
有的放在堂屋侧，有的另建房担承。
也有装在忍廊头，每早碓声鸣不停。

（二）

通道播阳上湘村，各家碓房设备清。
一个石臼加木碓，两块岩枢木碓承。
前头凿眼装木杵，后端削平便踏登。
木杵下端套铁杯，舂起米来不易损。

（三）

凌晨碓声闹寨村，原是妇女早起辰。
自家檔碓舂谷米，居哩哐唧[1]碓臼声。
碓房另头作牲圈，关养鸡鹅鸭牲禽。
厕所离家稍远些，大都建在水塘滨。

① 居哩哐唧，舂米碓臼发出的声音。

（三）穿戴习俗

上湘服饰

上湘男女服饰情，自染侗布缝制成。
男帕包头宽裆裤，衣服右衽或对襟。
女格青帕右衽衣，侗布长裤胸围裙。
小孩锦帽锦衣服，帽子绣花镶银人。

妇女头饰

上湘妇女头饰特，已婚未婚有区别。
待嫁姑娘灰格帕，戴在头上角右斜。
单辫绾髻置脑后，银簪横插半斤缺。
结婚分娩做母亲，头帕换上青颜色。

妇女上衣

（一）

上湘妇女上衣特，已婚未婚着深色。
姑娘围裙胸前系，衣领袖口滚蓝白。
胸围上部呈梯状，上下左右镶滚侧。
下部方形襟等宽，中间花带耙齿列。

（二）

上湘妇女上衣特，已婚未婚有区别。

上湘女服饰

已婚生儿做母亲，衣服宽松胸围摘。
滚边衣服亦少穿，亮布蓝衣俱弃舍。
盛装银饰锁箢底，十几年后赠女儿。

妇女下身衣饰

妇女下身长裤遮，腿筒窄小深颜色。
姑娘绑腿白袜子，脚踏翘钩青布鞋。
已做母亲育儿女，绑腿白袜均弃舍。
从上到下一身青，告别对歌和坐夜。

男人头饰

上湘男的头饰殊，环绕多圈青侗布。

青帕至少长丈二，从左向右盘圈数。
老人盛装瓜皮帽，青缎红顶头上覆。
手握烟袋长且粗，凉庭围炉古今述。

男上衣

上湘男穿对襟衣，青布紧身袖筒细。
前襟布扣需奇数，五七九对排列齐。
口袋四个衣前缝，上小下大成双对。
老人长衫套马甲，或是宽松右衽的。

男士下身衣饰

男士穿裤裆筒宽，白布腰头带子拴。
深色侗家自织布，一年四季只穿单。
脚踏青布船形鞋，或穿草鞋度常年，
少数富裕的人家，踏钉底鞋过雨天。

上湘女盛装

（一）

上湘姑娘盛装著，穿新戴银常人户。
颈套银项三五圈，头插银簪银花梳。
胸兜绣花银链扣，戒指耳环银手镯。
紫色衣裤花绑腿，绣花勾鞋袜白素。

（二）

上湘姑娘盛装着，富有人家显特殊。
一般穿新戴银外，另有银帽头上覆。

银帽周边银穗饰，花鸟虫鱼加珍珠。
晶莹银穗往下坠，俊秀脸面难全目。

上湘男盛装

上湘侗族男盛装，跟同平常不一样。
包头青帕长丈余，向右盘缠雉毛扬。
对襟多件身上穿，从里到外逐件长。
下穿侗布宽裆裤，腰间彩色丝带绑。

上湘童装

上湘儿童服饰殊，侗锦上衣身上着。
衣服右衽长过膝，脖套防脏锦布披。
裤子开裆好便秘，脚套锦布薄鞋底。
头戴兽首银饰帽，手腕脚腕银环套。

上湘童银帽

上湘童帽喜饰银，帽子前沿银物云。
银泡银人银珠状，银链银片银月形。
银鱼葫芦形真逼，银质花鸟栩如生。
帽后铜钱一串串，系上银铃响当丁。

上湘古芦笙衣

上湘昔时芦笙衣，特制马甲身上披。
背心胸肩及下端，各色布片镶嵌齐。

下吊网状须丝缀，穿各色珠闪晶辉。
吹笙舞蹈随身摆，笙曲节奏强有力。

（四）纺纱、织布、织锦、刺绣

纺纱织布、织锦刺绣都是上湘妇女所要做的事情。上湘妇女，从种棉、薅棉、拾棉、挑棉和除去棉籽至纺纱，都付出了巨大的劳动。纺纱织布和织锦、刺绣，更是她们的专活，从小就要开始学习。到成人、嫁人做了母亲都没有停歇。

纺　纱

上湘纺纱妇女活，采来自种棉花朵。
扎车去籽弹成絮，搓成棉筒五寸多。
纺车纺纱制成锭，纱锭环仰[1]纱支作。
此活农闲晚间做，一年四季不停搁。

织　布

（一）

环仰释锭变纱支，热水浸烫清水洗。
米汤浆纱甑笼煮，纱绕上并[2]把良疏[3]。

① 仰，侗语，一种把纱锭释成纱支的工具。
② 并，侗语，绕纱器具。
③ 良疏，侗语，指将棉纱顺排工序。

交良[①]卷成经纱板，放置木质织布机。
再将纬纱缠成鲁[②]，装梭上机织布匹。

（二）

上湘妇女手艺细，一人一台织布机。
从种棉花到疏良，完成全套手工序。
雨天闲歇睡觉前，勿良等等[③]震屋宇。
布匹织成染颜色，出嫁嫁妆嫁后衣。

染 布

禾秆草灰烧酒水，蓝靛生禾英果汁。
木桶浸泡多昼夜，水呈黄色到时机。
白布开水盆拍洗，晾干入桶浸半日。
反复浸泡三天过，河里摆洗浆牛皮[④]。
再染数次洗又晾，捶软卷筒成布匹。

织侗锦

（一）

侗家姑娘手艺精，织出侗锦绮丽纷。
女孩从小就学习，大人施教极认真。
一人一台织布机，闲时闲日机杼鸣。
织完被面织童装，织了锦袋织枕巾。

---

① 交良，侗语，指卷经纱的木板。
② 鲁，侗语，指卷缠织布纬纱的竹筒，有食指般粗。
③ 勿良等等，指织布时发出的声音。勿良指织布，等等指声音。
④ 浆牛皮，指用牛皮熬成浆状兑水将布浸泡。

（二）

上湘妇女织侗锦，凭五彩线精织成。
鸟兽虫鱼花草木，人物器具几何形。
织就图案形真逼，表现神态栩如生。
花丝彩纱纵横错，图案清晰线条明。

刺　绣

上湘刺绣极盛行，全部妇女来担承。
女孩从小就学习，姑娘成人技熟精。
花鸟虫鱼纹痕晰，人物兽类线条清。
五彩缤纷艳夺目。衣服裙帕镶边萦。

种靛蓝

上湘寨内众女仙，备染侗布种靛蓝。
春季种植夏刈浸，庞桶排列河边沿。
靛蓝腐烂水绿色，叶茎作废抛水边。
白石灰面庞桶滤，沉淀去水成蓝靛。

手工制作

上湘手工亦有人，制作产品尚称心。
犁耙箩筐和簸箕，蓑衣禽笼篮子畚。
雕石刻木烧砖瓦，织锦刺绣缝褶裙。
缝衣做鞋做家具，自家需用亲手承。

（五）农耕习俗

上湘村民祖辈从事农耕，农耕习俗相当浓郁繁杂，如种地、育林、饲养畜禽、稻田养鱼等。

（1）农耕

通道播阳上湘村，居民主要事农耕。
种植水稻是主体，春种夏耨秋收成。
秋收过后闲不住，赶把田土犁翻新。
放水进入将泥浸，等待施肥到来春。

泡田沤肥

上湘农耕种稻田，秋收过后田犁翻。
塞缺堵漏储蓄水，泡泥灭虫防旱干。
二三月份树草茂，割青放置水田间。
叶草沤烂肥沃土，用牛犁耙几多遍。

种糯谷

（一）

上湘居民全侗族，家家都种有糯谷。
山冲浸田种糯稻，冬末春初烂泥锄。
入春刈青泡田里，耕牛耙平插秧株。

适时薅耨秧禾壮，秋收谷穗饱满足。

（二）

侗家糯谷贵值钱，栽种糯稻烂泥田。
上湘糯田知多少，贯乌长冲冲姜[①]间。
生产糯谷质量好，粒圆味香性沾粘。
侗家糯谷用处广，节庆待客礼品专。

（三）

深冲浸田种糯谷，秋天收获可忙乎。
糯谷收获节令到，村民换工相互助。
收获糯谷穗穗铡，放在左手根根梳。
每摘两握捆一把，挑回晒干放仓库。

（四）

糯米用处知多少，侗家生活少不了。
苦酒油茶做原料，糍粑乌饭都需要。
腌酸鱼肉荤牲制，节庆走亲礼品捎。
桌上无酒不成席，侗家无糯情谊消。

轮流看水渠

上湘水渠田坝灌，偶有坍堵水流断。
鼓楼公议作决定，轮流看水习俗传。
崩塌堵漏及时修，渠水通畅常流贯。
田土湿润秧禾壮，稻谷丰收好成年。

勤奋老人

上湘村民养猪猡，散放寨中粪便多。

① 贯乌长冲冲姜，地名，指贯冲、乌冲、长冲和冲姜等山冲之田。

勤奋老人晨早起，左手提畚右握拨。
串街走巷拾牲便，积存肥料田土搁。
土质增肥产量高，五谷丰登手松活。

姑娘勿地瓦

寨里姑娘备嫁妆，两三知已把锄扛。
春节过后上山去，辟地开荒种植忙。
豆粟薯黍因地宜，粮油棉靛随令秧。
收成集市换银毫，劳动所得属私房。

腰不离刀

上湘村民人勤奋，出门柴刀不离身。
下地上山干活路，归寨回家东西寻。
扛把柴火烧炉灶，捎根竹子编筐畚。
从事农耕需用广，草茎蔓石叶根藤。

换工习俗

（一）

上湘村中多住户，劳动力量有悬殊。
农忙季节时令到，春播秋收不能误。
换工互助自然生，天长日久成习俗。
今天帮你来插秧，明日助我收稻谷。

（二）

上湘换工习俗规，一个工顶一日计。
技术高低不计较，劳动强弱无关系。

工种类别不讲究，做工尽力才可贵。
互助换工全自愿，还工时间视情为。

早晨舂米

上湘妇女晨早起，自家檐碓[①]舂谷米。
稻谷头天焙烘干，臼中砸捣壳皮碎。
舂米碓声节奏明，抑扬顿挫闹村里。
簸箕扬开糠米分，人吃畜饲全具备。

（2）放牧

上湘居民事农耕，饲养耕牛亦很艰辛。一插秧，即将耕牛关在栏内，每天割草喂养。秋收完毕后，又要将牛放出栏，轮流放牧。早上按时将牛放出栏赶到山上吃草，傍晚按时赶回栏内关好，防止耕牛在山上过夜，受到野兽伤害。

淘独——将耕牛关在栏内喂养

上湘开始插秧谷，耕牛不用被淘独[②]。
刈草喂养关栏内，黄牛喂水回[③]洗沐。
淘独积肥牛全歇，免去侵害农作物。
秋收过后谷入仓，使牛出栏行放牧。

① 檐碓，侗语，即碓房。
② 独，侗语，指牛，耕牛。
③ 回，侗语，指水牛。

轮流放牧

（一）

犁田耙地牛为主，各家养牛头数殊。
秋收过后谷入库，耕牛开栏行放牧。
天天看管任务重，轮流放牧成习俗。
一牛一天一个工，据养头数把工出。

（二）

耕牛放牧离栏出，到达草山可自如，
各自分散寻嫩草，草丛常把牛遮住。
牛脖挂上一响铃，易于找到关栏护。
早晨负责赶上山，傍晚回栏不少数。

放牧草场

（一）

上湘祖先谋生存，犁田耙地事耕耘。
人工锄挖堪辛苦，犁耙稻田靠牛耕。
一家一户养一牛，有的一家两三牲。
稻草喂牛年不够，开辟草场最要紧。

（二）

火烧荒山辟草场，交鸟岑上辛劳忙。
喂养耕牛居民户，秋冬择日上山冈。
刈除草场周边物，开出一道隔火廊。
山火焚烧焰旺盛，防止蔓延林木伤。

（三）

放牧草场在草山，焚烧野草吉日选。
交鸟草场春草茂，一片绿色嫩草鲜。

春季放牧牛饱腹，膘肥体壮力强坚。
犁田耙地重任负，及时播种秧禾繁。

（3）饲养

饲养家禽

上湘居民养家禽，养鸡鸭鹅俱成群。
养鸡生蛋换油监，育婴坐月做补品。
饲养鸭鹅杀问生[1]，腌鸭鹅肉肴上等。
举办盛宴待宾客，口碑称赞颂不停。
个别人家养旱鸭，喂养墨鸭捕鱼鳞。

饲养家畜

上湘居民养家畜，牛羊猪犬和猫咪。
耕田犁地依牛壮，换钱吃肉靠猪肥。
看家吃屎狗聪慧，捕鼠逮蛇猫灵机。
养羊养马偶然有，饲养野兽无人为。

养狗换坛缸

侗不离酸誉四方，有专养狗换坛缸。
黔溪南商长跋涉，挑坛背桶易犬狼。
就善择优成交易，心满意足兴双方。
换得坛缸鱼肉腌，色美味醇质优良。

[1] 问生，侗语，腌酸之意。

养　鸟

上湘养鸟亦有人，全凭兴趣多男性。
喂养鸟类不算多，画眉独低[1]珍贵品。
关在笼内喂虫粟，出门干活手上拎。
节日赶场人云集，手提鸟笼伙伴寻。
树荫草坪摆阵势，隔笼争斗情趣增。

稻田养鱼

（一）

上湘村民事农耕，稻田养鱼极盛行。
越冬水塘鱼苗蓄，插秧时节稻田分。
家家稻田都饲养，年年秋季丰收盈。
个大体肥斤多重，腌酸制腊长久存。

（二）

稻田饲养多鲤鱼，每年夏季快到时。
饲养雌鲤产卵蛋，雄雌鲤鱼混塘池。
毛草棕须鱼卵附，取出覆盖枫叶枝。
放阴凉处保湿润，卵现黑点水田置。
鱼苗孵出百十千，秧毕分放稻田蓄。

（三）

稻田养鱼侗家习，方式简便收益魁。
孵出鱼苗水塘放，秧毕分置稻田饲。
稻黄放水干田时，两代鱼儿同时取。
大者拾净腌酸腊，小的健尾冬塘蓄。

① 独低，侗语，小鸟名，又叫“拉低”。

（四）

健尾鱼苗冬塘蓄，次年再放稻田喂。
只需保持田水足，一年养鱼保丰腴。
几十几百进户家，或腌或干味鲜美。
款宾待客设盛宴，用作礼品上等级。

（五）

山冲烂泥田凉浸，栽种糯谷只适应。
鱼苗放养糯田中，水足鱼肥有保证。
糯谷收获线线摘，村民换工年年行。
带送午餐野地用，逮几尾鱼火烤熏。
喝上几口热身酒，摘禾干劲倍加增。

池塘养鱼

（一）

上湘稻田养鱼盛，池塘养鱼也不逊。
舵进勒命[1]把村进，沿溪水塘碧波粼。
大大小小十几口，草草鲤鲤数不清。
池中草鲤个子大，放水收获压称沉。

（二）

上湘鱼塘两溪滨，碧亮水面映月明。
水塘旁侧厕所架，草鱼鲤鱼粪便吞。
一年两年三五年，一斤两斤十来斤。
个大体肥重斤两，腌酸待客宴嘉宾。

---

① 舵进勒命，侗语，寨门名。

（4）种树育林

上湘山清水秀，自古以来，村民们就有种树育林的习俗。山林砍伐时，树必留蔸，精心修理和保护，不乱砍滥伐。

蓄风水林

（一）

上湘风林祖辈蓄，后龙山到麻雀陂。
自然生长封山育，人工栽培善护理。
风林木茂苍葱郁，装点上湘风景美。
维护村寨地灵杰，平安吉利增福祉。

（二）

上湘居民爱风林，风林神圣不可侵。
孩提从小受教育，爱护风林必诚心。
风林幼苗初长出，结草标志杂物清。
细心维护人人爱，自然生长树树成。

（三）

上湘居民爱风林，任人不许乱伐损。
风水树枯好烧火，不许私取当柴焚。
枯枝落地禁私有，送到凉庭当柴薪。
公议立碑严维护，违犯惩罚不留情。

蓄薪柴林

上湘柴林天然生，俱是杂木舞青云。
或长无主野山上，或生某家杉树林。

砍树留蔸生长快，三年六载换一轮。
只要预防遭火害，常年葱郁覆山岑。

种植杉林

（一）

通道播阳上湘村，种植杉林且盛行。
开山辟地不怕苦，刈草除杂特殷勤。
栽上幼苗年年护，防火隔道岁岁清。
十几年后树长大，砍伐出售换钱银。

（二）

杉树成林售换银，砍伐之时必留根。
留下树蔸及时护，清除周边杂草薪。
再生小杉梳茁壮，留出防火隔道清。
不需再种新杉苗，自然成长早成林。

（三）

种植杉树用处广，量多质优易成长。
用作建筑上等料，造房起屋固若汤。
盖新凉庭和学校，修桥过河公用场。
成材杉树价珍贵，大批出售换光洋。

种十八杉

通道播阳上湘村，居民全部侗家人。
生儿育女习俗尚，开山辟地种杉林。
子女长到十八岁，林木成材变钱银。
闺女出阁嫁妆办，儿子婚娶开销承。

种同庚树

播阳上湘寨村民，生儿育女上山岑。
种上几棵同庚树，陪同儿女齐长成。
有的长期作纪念，留同庚树长久存。
也有转作老树用，打成棺材给某人。

种老树——棺材树

（一）

通道播阳上湘村，人到中年上山岑。
选种几棵防老树，用作棺材备寿寝。
种下老树勤护理，成材需要百十春。
一根老树一棺材，独株杉木制作成。

（二）

人辞世前备棺材，上湘祖先世世传。
棺材多为老人备，本人自备亦常看。
制成之后放空屋，用时现存显方便。
侗家土葬是习俗，尸置棺内入土安。

松树林

上湘松树多野生，播种造林在荒岑。
顺其自然长成片，夹杂他树直且挺。
细小幼苗受保护，有同杉树齐长成。
树干锯板葺房用，松膏穷乡当油灯。

种茶油树

通道播阳上湘村，曾有种植茶油林。
铲沟铲草护茶树，六月七月换工勤。
十月拣子妇女干，姑娘带饭必双分。
待男青年助拣子，情歌对唱友谊增。

种桐油树

上湘有的种桐油，多在旱地田坎头。
种桐油树易成长，也需护理除杂脏。
桐果落地箩筐拣，挑回剥子舂粉状。
稻草包捆油机榨，油漆用具点灯光。

种果树

通道播阳上湘村，种植果树特征明。
村前寨后菜园侧，栽种枇杷柿桔橙。
果实累累树上挂，亮丽美景寨边增。
色鲜味美令人慕，童稚受用喜盈盈。

种茶树

上湘居民喜吃油茶，茶叶都摘自自己种的茶叶树，自制而成。

上湘居民喜油茶，至少一天吃顿把。
需用茶叶自家种，菜园地角鱼塘坝。
摘取茶叶拾干净，上火蒸时重物压。
各自种上一两株，够吃一年余不差。

禁忌林木

禁忌林木樟桐梅，上湘村民均知悉。
樟树雕刻神仙佛，桐木质轻扳桶宜。
杨梅结果甜如蜜，男女嫁娶天然媒。
砍伐樟树不吉利，损毁桐梅必倒霉。

栽种竹子

（一）

播阳上湘侗家人，栽种竹子也盛行。
大多种的是南竹，地头田坎坡土深。
从事农耕需用大，编织禽笼簸箕畚。
成材竹子可珍贵，大批出售换钱银。

（二）

播阳上湘侗家人，栽种南竹实盛行。
编笼编筐家用具，春笋冬笋竹林生。
宴席桌上佳肴菜，款宾待客属上等。
还可制作玉兰片，搬上集市成商品。

砍树伐林

（一）

通道播阳上湘村，杉林有主人经营。
精心管理年复岁，树长成林要更新。
货比三家得好主，杉林全卖换钱银。
种植护理不容易，连山砍伐更艰辛。

（二）

杉林出售换钱银，砍伐杉林付艰辛。
砍树斧口朝坡上，后疤留老蔸掏深。
树倒抓勾要扣紧，顺风使劲需巧灵。
砍树留蔸必坚持，再生良好省费心。

架厢运木

（一）

通道播阳上湘村，杉树出售换钱银。
有的山林离河远，运到江边可费劲。
上湘村民承包拉，需架厢木苦煞人。
通过田坝有多远，厢木就架几多程。

（二）

厢木架毕把木运，有的高达一两寻。
十几人拖大杉树，千百斤重身担承。
杠子沉沉压肩上，钉牛牢牢固木身。
木滑路险艰难步，杉木拖到河边存。

放木排

木商买到木材后，就要请人砍伐拉到河边做成木排顺水运走。为挣几个钱，上湘居民主动请求放木排，一般放到靖州，最远可到洪江。

（一）

商人进山买木材，雇工砍伐运出卖。
杉木拉到河溪边，寨人请求放木排。
独坡黄寨播阳所，通道靖州洪江街。

为的挣钱谋生路，不测逢险把命栽。

（二）

村人放排顺水走，播阳通道至靖州。
沿河经过多少滩，顺水遇到无数忧。
“过了黄门滩，得吃靖州饭；
过了老鸹滩，飞越阎王殿；
过了清流滩，闯过鬼门关”。
承担风险随波流，到达靖州一路愁。
若是逢灾把命送，天南地北尸难收。

砍柴码堆

上湘居民，一向有砍柴码堆的习惯。元宵过后，即磨刀快斧，上山找地砍柴码堆，准备一年用的柴火。

上湘居民过生活，煮饭做菜用柴火，
砍柴码堆成习俗，春节过后上山坡，
寻找杂木密茂处，砍树削枝劈干垛。
堆整码齐丈把高，春夏秋冬燃灶锅。
随烧随取极方便，一年四季愁不着。

（六）捕猎采摘

捕猎禽兽

上湘祖辈事农耕，亦有捕猎擒兽禽。

传统捕猎多式样，针对习性野类擒：
围捕装套设陷阱，烟熏水灌打蓬擒。
装网禽鸟难逃脱，安夹野兽定可擒。

围山打猎——任岑

（一）

围山打猎叫任岑，保护生产不受损。
已知野猪某处现，聚众围山将其擒。
出发之前同计议，分工明确任务清。
有带猎狗追足迹，有堵逃匿路必经。

（二）

围山打猎另一情，农闲时节去任岑。
不知猎物何处匿，围山打闹将其惊。
猎物出现跟足迹，带领猎狗紧追循。
有带枪械堵路口，猎物经过射击擒。

（三）

围山打猎叫任岑，侗家习俗有规定。
打得猎物见有份，男女老少与儿婴。
除以头枪毙猎物，咬死猎物猎狗牲。
以资鼓励得双份，其余平分无重轻。

（四）

围山打猎集体行，个别猎物也有人。
制笼射击获猎物，安套装夹猎物擒。
获得猎物个人有，减少兽害众赞称。
保护生产起作用，改善生活待友亲。

开春任岑

（一）

春节过后至元宵，青壮男人情趣高。
来到凉庭结伴伙，负枪领狗互约邀。
商定任岑目的地，分工负责任务交。
守卡追赶放猎狗，安全事项明知晓。

（二）

春节过后情趣高，青壮男人互约邀。
上山打猎安排定，铳炮三声出发了。
各持器械扛在肩，分头各奔山谷坳。
打得猎物人有份，归来聚会打东道。

捕猎野鱼

（一）

上湘河流往北去，孟彤播阳河相会。
河道弯弯又曲曲，潭连滩滩复溪溪。
江中鱼类果繁杂，天生田漏都有的。
大鱼小鱼深浅游，抓捕追捕当玩戏。

（二）

上湘捕捉野生鱼，方式办法堪特奇。
有用鸬鹚追捕捉，有用垂钓撒网逮。
有用装篩坑围诱，有用塞梁兜网提。
有用毒料钢叉叉，有把溪水掏干取。

（三）

上湘捕捉野生鱼，捕捉方法鱼类区。

捉得野鱼回家转，煎炸羹煮下酒吃。
捕获多者晾干腌，制酸作腊也有的。
上湘捕鱼虽有俗，不入职业当儿戏。

（四）

上湘河潭水深碧，潭底沉有大块石。
鲶鱼尾[①]鱼匿石底，以网围石杠撬击；
尾鲶被震往外跑，触网被缠即擒逮。
有藏岸崖水底洞，同样方法擒获之。

放　蜂

（一）

春秋扬花蜂采汁，树草花丛细寻觅。
麻丝毛发系鹅绒，悄套蜂腰待飞去。
鹅绒落处蜂窝藏，拔草打结作标记。
秋后蜂蛹正繁密，火攻取窝蜂蛹肥。

（二）

马蜂蜂蛹物珍贵，乳色肥腴蛋白裕。
约伴破窝回寨村，端酒提盘打牙祭。
生腌生吃营养丰，或煮或炸味道美。
酒席宴上论长短，总结经验话情趣。

上湘采摘

（一）

上湘周边诸山岑，野生植物丰富云。
适时上山行采摘，村民生活要组成。

① 尾，侗语，鱼名，无鳞，极似鲶鱼，但又不是鲶鱼。

一年四季都有采，春夏秋冬忙不停。
根茎花果叶藤菌，均属采摘范围领。

（二）

上湘采摘资源云，分布周边诸山岑。
野果野菜猕猴桃，苦栗板栗榛子笋。
蕨根葛根五蓓子，杨梅草莓食用菌。
野生各种中草药，采回备医治疾病。

（三）

上湘采摘资源云，春夏秋冬忙不停。
春天竹笋和蕨菜，桌上菜肴属上乘。
夏季杨梅茶花苞，还有野生食用菌。
秋冬采摘更忙碌，各种果类葛蕨根。

挖芒——漏棉（挖蕨根）

人祸天灾闹饥荒，村民有的炊断粮。
糠秕充饥难度日，上山掘地苦挖芒。
蕨根洗净碓舂烂，加水过滤沉芒浆。
铁锅兑水煮熬透，炒成忙粑充饥肠。

（七）待客习俗

上湘宴客

上湘宴客果稀罕，亲戚朋友进家檐[1]。

① 檐，侗语，屋或房之意。

热情接待三部曲，甜酒油茶加宴餐。
男宾房族男来陪，女客补拉女做伴。
宴客节日喜庆行，家宴族宴村寨宴。

客人进屋

上湘待客重礼节，客人进屋热情接。
亲疏远近无所谓，洗脸热水马上得。
先洗个脸消尘汗，递烟递酒又递牒[1]。
稍事休息待宴餐，醇酒佳肴款待客。

请客吃油茶

上湘待客习俗殊，贵客进寨进家屋。
至亲房族请油茶，盛情难却只得服。
甲家乙家吃未毕，丙户丁户来追堵。
待到正餐酒宴时，客人大都已饱腹。

宴　客

宰鸡杀鸭宾客款，酸鱼腌肉装满盘。
斟酒劝吃又拈菜，大块鱼肉堆客前，
先吃完饭示后者，您慢点吃再放碗。
后吃完的需回示，您吃少啊表自贪。

① 牒，侗语，指油茶。

宴上宾

高贵客人进屋檐，家里举行盛宴餐，
至亲兄弟族老伴，酒盈盅来肴满盘。
客人族老坐首席，主人斟酒把菜拈。
兄弟至亲轮流请，直到客人离开完。

头爪敬贵客习俗

上湘待客和亲友，客人进屋烟茶酒。
设宴款待尽丰富，鸡鸭鱼肉宾客酬。
全只禽鱼上桌席，头朝贵客示敬酋。
禽腿鱼尾童受用，贵客尊长爪脑头。

待客拈菜习俗

客人席上特腼腆，喝酒吃菜特虚谦。
主人敬酒又拈菜，客人面前鱼肉全。
频频拈夹显大方，尝尝美味忌吃完。
佳肴丰盛吃不尽，余下退席放原碗。

抢倒洗脸水

亲朋好友进屋堂，热水洗脸及送上。
客人饭后必洗脸，先洗后洗要礼让。
年长辈大的先洗，主家等待客人旁。
倒洗脸水主家事，客人洗毕即上抢。

热情留宿远客

长途跋涉远方客，途经上湘天恰黑。
人地生疏无处住，步入村来求宿歇。
条件许可供方便，当作好事来积德。
双方共话吉祥语，客人诚谢主欢悦。

掠盘待客习俗

有贵客进村，多家都要请客人吃饭，但客人停留时间有限，不能到每家去做客，则由各家掠盘（各提酒菜）来一起招待客人，叫“掠盘待客”。

（一）

掠盘待客习俗久，摆长桌宴款亲友。
婴儿满月妇女客，房族主妇来应酬。
婚后接送买往回，房族妇女伴客酒。
每家各带酒和菜，招待客人喜悠悠。

（二）

贵客至亲进家门，时间短暂作他行。
至亲房族都要请，客无时间再应承。
各家端来好酒菜，用合拢宴待客人。
几户人家款贵客，同席就餐倍加亲。

掠盘待客的来历

（一）

掠盘待客久传承，有个故事说原因。

相传很久很久前，侗家勿耶赛芦笙。
住在邻村兄弟俩，过河前往观看睁。
回程桥被水冲垮，两人焦急捶胸蹬。

（二）

兄弟正是焦急很，一翁划船面前经。
见状伸出援助手，载渡兄弟对岸村。
数年之后翁进寨，兄弟各婚家已分。
争着要请翁吃饭，但翁只有顿饭停。

（三）

两人相争都要请，相持不下难以分。
旁边小妹出主意，劝说哥俩不要争。
各自回家备酒菜，共同招待有恩人。
同备酒菜款贵客，掠盘待客传至今。

（八）社会公益

三脚各村互声援

三脚黄寨各个村，亲如兄弟手足情。
一村有难受灾害，各寨相助不畏辛。
甲村有匪行抢劫，乙寨得信立动身。
丙村不幸遭火患，各寨奔赴救物人。

热心公益事业

上湘公益事业兴，村民表现极热心。

建桥建校筑凉庭，捐钱捐物义务勤。
喜庆节日款耶客，佳肴美酒待友宾。
举行公益众活动，具体做事都来争。

井边置竹筒习俗

上湘水井难数毕，有涌有冒有流滴。
井边插棍挂竹筒，供人喝水得便利。
道路旁侧井井有，田边地头口口置。
流泉涌泉俱不忘，热心善事成俗习。

公用餐具

公用餐具匙筷碗，寨中购置专人管。
放在凉庭仓库内，红白喜事便会餐。
若有损坏及时补，经常保持数量全。
房族请客也可借，事完务必如数还。

凉庭守夜习俗

上湘凉庭寨中立，茶前饭后供歇憩。
全村住户轮柴火，凉庭守夜所必需。
寨里轮流或定人，喊夜敲更防火匪。
一年四季无间断，保卫村中民安谧。

草结识物

上山打柴干活路，发现柴火或他物。
打个草结作标志，告示它已有了主。
马蜂窝旁打草结，荒地草结放明处。
后发现者均弃之，路不拾遗不闭户。

失物招领

上湘拣拾人物品，不据已有送招领。
知道物主亲自送，失者感谢极真诚。
不识谁的送凉庭，放明显处易见清。
再无人领满寨喊，告知失主前往拎。

安指路碑

上湘周围各寨村，交叉路径错落云。
村里熟人无所谓，外地客友常生疑。
上湘人争做善事，安指路碑去向明。
碑安路口明显处，上下左右均说清。

喜做好事

（一）

上湘村民和睦亲，总将行好放在心。
桥损路陷行不便，献木补修土填平。
铺路石板有松弛，即刻动手安塞稳。

道旁水井脏浑锈，清刷干净不张声。

（二）

上湘村民农为本，出门干活多留心。
水渠堵缺见了修，田埂漏损遇到整。
路牌不清即换上，亭欖损坏迅修更。
做好事情积阴德，人财兴旺保太平。

（九）上湘的文化娱乐

上湘居民娱乐兴，简单便捷省时辰。
茶前饭后小歇息，男女老少均可行。
鼓楼凉亭树荫下，下棋捡子扁担拧。
五分多钟一局定，起身离去松快轻。

下　棋

上湘娱乐有下棋，两人对弈堪随意。
棋盘就地随时画，走子树枝草石拾。
打三飞子[①]极简单，棋子两种各用一。
调剂生活抚疲劳，下一两局增情趣。

捡　子

上湘捡子极普遍，大人小孩喜爱玩。
三五个人为一伙，等大石子五七丸。

① 打三、飞子，均系棋名。

抛上一子余下撒，再抛逐捡一二三。
全部动作符规定，顺利完成算过关。

拧扁担

两人较劲拧扁担，大伙在旁助威观。
七尺扁担人一头，一手握紧顶头端。
预备开始用力拧，向反方向使劲掰。
扁担顺手翻过去，对方认输一局完。

掰手腕

两人较劲掰手腕，众人旁侧助威看。
桌凳石头支垫肘，各据一边即可掰。
预备开始反用力，先倒下者为负方。
左手右手均可赛，轮流换掰也无妨。

斗　鸟

上湘男性青壮年，爱好养鸟不少员。
有养画眉独拉低[1]，喂饲虫米蛋黄干。
不时相约提笼出，鼓楼坪地争斗酣。
每次胜者为鸟王，养鸟主人甚豪然。

斗　牛

上湘斗牛特点明，饲养斗牛无专门。

① 独拉低，侗语，小鸟名。

少数家庭养公牛，也是为的种田耕。
秧后淘独[①]关栏内，秋收完毕放出腾[②]。
两特相斗甚激烈，村民互告出看睁。
有名延君先细特，放牧出栏常斗争。

赛高跷

上湘开展赛高跷，等待节日喜庆到。
青少年人爱好者，准备高跷结实牢。
敞坪空地行比赛，相互顶撞可辛劳。
先落下地为负方，不看输赢看热闹。

打陀螺

（一）

娱乐游戏打陀螺，方法简单乐趣多。
上湘青少男伙伴，最爱玩打陀螺乐。
砍来告洼[③]茶油木，手腕粗大三寸左。
一头削尖成锥状，顶好陀螺做成啰。

（二）

手指粗大尺多长，一根树枝一头绑。
数丝棕树干生叶，挽陀螺腰右转放。
陀螺旋转声嗡嗡，不断加鞭声更响。
两或几人在一起，各自击螺两相撞。
倒者为输转者赢，反复多胜为螺王。

---

① 淘独，侗语，将牛关在栏内饲养之意。
② 腾，侗语，指牛，独、腾均指耕牛。
③ 告洼，侗语，树名。

顶牛头

（一）

上湘青少年男伴，喜做牛角比赛玩。
选一硬木两头翘，削成黄牛角尖尖。
向里弯处凿个槽，插根木把使牢坚。
各持一牛互推顶，退者为输进凯旋。
五局三胜三两胜，一轮比赛算是完。

（二）

另一玩法互砸打，两手握紧牛头把。
一牛头放岩板上，旁人牛头往下砸。
轮流反复砸无定，一方损坏牛挂花。
坏者为输好者赢，结束不说荒唐话。

六、上湘流传的故事传说

有关上湘的故事传说

上湘祖公进寨的传说

据传，祖公来到三脚时，原想住在对门江的保山寨。后来了一位风水先生，说对面想样（上湘）风水比保山寨好：左青龙、右白虎、前朱雀、后玄武，安详吉瑞，极宜人居。祖公遂移住想样卡门。果然如此。想样人财兴旺，事业发达，开辟集市，繁荣昌盛，引起朝廷的重视，遂派密探侦察，很是惊骇。担心有人造反，遂破坏了想样的龙脉。

（一）

祖公进寨对门江，休养生息度时光。
地理先生看风水，后龙山下地势良。
左为青龙右白虎，前方朱雀寓吉祥。
祖公移往卡门住，背依玄武旌旗扬。

（二）

移居卡门名想样，安居乐业人兴旺。
建立集市人云聚，开展娱乐把戏唱。
学习拳术健康身，辟讲武堂弄刀棒。
引起皇帝乱猜疑，派来密探暗查访。

（三）

想样热闹非平常，赶集贸易形势昌。
皇帝钦差来查访，乔装打扮卖货郎。
行到小寨心胆战，锣鼓喧天震地响。
像是军队在操练，舞刀挥棒响丁当。

（四）

钦差秘密进想样，查看地势心发慌。
左青龙峙右白虎，后玄武对前雀光。
地势龙脉出将相，领兵造反惊帝皇。
发下旨令断地脉，挖掘道路马鞍伤。
从此想样受损害，绝大多数是文盲。

上湘风水龙脉的传说

上湘的风水龙脉，前人一直是这样流传的：后龙山的风水林是面令旗（前在磨楼坡，尾在水口渠能本[①]）。柑子冲头是匹骏马（“去鞍马”是马鞍）。磨楼坡是位武士（头戴钢盔），站在骏马旁边，护卫着令旗和村寨。

后龙山林展令旗，前磨楼坡水口尾。
柑子冲头骏马岸，磨楼坡陂武士威。
头戴钢盔旗驹护，上湘村寨甚安谧。
武装卫士护村寨，将军令旗战马齐。

上湘地势的传说

上湘地势像块木排，建住房只能在排上，故村的南北两边各筑一条花

① 能本，侗语，指瀑布。

街为界，不能超出。明末和清乾隆时期，上湘人口兴旺，先后拨出两个补拉（房族），另立新寨，一在几务滚（未建成），一在拨乡。同时把从寨中至岑可卡的石板路当成索链拴住木排寨子，在舵进马放两头石狮压沉寨子，使寨子稳当。

（一）

上湘地势是块排，浮在水面左右摆。
两边倾斜欠稳当，一根链子固定来。
青石板路示铁索，套岑果卡松树栽。
寨子安定稳如山，村民乐业少受害。

（二）

上湘地势木排盘，面对岂芒火焰山。
排浮水上烈火烤，热烫难当失祥安。
安放石狮寨门镇，威武雄壮面山看。
震慑火焰压木排，男耕女织果安然。

（三）

上湘地势是块排，南边北面花街界。
盖房起屋限界内，超出线外遭殃灾。
人口发展住不下，拨往他处新寨开。
明末清初有迁居，分两补拉出立寨。
各住拨乡和务滚，务滚不存拨乡在。
贵州菖蒲住黄姓，传自上湘迁移来。

犯护林碑的故事

护林碑立后，财主黄忠毓妻故犯损坏风水树，被按碑款惩罚，以示警戒。

护林碑护风水林，咸丰元年众议行。

有碑可依人莫犯，人若犯了依碑惩。
黄忠毓妻同治年，仗势砍伐得报应。
依碑罚杀猪一口，惩前毖后警寨人。

飞山显灵的传说

（一）

飞山寨派飞山公，飞山护寨保安隆。
祭祀飞山宰猪猡，感谢飞山护寨功。
飞山庙宇在庙冲，离村太远隔田垅。
有年庙冲宰猪猡，猪未成仙奔寨中。

（二）

猪猡乘鹤交号门，飞山不悦显神灵。
示意飞山要进寨，村里建庙来安身。
重建庙宇在交号，飞山护寨村内巡。
三月初三杀猪祭，飞山喜欢又高兴。

鲁班和飞山的故事

鲁班飞山同是神，两位责任各自分。
鲁班木匠手握斧，飞山护寨剑在身。
一日二人生矛盾，三言两语相斗争。
鲁班砍断飞山臂，飞山射瞎鲁班睛。
庙里飞山空一袖，鲁班测木只眼睁。

补拉和盖的传说

补拉和盖号姓漆，缘有祖公精漆艺。

远近油漆都请他，狗肉招待表敬意。
不料过敏生病痛，犬肉从此忌讳吃。
全房族人均效法，和盖姓漆狗肉忌。

鸡冠蟒蛇的传说

传说从交业岑（岑码台）下来的沟涧里，在木楼上面能本（瀑布）下的深潭旁岩洞中，藏有一条头长红冠的巨蟒。只要它一叫，寨中准有事，不是好事，就是坏事。闹得人心很不安定。

（一）

墓楼坡到交业岑，有条深涧流水清。
半山能本潭深碧，一条巨蟒岩洞隐。
头长红冠有人见，鸣叫如鸡报晓声。
声音洪亮且清澈，听了胆寒又惊心。

（二）

蟒蛇鸣叫身心冷，村中必定有事情。
不是好事即坏事，闹的人心不安定。
有年天下瓢泼雨，山洪暴发蟒现身。
经命放仁[1]河里去，不闻蟒叫寨安宁。

人类起源的传说——姜良和姜妹

上湘也和其他侗族地区一样，流传着这样一个传说故事。远古时代，洪水滔天，毁灭了人类，只剩下姜良、姜妹兄妹俩。为了人类繁衍，他兄

① 命放仁，侗语，水渠名。

妹俩不得不成婚。

（一）

传说很久很久前，天下一片荒芜原。
只有一个神祖母，实在烦闷出了檐。
摘个李子切七片，用口一吹七婴诞。
山高林密雨水多，山洪暴发大地淹。

（二）

七个孩子五淹死，只剩姜良和姜妹。
他俩逃到高山上，神祖给一葫芦子。
令其种下立即长，结下一个大葫芦。
兄妹摘下挖出瓤，坐进葫芦随水浮。

（三）

不知漂了多少日，也不知漂多少夜。
姜良觉得闷得慌，伸出头来四处瞥。
往下一看水已退，朝上一瞧太阳烈。
十二太阳同时晒，姜良一下脸变黑。

（四）

兄妹俩回到大地，择一吉处家园立。
十二太阳同时出，大地发烫禾枯萎。
姜良造箭射太阳，射掉信个[①]只剩一。
天上太阳剩一个，四季分明风和丽。

（五）

兄妹两人家园立，五谷丰登甚安逸。
姜良却心事重重，大地只有兄和妹。
两人死后绝了种，田园荒芜无人类。
一天姜良不得已，向妹吐出心中事。

① 信个，侗语，即 11 个。

（六）

“兄有心事难开口，不知妹妹可思忖？
竹子传代靠竹笋，桃李有子才成林。
若要天下传人种，只有兄妹把婚成。”
姜妹听了低下头，含羞回答兄发问。

（七）

“岩鹰不打窝边食，兔子未吃窠侧茵。
你我都是同胞生，兄妹怎能联婚姻？”
姜良正在为难时，一只仙龟把计呈。
兄妹成婚天意定，滚磨自合可作证。

（八）

姜良听了神龟计，先合了磨放好位。
另副磨盘各持一，两山同时往下推。
接着下山磨盘找，合好的磨就是的。
姜妹将信又将疑，心中还是不同意。

（九）

“兄妹成婚要认真，丢针穿线来决定。”
姜良又照仙龟示，穿好针线先抛地。
姜妹丢针兄抛线，良佯丢线线藏起。
指着穿好针线说，这是天意帮穿的。

（十）

滚磨穿针均天意，姜妹不再坚违背。
遂与姜良结夫妻，婚后生活甚甜蜜。
姜妹怀孕生了产，一团肉球滚圆的。
姜良看了极生气，肉球粉碎抛一地。

（十一）

肉球粉碎满天飞，次日大地生奇迹。
周围呈现村和寨，木房瓦屋鳞次比。

人来人往川不歇，热闹非凡溢生机。
从此天下有人类，代代相传不停息。

（十二）

肉球摔碎抛一地，碎片大地满天飞。
骨心变成苗和汉，肉肠化作侗瑶彝。
后人感激姜兄妹，挥子成婴复人类。
敬奉姜良和姜妹，约定俗成行祭祀。

（十三）

洪水滔滔弥漫天，地上人类全被淹。
身藏葫芦两兄妹，姜良姜妹独幸免。
神龟作媒地作证，兄妹婚配后代延。
世上才又有人类，男耕女织乐无边。

妹桃的故事

妹桃，又叫妹道，美道，都是侗语译音。这个故事约产生于元明时期。当时侗族地区存有同姓不婚和女回舅门的习俗，青年男女结亲要到很远很远的地方去寻找。妹桃出嫁的地方，离家就有一个多月的路程。有一年，妹桃约丈夫英郎春节回家探望母亲，英郎因农事繁忙，不能同行。蛇精知道后，就化作美男子在半路上劫持了妹桃，强行拉进洞内，看妹桃长得漂亮，没有吃掉，留作压洞夫人。这个故事在侗族地区流传很广。据说，妹桃这件事发生后，有99个侗族村寨的款首在古州——贵州榕江会盟，商讨制定了实行破姓开亲的规约。

（一）

传说很久很久前，侗族同姓不开亲。
所有姑娘找对象，山长水远别处寻。
妹桃嫁到英郎家，要走个多月路程。

有天妹桃告丈夫，我想妈妈咱两行。

（二）

英郎回答可不行，月月有工压我身。
正月砍柴二施肥，三四肥田要割青。
五月插田六薅秧，那里有空同你行？
妹桃无奈只得说，我一人回看母亲。

（三）

妹桃英郎对话情，觅食蛇精听得清。
蛇精装扮小伙子，半路等候妹桃经。
你妹单人那里去，山高林密路难行。
现在太阳已偏西，请到我家歇夜寝。

（四）

妹桃急着赶路紧，没有必要你家停。
蛇见妹桃不愿意，动手强拉岩洞进。
妹桃进洞只一看，知他是个老蛇精。
害怕想逃跑不掉，蛇精看守极严谨。

（五）

妹桃无奈与蛇住，寻找机会再逃出。
不料一住好几年，身上衣服破烂腐。
一天妹桃对蛇说，衣服破烂要缝补。
回家拿来几件衣，才有换洗的衣服。

（六）

蛇精不放妹桃出，说你家里有丈夫。
妹桃说我回妈家，只有母亲会缝补。
老蛇这才信为真，快去快回才算数。
这月回去下月转，哪能丢得龙宫舒。

（七）

妹桃逃回找英郎，英郎却不肯开门。

你去几年变了心，为何又回转家庭。
妹桃苦苦哀求道，让我进屋说你听。
英郎开门让她进，悲惨遭遇英郎警。

（八）

英郎如梦才初醒，端上饭来妹桃进。
拿出衣来妹桃换，两人含恨愤万分。
为了杀死老蛇精，铁打大刀三十斤。
用三丈布作口袋，烧一满箩稻草粉。

（九）

妹桃带着夫英郎，回到岩洞宰蛇精。
砍了老蛇的头颅，提着走遍各寨村。
劝说有女不远嫁，免遭横祸来伤身。
侗族人民汲教训，破姓开亲始实行。

达瓦（萨岁）的传说

相传，萨岁原名婢奔，也有人说他名杏尼，贵州黎平螺蛳寨人。父亲是度能，皮林寨人。母亲仰香，平瑞寨人。度能和仰香，均曾在六甲汉族官家财主李从庆家当过奴仆，互相爱慕。为逃避财主李从庆对仰香的歹意，双双逃到从江的螺蛳崖居住。男耕女织，生活美好，生下了女儿婢奔。婢奔长大后，在战斗中结识了李从庆家的另一长工石道，相互爱恋，结为夫妇，生下了索佩和索美两个女儿。后在同官兵的战斗中，两女均勇猛异常。只因寡不敌众，誓不当俘虏，后与母亲婢奔同跳悬崖，壮烈牺牲。

（一）

黎平六甲李从庆，官家财主势欺人。
有个儿子李点郎，坐镇皇朝大官任。

平瑞姑娘仰香妹，皮林罗汉吴度能。
均在他家当奴仆，度能仰香爱慕深。

（二）

李对仰香有歹心，逃往从江螺蛳村。
男耕女织且幸福，生下女儿名婢奔。
度能挖塘获神铁，打成九龙宝刀神。
贪婪财主李从庆，借损气脉田塘吞。

（三）

财主仗势田塘侵，打死仰香追度能。
企夺宝刀据己有，仆人石道度能呈。
父女悲愤率侗民，深夜攻打六甲村。
贯公[①]得知献良策，送把神扇给婢奔。

（四）

妻仇母恨六甲克，杀死仇人田塘获。
婢奔石道同斗敌，相互爱恋夫妻结。
生下索佩和索美，两个女儿乖巧捷。
李氏管家名王树，施骗取信石道铡。

（五）

婢奔查明事真相，杀死王树人心畅。
从庆之子李点郎，知父被杀地分光。
奏请皇帝行征剿，发来八万官兵将。
奸细行骗宝刀失，度能战死在疆场。

（六）

神扇被污失神力，婢奔且战且后退。
至九层岩力搏斗，寡不敌众仍勇击。
到弄塘凯无退路，母女三人跳崖牺。
化作神仙仍率众，击败官兵获胜利。

① 贯公，是侗族传说中的一位神奇人物，足智多谋，是能预知未来的人。

（七）

婢奔为女率侗民，誓与官兵作斗争。
杀死点郎捍田塘，保卫侗民护佑村。
敬佩婢奔精神硬，设坛纪念示敬尊。
奉为祖母称萨岁，永保侗寨得太平。

吴勉的故事

吴勉，历史上确有其人，出生于贵州省黎平县兰洞寨，是明朝洪武年间侗族农民起义领袖。参加这次起义的侗苗人民达20余万人，遍及黔、湘、桂三省交界数百余里。明王朝曾派楚王朱桢率皇家正规官军30万前来镇压，历时8年。后吴勉兵败被擒，就义于湖南靖州。关于吴勉的故事传说很多，流传也很广。

（一）

传说吴勉落地生，一群雀子聚屋顶。
红光满屋香四溢，刚一落地喊母亲。
三岁就能满山跑，五岁放牛上山岑。
对门坡上草吃光，改把牛放后龙岭。

（二）

后龙山尽岩崖壁，怪石嶙峋人罕至。
吴勉发誓登山顶，牛群怎也上不去。
恼火挥鞭抽石头，群岩急忙速躲避。
“岩石岩石滚两边，让出中间本人趟。”

（三）

吴勉挥鞭抽山岩，崖壁应声炸开裂。
这事一传到寨上，吴勉牛鞭神奇绝。
以一传十十传百，千里侗乡闻遐迩。

吴勉长到十五岁，干活挑担无人越。

（四）

身魁力大吴勉他，还练一手好箭法。
行歌坐夜罗汉头，弹奏琵琶是手拿。
十八那年天大旱，穷人要饭离开家。
吴父起款兰洞寨，攻黎平府遭残杀。

（五）

吴勉决心报父仇，继承父志当领袖。
花了七七肆九天，造出三支神箭头。
准备皇帝上朝时，射死洪武解冤仇。
告诉姨妈我睡觉，明早鸡鸣叫醒某。

（六）

吴勉姨妈将面锣，放上鸡笼准备着。
不料黄鼠狼偷鸡，打翻铜锣咣当落。
群鸡争啼吴勉醒，急上山头去集合。
朝金銮殿放三剑，皇帝还在钻被窝。

（七）

皇帝适时来上朝，三支利箭金鸾抛。
吓得目瞪口也呆，箭上刻有名字昭。
派人查访抓吴勉，发十万兵行围剿。
吴勉射完三支箭，弓弦突断知凶兆。

赶山石

（一）

官兵水道取八洛，贯洞龙图黎平攻。
勉将八洛河拦堵，官兵一到放水冲。
吴勉挥鞭赶山石，宰茅岩石往前走。

半路有块大白岩，似走非走挡前头。

（二）

吴勉一见气冲喉，朝它狠狠一鞭抽。
白岩凌空飞百里，落另侗寨山顶头。
一端插入山土内，另头露出让人瞅。
直指蓝天矗山顶，岂扒侗寨名才有。

（三）

吴勉赶石抗皇军，赶到信洞遇女青。
开口向她玩笑说，我赶猪羊你可睁？
回答没见猪羊走，漫山遍野石乱滚。
姑娘话音刚刚落，岩石顷刻即留停。

（四）

岩石原地不走动，吴勉败坏气冲冲。
朝那姑娘一巴掌，她速低头怕打痛。
巴掌打在发髻上，发髻歪斜脸通红。
从此侗女挽发髻，总偏一旁不正中。

（五）

传说有的猪石头，顺洪州河往下走。
来到三脚[1]坪地拥，下走不远即停留。
河中两岸石头伫，高低不齐分布稠。
现地拥下路里侧，留猪脚印还可瞅。

败不馁

（一）

射箭赶山均失败，吴勉斗志不退衰。
继与官军坚决斗，力量悬殊胜不来。

① 三脚，指黄垢，黄大寨、上湘等黄姓村寨地域。

官兵包围岭迁寨，勉取树苗倒着栽。
如这棵树能活下，吴勉命长死不该。

（二）

倒栽的树真活下，与敌战斗死不怕。
利用黑夜敌疏防，带领义军力攻打。
终于突围到另寨，保住安全信心加。
岭迁寨上古老树，吴勉倒栽特茂华。

杀不死

（一）

吴勉因病被敌逮，皇帝下令立即毙。
府台害怕劫法场，力把围观群众驱。
吴勉乘乱寨老语，告诉众人不要悲。
他们砍下我头颅，妈叫我名三声回。

（二）

官兵不知吴勉计，把头砍下得意去。
寨上老人遵嘱咐，传他母亲叫名字。
吴勉母亲照儿言，连喊三声音未坠。
吴勉的头立飞回，接在颈上无缝隙。

（三）

帝闻吴勉又复活，大为慌张重兵捉。
吴以口团作根据，有山有水大田沃。
号召侗民种田地，多种庄稼养猪猡。
亲用石头猪盆凿，鱼米之乡口团落。

（四）

官兵屡攻均失败，密派奸细进侗寨。
暗把毒药放猪盆，吴知配方将毒解。

毒死之猪又复活，吴勉谆谆作告诫。
“猪死盆还在，糠满猪又来”。
只要猪盆能保住，不怕敌人放毒害。

秦娘美的故事

相传，故事发生在清朝康熙或雍正年间的贵州古州——今榕江、车江一带，但在侗族地区流传也很广。

（一）

古州车江一女仙，才貌过人人人羡。
名秦娘美心善良，暗与朱郎相爱恋。
行歌坐夜互对歌，增进感情爱更坚。
私订终身婚姻缔，娘美母知誓不愿。

（二）

娘美母亲坚不肯，逼迫娘美回舅门。
朱郎娘美相爱慕，反姑表婚行私奔。
逃到从江县地域，龙图贯洞来安身。
地主银宜怀不善，瞧见娘美貌过人。

（三）

银宜见美貌超人，一心要霸娶入门。
贿赂款首施毒计，借机杀死朱郎君。
吃枪尖肉人人过，至朱郎吃要其命。
银宜乘朱吃肉时，一枪刺穿喉咙颈。

（四）

朱郎被刺命归天，款首立即把罪宣：
朱郎吃里又扒外，勾生吃熟挨枪尖。
娘美得知朱郎死，拣回尸首鼓楼言：

击鼓召众公开布，谁帮葬夫谁娶俺。

（五）

银宜高兴即应允，陪伴娘美上山岑。
亲自挖坑葬朱郎，得到娘美喜在心。
娘美怀恨一锄子，打死银宜埋在坑。
娘美为夫报了仇，化作彩蝶云雾升。

刘美的故事

刘美，亦称刘妹、刘梅、榴梅等，均系侗语译音。这个故事发生在贵州榕江县的六百塘寨，流传也很广。它扬善抑恶，告诫人们不要好逸恶劳，更不要伤天害理。

（一）

贵州榕江六百塘，有位勤劳好姑娘。
她的名字叫刘美，为人正派心善良。
刘金刘宜两个哥，一个老母七旬上。
家有财产算富裕，两个哥哥吊郎当。

（二）

一天刘美井水汲，算命先生井旁息。
看到刘关长得俊，借喝井水调戏之。
刘美凛然行痛斥，争吵之声井亭溢。
刘金正好井亭过，邀请先生到家里。

（三）

风水先生怀恨心，直向刘金谗言进：
刘美命相含凶险，克父克母克家人。
若不及早清除掉，家破人亡财产倾。
刘金刘宜竟相信，借吃杨梅把妹坑。

（四）

刘金刘宜愚蠢毒，骗取刘美上梅树。
乘美不意推下崖，挂半坎松把美护。
美上不来下不去，蜜蜂酿蜜充饥腹。
岩鹰衔草凉寒御，刘美生命才保住。

（五）

广西八标人莽岁，放鹞捕鸟到此地。
发现刘美将其救，结为夫妇八标回。
勤俭持家丰衣食，生儿育女幸福美。
刘金刘宜把家荡，沦为乞丐要饭吃。

（六）

刘金刘宜家荡毕，年迈老母无处栖。
刘美将母接家中，颐养善待尽心力。
两兄闻妹并未死，家道殷实羞登第。
美见两兄赔罪悔，不咎既往粮钱赐。
劝兄回家开垦荒，重新做人建家基。

传红军过上湘的情景

1934 年 12 月，红军长征经过播阳时，成批地从兜我（牙屯堡）经黄柏、龙林、排楼压过来，进驻上湘。可是受当时宣传说“红军、共产党，共产共妻”和“金雀甲”心态的影响，寨子里的人都躲进了深山，不敢露面。唯独黄保绥的父亲来不及躲，被红军“逮”住，要他带路去黎平。后只带到洪州，就要他回来了。

（一）

红军出发自江西，来到通道前入贵。
到达播阳批又批，均从兜我涌来的。

各个村寨都住满，上湘黄寨不外例。
可是村民不了解，害怕“共产又共妻”。

（二）

红军进驻上湘前，村民逃入深山匿。
寨中静谧无一人，独有例外补保绥[1]。
因牵耕牛不及躲，晚了一步果被逮。
要他带路去黎平，去到洪州就返回。

（三）

龙山[2]带到洪州域，红军待他很和气。
回到寨里见部队，组织纪律极严密。
寨里东西没乱动，只见房壁有标语。
红军是咱百姓的，叫他把寨人喊回。

（四）

听他一说有郎尼，悄悄回来偷探窥。
受金雀甲的影响，还是不敢进村里。
七天之后红军过，村民陆续回家里。
看到什么都没动，才把红军记心里。

（五）

红军过后众议论，别村消息亦证明。
都说红军纪律好，穷人队伍为百姓。
往昔长矛过上湘，杀富济贫受赞称[3]。
丢鸡鹅鸭是小事，留下房子即万幸。
与今红军相比较，真是逊色万千分。

---

① 补保绥，侗语，指黄保绥的父亲，名叫黄汉庭。
② 龙山，侗语，即保绥的父亲，又名宝山，本人称他为“龙山”。龙，侗语，大舅意。
③ 此两句指清朝咸丰年间太平天国的军队，杀富济贫，扛着长矛，曾在上湘驻扎过，但村中鸡鸭鹅被宰吃了。

（六）

红军过后赞红军，执行纪律极严明。
真是为咱老百姓，不拿群众一线针。
家中东西件不少，有的意外还添增。
龙秋家里遗秤砣①，龙富屋中留钢刃②。
均珍藏下善保存，留作永久纪念品。

① 实际是个手雷，与我家留下的那个一样，小时不知道，还拿它当玩具，沉甸甸的。1951年9月上湘火灾时，听到巨大的爆炸声，可能是这些手雷的声音。
② 龙秋，黄保安的父亲；龙富，黄益香的父亲。龙，大舅意，是本人对长辈某人的称呼。

七、上湘新事

无　题

（一）

解放以来上湘村，百姓翻身做主人。
土地改革分田地，实施新政生产增。
村人文化提高快，有初高中大学生。
参加工作当干部，县科局级商教兵。

（二）

上湘变化实辉煌，水泥桥跨对门江。
村民过河四季便，公路通车群民方。
水管水足家家乐，电灯电视户户光。
群众生活大改善，改革开放日日昌。

上湘水碾

石灰堤坝把河拦，过凉庭下建水碾。
水轮不停转又转，日碾稻谷担复担。
碓房凌晨舂米声，倾耳静听闻不见。

初步解放劳动力，增养猪禽收入添。

上湘水库

筑坝拦壑把水储，贯冲半腰出平湖。
浇灌田地旱涝保，副业养鱼增收入。
个人承包善管理，手脚勤快鱼类足。
村寨群众急需用，库内鲤鳞可应付。

上湘有了自来水

上湘喝水河井担，多少代人无变迁。
造池截流山腰半，安管导引水入檐。
轻拧龙头水自出，挑水木桶全靠边。
千载习惯今朝改，省工省力众人欢。

上湘有了电灯

架高压线安电灯，上湘百姓乐开心。
天上夜星光闪闪，寨中电灯亮晶晶。
松香点亮悠悠去，桐油照明远远行。
电化时代初开始，更大变易待来春。

上湘村民有了电视

上湘村中送了电，百姓袋里有余钱。
买电视机家中放，空闲屋里打开看。
国家大事及时晓，地方信息迅速传。
戏曲节目常欣赏，生产干劲倍增添。

上湘水泥桥

上湘桥横水口腰，一墩两孔数寻高。
桥身水泥钢筋筑，接通马路汽车跑。
仰望古木荫天日，俯视河底游鱼昭。
生产生活得方便，寨中群众齐叫好。

上湘通公路

播阳独坡公路通，途经上湘车如龙。
轮子代步走得快，运物省力节人工。
肩挑步行今朝改，车载推拉任所从。
铁马飞龙腾侗寨，修路致富益无穷。

修建了风雨桥

2005年5月，在1994年修建的水泥桥上，增建了5座亭阁的花桥，雄伟壮观。

（一）

上湘新建宝龙桥，五亭连阁中亭高。
水泥台墩混凝面，木质桥体飞檐角。
长六秩米底两孔，廊十二间栏半腰。
连接后龙宝山寨，伏卧水口龙凤娇。

上湘宝龙桥

（二）

通道播阳上湘村，自古以来名蜚声。
后龙山巍树森茂，宝山寨阔苗茁青。
今建花桥相连接，取名宝龙含意深。
后龙宝山成一体，宝裕龙华永升平。

庆宝龙桥落成

接到上湘电报，告知在2005年农历四月八日举行宝龙桥落成庆典。去了个电报，以示祝贺，特书以志。

2005年5月15日

（一）

上湘宝龙桥落成，村民举行隆重庆。
四月初八黄道日，高朋贵友恭贺频。
异口同声齐称赞，方便群众美化村。
全体村民皆欢喜，幸福生活定降临。

（二）

上湘庆成宝龙桥，四月初八吉良宵。
节日气氛溢全寨，锣鼓鞭炮震天霄。
歌海花洋缤纷艳，奏笙踩堂兴致高。
桥上摆开合拢宴，满席美酒和佳肴。

（三）

欣喜建成宝龙桥，上湘老少堪自豪。
但愿增进人和睦，凝心聚力情固牢。
同心同德善规划，再接再厉幸福操。
奔赴小康已启动，团结奋斗步登高。

上湘首次民族歌会

2005年3月20日，玉才闺女出阁，回家举办歌会，很受欢迎。

（一）

上湘玉才思虑深，闺女出阁有创新。
回家举办侗歌会，邀请歌手款乡亲。
宝龙桥头擂台摆，情歌对唱吸众听。
既扬传统侗文化，又让远近宾客欣。

（二）

上湘歌会今举行，有史以来首次兴。
山歌对唱别情趣，群众乐看又喜闻。
年节喜事办歌会，男女老少俱欢迎。
建立歌队是关键，培养歌手为基根。
民族歌会经常办，民族文化定传承。

上湘有了沼气

（一）

上湘建造沼气池，家家户户俱欢喜。
土炉改成沼气灶，生火做饭省力时。
手拧开关蓝焰冒，无需烧柴树梢枝。
保证林木常年茂，山清水秀风景美。

（二）

上湘用上了沼气，进步解放劳动力。
入山砍柴始免除，男女青年务工去。
经济收入有增加，修房建屋村貌美。
垃圾粪便沼池沤，寨内脏乱永去离。

上湘修建了新鼓楼

2006 年 12 月，在各方面的赞助下，上湘新建成了一座 11 层高的鼓楼。

上湘鼓楼

（一）

通道播阳上湘村，百二余户近千人。
勤奋勇敢聪明智，团结互助和睦亲。
生学玉才提倡议，献木捐钱出劳辛。
喜得各方力赞助，上湘鼓楼终建成。

（二）

上湘鼓楼宝塔形，高十一层势雄浑。
一二两重呈四面，三层以上现八棱。
飞枪翘角堪秀丽，坐东朝西美化村。
男女老少俱欢喜，休闲娱乐场地增。

（三）

上湘鼓楼秀丽称，出自四乡工匠人。
梁陆师傅献手艺，立柱穿枋筑造精。
巧无钉铆堪牢固，雄立寨中把天擎。
众口纷纷皆赞美，上湘面貌焕然新。

上湘鼓楼落成和示范新农村揭匾庆典纪实

2006年12月1日（农历十一月十一日）本人应邀参加活动。特书以志。

（一）

鼓楼庆典堪隆重，上湘节日气氛浓。
高朋贵友恭祝贺，全村群众乐融融。
鞭炮轰鸣冲霄汉，芦笙欢奏声嗡嗡。
节日庆典浑一体，游行祭祖添内容。

（二）

上湘鼓楼今落成，男女老少喜盈盈。
张灯结彩示庆贺，杀猪宰鸭待客宾。
祭祖游行庄严肃，节目表演松快轻。
鼓楼坪摆合拢宴，主欢客乐甚开心。

（三）

通道上湘素有名，山清水秀风景新。
如凤花桥刚建立，似锦鼓楼又落成。
上湘美景景添丽，村寨整洁浩净清。
历来典型侗村寨，今为示范新农村。

（四）

上湘鼓楼今落成，矗立寨边耸入云。
各界人士鼎力助，党政领导极关心。
鼓楼花桥互对峙，风林驿道相映清。
原始生态甚突出，自然人文和谐亲。

（五）

播阳上湘黄姓人，十月十一祭祖亲。
示范新村揭匾额，新建鼓楼庆落成。
三喜临门隆重庆，合拢席宴款嘉宾。
频频举杯相祝贺，客醉主酣胜仙神。

（六）

上湘定为示范村，男女老少喜吟吟。
建新鼓楼齐努力，不到半载即落成。
十月十一祭祖节，纪念黄姓始祖亲。
三喜临门共祝庆，隆重气氛冠古今。

（七）

上湘三喜事临门，举办歌会迎客宾。
远村近寨闻声到，家中堂屋客满盈。

苦酒油茶待贵友，酸肉腌鱼款嘉宾。
合拢宴席歌敬酒，热烈气氛溢山村。

祭祖游行

（一）

游行队伍长溜溜，少年男女抬猪头。
走在队伍最前面，道灵先生跟着走。
古稀老人步稳健，举幡男士徐漫游。
文艺队员踏鼓点，幼稚儿童彩旗悠。
男女群众长龙阵，鼓声点点鞭炮吼。

（二）

古稀以上十几人，庆典活动甚欢欣。
长袍马褂穿身上，喜笑颜开乐在心。
祭祖游行走前头，手握香柱步伐稳。
如龙队伍声浩荡，鞭炮轰鸣振精神。

节目表演

庆贺鼓楼新落成，节目表演简洁明。
叔伯芦笙古林赞，姑嫂耶卡[①]宾客迎。
新寨县姐耶[②]颂美，播阳老协八赞精。

① 耶卡，指“多耶”，侗语，唱歌跳舞之意。卡，侗语，指歌。
② 耶，指“多耶”，侗语，唱歌跳舞之意。

曲曲耶歌[1]鼓楼颂，句句吟唱上湘新。

放烟花

上湘鼓楼新落成，燃放烟火示祝庆。
炮声隆隆云霄彻，银花闪闪散发星。
仙女撒花岚烟缭，群众欢呼天地震。
热闹气氛空前烈，胜过大年迎新春。

鼓楼庆典歌会

（一）

十月十一天气晴，晚上歌会受欢迎。
几名歌手长跋涉，来到播阳上湘村。
芝莲剑英杨能友，艳鸾善良吴木彬。
鼓楼门前擂台摆，水泥广场挤满人。
聆看情歌欣对唱，温习花季时心情。

（二）

鼓楼庆典歌会行，歌手双双舞台登。
竞相称赞想样好，扮演情人对歌欣。
放声歌唱无顾忌，相互对答情趣增。
人群个个脸含笑，听到兴时吼声迎。

① 耶歌，指“多耶”，侗语，唱歌跳舞之意。

众多领导聚上湘

（一）

十月十一吉良辰，纪念祖公始建村。
欢庆农村示范寨，祝贺鼓楼新落成。
举行盛大侗歌会，县乡领导亲莅临。
各级领导聚上湘，自古以来首次睁。

（二）

上湘鼓楼新落成，各级领导亲莅临。
人大主任杨汉荣，政协主席粟明坤。
杨世然与杨少山①，欧华川和杨家敏②。
李氏时福副县长，黄副研员生学君。

（三）

庆新农村示范村，各级领导亲莅临。
政法书记张海浪，林业局长唐晓清。
粟氏南川镇书记，保慧进炳本寨人③。
播阳各村现领导，三脚在外干部群。

① 两位均是县人大副主任。
② 欧是县人大副主任，杨是县政协副主席。
③ 黄保慧、黄进炳系本村在外工作的退休干部。

十月十一

农历十月十一是三脚黄寨的传统节日——祭祖节，是纪念黄姓祖公进村建寨的日子。上湘鼓楼盖十一层高，含有此意。

十月十一大节气，祖公建寨人人记。
十月十一吉良天，鼓楼落成行庆典。
十月十一祭祖节，示范新村牌匾揭。
十月十一祖先念，鼓楼信[1]层寓意含。

2006年12月1日（农历十月十一），庆上湘鼓楼落成贺联：

宝兴上湘，击鼓高歌新侗寨；
龙舞华夏，登楼幸赏秀山乡。

花桥犟卧山添秀；
鼓楼锦立寨增辉。
袅袅花桥跨河溪，百姓方便；
巍巍鼓楼雄侗寨，万众齐心。

议大事，促齐心，上湘兴旺；
尚休闲，增团结，宝龙生辉。

花桥犟卧，山水呈秀迎宾客；

① 信，侗语，数字十一。

鼓楼屹立，古林展姿接友朋。

宝裕上湘，古林展姿青常驻；
龙腾华夏，江山呈秀绿永存。

办厂加工土特产

上湘青年杨伍全，外出打工十余年。
回村即把作坊建，加工特产腌鱼干。
投放市场醒眼目，深受顾客迎赞酣。
扩大规模增品种，改善经营路途宽。

通道有嚼头食品有限公司

该公司自2007年开办以来，由一个小作坊发展成为有四五个生产车间和几十个非固工人，已具有一定规模，并成为怀化市农业化龙头企业。生产通道特色食品，产品不断增加，销售不断扩大，深受欢迎，享誉全国。

（一）

食品公司有嚼头，生根上湘多年头。
从无到有徐发展，形成规模有盼头。
现有车间五六个，非固工人肆出头。
产品数量多样化，销售网点遍神州。

通道有嚼头食品有限公司

（二）

食品公司有嚼头，坐落上湘风景优。
占地面积三千米，备生产线长悠悠。
通道首家民营企，产品传统风味稠。
挖掘侗家食文化，美味特产誉九州。

上湘修建了聚心楼

2013 年，上湘修建了聚心楼，高两层，歇山顶，长十一楹，全木结构，木雕格花窗，内设舞台及观众厅。可供集会、演出节目及节庆聚会等。

（一）

通道播阳上湘村，建聚心楼檐两层，
长十一楹宽敞亮，坐东朝西歇山顶。
木雕花窗绚艳丽，秀美上湘景添新。
节日喜庆合拢宴，展演歌舞民族情。

（二）

通道播阳上湘村，居民生活日日升。
物质条件得改善，精神需求紧随跟。
适时修建聚心楼，满足村民急迫心。
上湘美景添丽彩，喜把四海宾客迎。

（三）

上湘新建聚心楼，男女老少喜悠悠。
同宝龙桥相对峙，信层鼓楼竞艳优。
晴天雨日无所碍，盛夏严冬莫需愁。
弘扬上湘传统俗，展望示范村文明。

上湘首次举办生态旅游节

2015 年 11 月，上湘利用传统节日——农历十月十一祭祖节，举办风水林——拉风吁生态旅游节。旅游节展示侗族风情——赛芦笙、踩堂多耶、织锦、捶布、捶糍粑等活动，引来了省内外多方游客，深受欢迎和赞誉。

（一）

通道播阳上湘村，自古以来名蜚声。
蓄风水树堪称著，护风水林最有名。
碑林同在实难得，古树群落冠县境。

二零壹五祭祖节，风林生态旅游承。

（二）

通道播阳上湘村，首次生态旅游承。
张扬上湘古林秀，展示民族风情纯。
踩堂多耶捶侗布，砸粑织锦赛芦笙。
观赏上湘新面貌，领略想样村文明。

（三）

通道播阳上湘村，村民朴实聪慧勤。
热情好客笃情谊，待人接物诚信真。
首次举办旅游节，引来游客赞誉称。
旅游产品必开发，旅游环境需改进。

（四）

播阳上湘古寨村，风林生态旅游承。
引来上湘游客众，招至本省外地宾。
共话上湘风景秀，同称上湘村文明。
歌颂上湘人好客，赞美上湘风情纯。

今日上湘

（一）

通道播阳上湘村，罗蒙县域名蜚声。
古树参天风景秀，村民淳朴和睦亲。
改革开放政策好，丰衣足食民齐心。
袅袅花桥河上卧，巍巍鼓楼寨中亭。

（二）

通道播阳上湘村，示范新村首批定。
民族特色甚突出，侗家风情浓郁深。
少数民族特色寨，上湘头个被提名。
二零壹七年三月，国家民委把名命。

（三）

通道播阳上湘村，爱护风林素有名。
风林古树全县冠，国际国内具蜚声。
韩国林业工作者，人大清华研究生。
进驻上湘行考察，均有论文赞誉称。

（四）

通道播阳上湘村，村民勤奋又齐心。

今日上湘

民风淳朴人好客，历史古迹丰厚云。
办拉风旴旅游节，每年传统节日行。
中国传统村落寨，国住建部已认定。

（五）

通道播阳上湘村，美丽乡村被列名。
基础设施渐完善，村容面貌焕然新。
群众生活大改善，文化素质日提升。
文明风气溢全寨，携手奋进小康登。

八、上湘颂

上湘村

后龙坡下上湘村，依山傍水好风景。
苍松古树峰峰秀，碧杉翠竹岭岭青。
东西南北皆林木，左右上下尽田町。
山清水秀绿云舞，空气清新爽宜人。

上湘风水林

（一）

先人辟寨育风林，上湘后龙古树森。
合抱大树难数尽，根深叶茂气象新。
碧烟玉雾林梢舞，暮彩朝霞山寨萦。
苍鹰展翅群禽惧，夜猫鸣啼雀鼠宁。

（二）

后龙林茂叶花华，晨临暮至鸟禽哗。
春夏鲜菇任人摘，深秋榛落童稚扒。
村民早出晚归寨，朝夕炊烟萦户家。

冥夜不时山羊叫，啄木咚咚病树芽。

（三）

播阳上湘后龙山，古木葱茏翳日天。
合抱大树数千计，蓄禁岁月几百年。
护林碑立坚似铁，村民恪守执行严。
株株古树无价宝，有意损伐罪祖先。

（四）

山峦古木苍葱郁，后龙坡林祖辈蓄。
左有青龙右白虎，前含朱雀后玄武。
风林百代保完美，咸丰元年立护碑。
毁坏风林必责罚，坚持护树众人夸。

（五）

上湘风水林，后龙坡山岑。
树巨枝叶茂，满坡绿云腾。
禽鸟争鸣啼，蜂蝶竞花心。
夏秋蝉吟咏，夜幕兽出行。
护碑咸丰立，早已树森森。
蓄禁范围显，左右上下明。
下抵田塘屋，上达山巅顶。
里至岑楼坡，外临岩冲滨。
水口风林育，嘉庆十三春。
合抱巨大树，紧贴后龙林。
山林环上湘，地势宛若盆。
四周山景秀，空气极清新。
腐叶肥沃土，菌类播香馨。
禁碑人心沁，执行贵认真。
育林人有责，护树定殷勤。
上湘风林茂，需知蓄禁辛。

一树金无价，切莫乱伐损。
上湘诸遗子，育树承古人。
保持山林翠，益己益子孙。

（六）

通道播阳上湘村，乡风淳朴古树森。
风景林阔驿道曲，福桥犟卧鼓楼浑。
古护林碑桥头立，公示蓄树条款清。
天人合一和谐美，漫步上湘古韵深。

（七）

通道播阳上湘村，古护林碑名蜚声。
清朝咸丰元年立，蓄树护林要求明。
保护风林订条款，损坏古树必严惩。
碑林同在世罕有，古碑壁立树茂森。

上湘几芒山

上湘南望几芒山，几芒坳上古松参。
合抱巨干挺拔劲，伸枝展叶蔽日天。
松杉杂树覆坡岭，清风吹拂舞青岚。
苍鹰猛禽空霄击，精灵兽类林底穿。
冥夜松涛响咯咯，声音清脆遐迩传。

上湘过凉亭

交响对岸过凉亭，清朝同治十年兴。
前人心慈做善事，建亭植树蔽日荫。
恢复多少疲劳客，遮盖无数避雨人。
草鞋挂柱任人用，天下游子可称心。

上湘河

上湘河流流水清，游鱼如织硌脚心。
滩陡波急声溅溅，潭深流缓绿潆潆。
渔夫摇橹白浪荡，墨鸭逐鱼碧潭沉。
码台岸畔靛桶列，侗家闺秀洗涤勤。

上湘公塘

（一）

上湘寨中一口塘，常年蓄水碧映光。
预防火灾有作用，禁止填充和盖房。
闻昔曾经遭火患，火源住户地基场。
灾后房址充公地，辟塘蓄水备消防。

（二）

上湘寨中辟公塘，开渠蓄水备消防。
公塘日日在身边，村民时时记心上。
男女老少俱知晓，防火意识需加强。
小心谨慎再谨慎，做好防火保安详。

宝龙桥

（一）

古树葱茏蔽日辉，宝龙犟卧跨河溪。
碧烟玉雾林梢绕，燕语莺歌草芳菲。
花桥横架彩凤舞，岗峦起伏苍龙飞。
车涌人潮闹侗寨，上湘景美宾客迷。

（二）

步郭沫若诗韵

风林翳日宝龙桥，五亭横列中塔高。
建筑设计工精巧，飞阁翘檐互望遥。
凝砥木身固若铁，山苍水秀碧玉苗。
漫步上湘青石道，若仙若醉忘疲劳。

（三）

上湘水口宝龙桥，龙伏凤卧跨河腰。
一墩两孔水泥面，五亭联阁杉木造。
艳饰上湘山景秀，引来宾客赞誉高。
后龙山下人好客，上湘美食令人陶。

（四）

话说上湘宝龙桥，联阁五亭树比高。

横跨水口龙凤卧，点饰上湘景致娇。
进出村寨车人便，接通公路南北遥。
休闲娱乐心情怡，坐听河水咏歌谣。

（五）

花桥伏卧映日辉，横跨溪河峨崔嵬。
能工巧匠艺精湛，舞凤腾龙张翼飞。
时值四月福桥竣，正处初夏草芳菲。
永饰上湘山水秀，吸引游客往忘归。

（六）

往昔过河支木桥，山洪暴发浪推倒。
一水割裂分楚汉，群民对望隔岸遥。
改革开放政策好，国富民丰益侗胞。
新建花桥添丽彩，村民过江虑永抛。

上湘鼓楼

（一）

上湘鼓楼峨崔嵬，矗立寨中鹤群鸡。
飞檐翘角宝塔式，宝裕龙华相映辉。
楼耸桥横村寨美，山清水秀景色迷。
走在上湘石板道，令人心畅又神怡。

（二）

上湘鼓楼峨崔嵬，雄立寨旁亲云低。
高十一层葫芦顶，体呈八面檐角飞。
纵目山林绿云舞，俯观河水碧波漪，
青石板铺村道错，稻田瓦屋相映辉。

（三）

上湘鼓楼峨辉煌，亭亭玉立刺穹苍。
三层以上檐八角，二级往下形四方。
承建工匠梁陆姓，铺地石砖锦屏藏。
雄立寨边巍伟岸，游宾旅客向上湘。

（四）

上湘鼓楼堪雄浑，落地巨柱几十根。
顶天立地侗村饰，宝裕龙华人赞称。
休闲娱乐符众意，开会议事合民心。
节日喜庆合拢宴，款宾待客别有情。

（五）

上湘鼓楼飞檐角，宝龙桥峙互比高。
金顶葫芦冲霄汉，灰鳞瓦片气派豪。
艳饰上湘村绚丽，增添侗寨景致娇。
后龙山幽古林郁，田连阡陌石道遥。

（六）

上湘鼓楼势巍豪，雄立寨边冲汉霄。
葱葱古林后龙秀，袅袅花桥水口娇。
稳稳犟卧凉亭古，悠悠蜿蜒石道遥。
驻足上湘新侗寨，酸肴醇酒醉仙陶。

（七）

上湘鼓楼立村头，门柱楹联堪湛优。
“上方圣降乾坤鼓，湘西群建锦绣楼。”
寨子名字楹首看，堂瓦[①]称呼联尾瞅。
自然巧妙字劲刚，果然出自名家手。

（八）

千年古树逼汉空，鼓楼高耸寨中雄。

① 堂瓦，侗语，指鼓楼。

上湘鼓楼

示范上湘首批定，建新农村起步中。
安居乐业人欢笑，足食丰衣喜气浓。
燕舞莺歌颂盛世，神州无处不瀛蓬。

附录：有关上湘的论述及诗词

上湘今昔①

黄保慧

最近，偶有机会，回到我度过了孩提和少年时代的村寨——上湘，看到村寨的变化，引起了我对过去一些情景的回忆。

上湘，位于通道播阳镇约五公里的地方，是一个典型的侗家村寨。寨后面靠着一座山坡，名为后龙山。山上长满了苍郁的古树，又名风水山。寨的东面，横着一条由南向北流的小河，河水清澈见底，游鱼可数。小河东岸，有一块几百平方米半月形的沙滩，沙滩东侧从南到北有数行参天古树，相传它们和后龙山上的古树都是祖先进寨时栽种的。沙滩上长的是四季常青的爬地小草和杂乱带刺的灌木丛，是爬虫类和蛇类栖息的处所，不论是大人或孩童，谁都不敢独自一人到沙滩深处逗留和玩耍。沙滩北端的几棵古树伸向对岸，与后龙山北麓河岸伸过来的几棵古树的枝叶互相交叉，使河两岸的古树连成一体，像是拦腰截断北流的小河。从远处看，沙滩上的古树和后龙山上的古树形成半圆，牢牢地怀抱着寨子。相传这就能保护寨子人财两旺，一切吉祥如意。解放前的上湘是贫穷的，是黑暗的。住在寨里的人家，有两部分人——穷人家和富人家，他们的生活截然不同。他们中有的与我家是邻居，有的与我家还有三亲六故的关系，故对

① 本文选自“通道侗族自治县党史丛书第七辑”《情系侗乡》。

他们的生活情景，不仅耳有所闻，而且有的还是亲眼所见。寨中只有几户富裕人家，当时叫“田主”。穷人家则比富人家多，大多是租种田主的田地的，称为佃农。两种人家的生活，当时简直是一个在天上，一个在地下。寨中的几户田主，占了村寨田地、山林的绝大部分。走出村寨，不论是向东、向西、向南、向北，无处不有他们的田地和山林。寨里寨外，都有租种过他们田地的佃农或为他们做过长工的住户，佃农租种田主的田地，每年秋收时要将谷物的大部分交给田主，离村寨近的好田好地三七开，将收获谷物的70%交给田主；一般的四六开，将收获谷物的60%交给田主；较远的对半开，各得50%。只有在荒山野岭上的田地，有的才有倒四六开，即佃农可得到收获谷物的60%。每年秋收打谷时，田主都要派人到田地里监视佃农，美其名曰“看谷”。佃农担心失去租种权，只好先将收获的好谷、好物送交田主家。每逢过年、过节，佃农还要向田主家“进贡”。送的物品不是鸡、鸭、鱼、肉，就是山禽野味之类，少则五斤十斤，多则不限。一年的节日也特别多，是以农历计节的。除春节外，正月十五元宵节，二月初二春耕节，三月初三春种节，四月初八开秧节，五月初五端午节，六月初六尝新节，七月十五小中秋，八月十五中秋节，九月初九重阳节，十月十一吃冬节，等等，每节必送。进贡时，佃农还要对田主说很多好话，请求田主宽容原谅。如不进贡，来年田主就不再将田地租给佃农耕种了，断绝佃农的生活来路。田主平时的生活，总是花天酒地，挥金如土，有时出门骑马花轿抬，进门宾客四方来。过年过节时，堂屋里总是张灯结彩，金碧辉煌，烟花爆竹连天响。杀猪宰羊，鸡鸭鱼肉满屋香。宾客满座，佳肴满桌，吃酒划拳，通宵达旦。每办红白喜事，少则三天五天，多则十天半月，敲锣打鼓吹喇叭，烟花鞭炮响噼啪，宴请远近宾客，热闹非常。佃农和长工的生活，却是另一番景象。佃农是靠租种田主的田地生活的，每年交租和进贡后，就所剩无几了。家中人口少的，尚可饱腹。人口多的，即便是精打细算，省之又省，最多也只能拖过五个月或半年，就断炊了。断炊的滋味是非常难熬的。特别是在青黄不接的六七月份，有力气的，尚能勉强上山挖蕨根回来舂烂、过滤、沉淀后，熬芒粑充饥；体弱多病的，只好沦为乞丐，走村串寨，挨门挨户讨吃要饭。做长工的多为单身青年男子和女子，他们长年生活在田主家里，只能以冷饭剩菜充饥糊口。穷人的婚嫁丧事，更为凄惨。如婚事，男女双方有了情意之后，约定时日，男方把女方偷偷带到家中，不予声张，或到处躲藏，待生米做成熟饭之后做几斤糯米糍粑、砍几斤猪肉，找几个乡亲父老和姐妹陪同，将女方送回家，赔个不是，恳求娘家谅解，认个亲戚就成了。或者干脆男女两人一道私奔，逃离村寨，背井离乡，待有儿女之后，再携家带口回来，称姑认舅了事。至于丧事，更是悲惨。人死了之后，或用几块旧木板拼个盒子，装上尸体，或用稻草破席将尸体一裹，找几个亲友熟人抬到山上埋掉完事。

河的东岸有一条坎坷不平的羊肠小道，向南可通广西。在这条小道上，偶尔有三三两两的行人，他们或是挑着担子，到附近小镇做点买卖营生，或是背点杂物，到镇上换点大米油盐回家度日。有时，也偶有牵牛赶猪做猪牛生意的。这条小道向南延伸不到五六华里的地方有一个荒芜的山坡，名叫启芒坡。坡旁有一个山坳，名为启芒坳，坳上有几棵合抱古松。刮风时，古松左右摇摆，松枝摩擦，格格有声，数里之外都能听见。就是在这个坳上，时常有结伙成群的蒙面盗匪，手持刀枪，堵住过往行人的前后去路，蒙住行人的眼睛，将行人劫持到山坳东侧深邃的山林或是两侧的草丛中，抢走行人的钱财货物。有时有的人被抢后，跑到寨中报告，但都无济于事。所以，每当行人路过这个山坳时，无不心惊胆战，恐惧万状。有时，盗匪在夜间跑到寨子附近围着寨子鸣枪，吓跑村民，然后进寨抢掠财物。有时，连夜骚扰村民，吓唬村民跑入深山搭棚居住，不敢回寨，使村民无法安居乐业。

这就是我记忆中的上湘，是我孩提时代生活过的上湘。解放以来，在党和人民政府的领导下，在党的民族政策的指引下，上湘侗族人民和全县、全国各族人民一样走上了幸福的社会主义康庄大道，不仅在政治上当家做主，成了新社会的主人，而且生活普遍改善，如芝麻开花节节高。今天的上湘侗寨，面貌发生了巨大的变化。

一是寨后山坳上流下的那股清泉，现已被人们造了“天地”截住在半山腰上，安上了水管，将水引入寨中各家各户，家家户户喝的是自来水，用的是自来水。那种每天早晨和傍晚妇女们挑着木桶，提着篮子忙于挑水、洗菜往返于寨子和河边码头之间的情景不见了。

二是在离寨子不到半里的小河上游河滩上，筑起了一道水泥拦河坝，盖了一座水碾房，全寨人畜吃用米糠，都由它代劳，而且还能榨油。那种天没亮就响震全寨的舂米声消失了。

三是现在寨里已有一百多户人家。由于近几年来播种水稻良种，科学种田，人均口粮近七百斤，家家粮食自给有余，再加上妇女们不用挑水舂米，腾出了很多劳力和时间，打猪草、种菜饲养家禽家畜，每个家庭，除了鸡、鸭、鹅成群以外，至少还养有二三百斤重的肥猪三五头。家家都有猪卖，手中宽裕多了。

四是每逢过节，寨中都有人杀猪，大家争相购买猪肉，家家过节都能吃上肉。特别是过春节时，每家至少都要杀一头肥猪过年。过去那种富人家中鸡、鸭、鱼、肉满屋香，穷人苦累，半年糠菜半年粮的景象一去不复返了。

五是寨上架设了高压电线，引来了电力，家家安装了电灯，结束了自古以来靠燃点油、松脂、油柴照明的历史

六是家用电器开始进入农家。现在大多数人家买了电视机，有的人家还买了电风扇。全寨开始步入农村“电气化”的行列。

七是寨东河对岸的那块荒漠的沙滩，现在已修建了篮球场，男女青年空闲时，可以在那里打球和开展其他文化娱乐活动。

八是河东岸的那条南通广西的羊肠小道，现已辟为公路，北抵播阳镇，南至独坡乡，不时有汽车、拖拉机在奔跑，乘车走路都很方便。

九是随着公路开通，自行车也进入了侗寨。不少人买了自行车，骑车走亲访友，上集市赶集。公路上南来北往的骑车人，随时可见。

十是解放后在离寨西南不到两里路的地方修建的贯冲水库，现已辟为渔场，承包到个人，饲养鱼类，年可产鱼数千斤。本寨及附近村寨侗胞待

客或办红、白喜事都到渔场买鱼。或者与有关部门签订合同，打开销路，或者将鱼拿到附近集镇上出售，使鱼成为商品，打破了历来自家养鱼自家吃的习惯。

过去曾是田主的一位邻居，现在养有三头肥猪，有一台电视机，还有几百元存款，儿女都大了，并有了孙子。我问他："你现在的生活和过去相比如何？"他一点不忌讳，直截了当地说："当然是现在比过去好。现在不但生活水准超过了过去，而且居家，外出，都很踏实。过去虽然也有吃，有穿，有花的，但总是提心吊胆，很不踏实，担心不知道哪一天会出什么事。"另有几位过去是租种田主家田地的亲友，曾因家里人口多劳力少要过饭。解放后，他们有的在寨里当过干部，儿女也都上了学，很有点文化，有的还参加了工作，当上了国家干部。他们现在的生活，虽然不算很富裕，但已居中上等水平。除有电视机之外，有的还有了自行车。家里养的鸡、鸭、鹅及肥猪，也不在他人之下。尽管他们对有些事情还不十分满足，但都异口同声地称赞道："没有共产党，就没有我们的翻身和解放。没有联产承包责任制，就没有我们今天这样的生活，也不会有上湘今天这个样子。说一千道一万，还是共产党好，还是社会主义好。"

现在的寨中人，并不满足于目前的生活状况。小河东岸的公路通车了，他们正在集资，要在河上架一座水泥桥，把汽车、拖拉机引到寨这边来；为了更好、更多地接收电视节目，他们还要在寨东河对岸的门头坳上修一座电视接收台……

在共产党的领导下，随着计划生育的实行，农林牧副渔业的发展，交通运输条件的变化，教育科技的加强，居住条件的改善，群众素质的提高，文娱体育活动的开展，医疗卫生的进步，十年或几十年后的上湘，又将是何等的繁荣景象呢！

1990年12月

上湘在建设富有侗族特点的新村①

吴万源

上湘村，位于三省坡脚下的湖南省通道侗族自治县播阳镇。从播阳镇沿独播河而上15华里，即可抵达上湘。上湘全村共有127户690余人。全村面积13.3平方公里。人均1亩农田、10亩山地，有杉树、松山、竹林等，森林覆盖率达90%以上。

全村全部是侗族，全村90%以上为黄姓，还有石姓1户，吴姓1户，袁姓1户，杨姓2户。聚族而居，侗族特点显著，中华人民共和国成立以来，不但保持了侗族的传统优秀文化，而且发展了侗族传统优秀文化，在建设富有侗族特点的新农村中，取得了显著的成绩。

一、侗族传统特点犹存

首先是保存本民族语言。上湘村民，在解放前有90%以上的人不会讲汉话，不认识汉字，解放以后，经过数十年的努力学习，有90%以上的人会讲汉话，认识汉字。除与外族人交际当中讲汉语外，在家里和村里完全讲的是本民族的语言，与亲戚朋友交往，也都是讲侗语。

其次是保存了侗族的民间文学。行歌坐夜，男女对唱双歌，用侗语对唱；男女对唱情歌，用侗语对唱；青年男女谈情说爱讲悄悄话，讲的是侗话。

第三是用侗语讲故事、唱儿歌、猜谜语。老年人给小孩讲故事，用侗语讲述，小孩唱儿歌，用侗语清唱，大人、小孩猜谜语，用侗语出题和用

① 2006年石阡民族文化自然生态旅游发展研讨会材料。

侗语答题。

第四是保存侗族的服饰和银饰。出于经济全球化和全球市场的影响，随着各族文化的交流，时装充满侗乡村寨的男女老幼（也包括上湘侗族在内）。但是，上湘侗族群众，逢年过节，婚丧喜庆，穿的是侗族服装，戴的是侗族银饰，一看就可认出是侗族的装束。有部分群众平常也穿侗族服装。

第五是保存侗族民间工艺。木匠、篾匠、石匠等，一代又一代地流传下来。侗族修建房屋、修建风雨桥、修建鼓楼、修建寨门、修建凉亭，木匠大显身手。侗族最喜欢芦笙，寨与寨之间，常常举行芦笙比赛，是侗族村寨的娱乐之一。芦笙是世界上声音最大的管乐器，十几架芦笙一起吹起来，二三十里开外都能听到它的声音；千架芦笙奏响，就会震撼天穹，地动山摇。芦笙隔一年更新一次。上湘做芦笙、吹芦笙的习俗，一直延续至今。

第六是上湘村民仍然居住干栏房屋。上湘村寨，一栋栋的干栏房屋，一排排的木楼，鳞次栉比。石板路通向各家各户，连接外村外寨。村边寨旁，鱼塘密布，鱼塘中鸭鹅成群。寨中鼓楼坪的太阳形卵石花纹辐射四方保持完好。老鼓楼日夜烧火不熄。

二、侗族村寨风景林郁郁葱葱

上湘村前，独播河由南向北缓缓而过，村北河湾两岸古树参天。村背的后龙山上，满山满岭的风景林，几经风风雨雨，特别是“大跃进”时期，没有遭到破坏，风景林保存完好，青山常在，绿树成荫。这是什么原因呢？因为上湘的广大人民群众历来有植树造林的习惯，有保护风景林的优良统。由祖先黄金显提倡，蓄禁山林，全村响应，共同计议；订立公约，刻上石碑，立于风景林山之中。全寨村民，共同遵守村规民约。

禁碑称："从来天之暖者物始生，地之灵者人方杰。故古人卜居，必相其阴阳，观其流泉。凡左青龙，右白虎，前朱雀，后玄武，所有树木，具为蓄禁，而后保障有资，龙脉不息，可以久安而长治也。我上湘后龙山，祖辈以来，合抱之树常有数千。至后人不肖，挟私妄砍，以致山木之美，转成濯濯，盖至关山破，气脉衰，人心浮薄，地方凋残，有不可救药也。我等抚今思昔，不胜心伤。因于咸丰元年，共聚醮堂，公同计议：凡寨之左右前后，一切树木，俱要栽培，庶可挽乎今而近于古，尔昌尔炽，尔富尔寿，子子孙孙垂裕于无涯矣。

公议我等后龙山，上抵坡头，下抵塘园田屋，里抵岑楼坡岭，外抵岩冲田塘，俱属公地，不许买，亦不许卖。一切树木，俱要蓄禁，不许妄砍。有不尊公议者，系是残贼，公同责罚，决不宽容。

公议系保山寨水口树木，乃一团之保障，俱要蓄禁，不许乱砍，违者责罚。

公议保山寨杉木贰块，麻雀山杉木壹块，俱系众山，地主一半，并归土主会，不许卖，亦不许买。

以上数条，面神议定，决不改移，如有不尊，神诛人殛。"

这是风景林完好的重要保障。

三、经济的发展

上湘村民，祖祖辈辈以农业为主。中华人民共和国成立后，经历土地改革、农业合作化、家庭联产承包责任制，农业经济有了长足的发展。

农业产值大幅度增长；粮食生产由亩产450斤提高到1000斤以上；猪、牛、鸡、鸭等家禽家畜均有很大发展。人民生活大有改善。上湘村民的温饱问题已经解决。用钱问题，由于有大批男女青年出外打工，有不少收入；加上卖猪、卖树、卖竹子得来的钱，小孩上学，群众看病，也能对付。收音机、录音机、电视机、VCD、刻录机、电冰箱、洗衣机、打米机、拖拉机、摩托车、小四轮、电灯、程控电话、手机等高档商品，已进入上湘村百姓家。

四、教育的发展

上湘村的人民群众历来比较重视教育。旧社会，办过私塾和小学，出过文人，如黄保宇就是其中的一个。黄先生，系常德师范学校毕业，能文能诗，又会写对联。他在当地当过老师，在人民群众中，享有崇高的威望。黄保宇先生已仙逝，留有不少遗作。如1984年春节，在北京中央民族学院工作的堂弟黄保慧同志与老伴邵玉霜老师一同回家探亲时，黄保宇先生非常高兴，即兴吟诗三首：

一首，无题：

少小晋京去，老大结鸾归。
乡音仍未改，精力胜古稀。
儿童都探问，客从何处来？
喜今团聚首，倏尔又分离。

二首，今日偶吟七言律：

春风和煦最宜人，一望郊原景色新。
李白桃红争艳丽，蛙鸣鸟咏赛弹琴。
雷惊百蛰俱飞跃，电震全球分外明。
吾人备耕当此际，少先锋队更殷勤。

三首，七言绝句：

一年开始日初长，有客临门慰寂凉。
欢欣畅饮数杯酒，酩酊醉后亦无狂。

平反后吟诗：

作客他乡秋复秋，今秋欣复我自由。
感谢党恩多雨露，春风吹遍及吾侪。

黄保宇先生还为通道县城独蓉风雨桥和公路大桥分别写了一副对联：

石狮子，此笑彼欢，赫赫英风千古在；
独蓉桥，你来我往，荡荡宏途万众奔。

大桥未建各东西，水势滔滔路径迷；
午夜梦思仙杖化，喜今荡荡胜舟楫。

解放以来，上湘村内办有一所小学，该入学的儿童全部入了学，为培养人才打下了良好的基础。上湘村现有大学文化水平的 10 人，有研究生 1 人，还有一批初中生、高中生、大专生。有一批国家干部，其中县团级干部 3 人，县直科局级干部 9 人。

五、新建一座风雨桥

上湘村，原有一座石桥（侗语称 buh loh），即用高 1.3 米，宽 0.5 米，厚 0.15 米的青石，一半插入河床之中，两石相距 0.3 米，横河 50 多米，较高于水面，架石桥而过，因洪水冲毁，已不存在。还有一座约 3 米高的木桥，架于村北水口之上，以便利来往行人和便于本村群众过对岸进行生产活动。

随着经济发展和生活改善，2005年，全村群众出力的出力，捐树的捐树（每户捐树5棵），出钱的出钱，共集资10多万元，在原架桥的近处，新修一座五亭、桥廊22间、桥长60米的风雨桥，架于独播河之上，掩映在两岸的丛林古树之中，成为通道最新、最美、亭桥最多的风雨桥。

六、新修一座鼓楼

上湘村，原来有两座旧鼓楼，一座一层，一座三层，是全村集会议事、比赛芦笙、接待外宾的场所。2006年，经群众共同商议，大家集资，上级资助，每户捐木3根、捐钱300元，湖南省民委资助1万元，省扶贫办资助2000元，县林业局资助1400元，县扶贫办资助2万元，县政协主席粟明坤同志从政协经费中资助5000元，县工商局资助5000元，省扶贫办资助2000元，中国少数民族文学学会侗族文学学会副会长吴宗源同志从文学基金中资助2万元，上湘在外地工作人员共资助1万多元，新建风雨桥竣工庆典收礼金4万多元，共集资10多万元，在村寨中又起了一座11层高的新鼓楼，为通道开展旅游增添新的亮点。

七、自来水进村入户

1984年，上湘全村群众，自己筹集一部分资金，上级补助一部分经费，加上大家出义务工，从后龙山上引来自来水，进村入户，结束了祖祖辈辈挑水吃的历史。妇女又一次得到解放。2004年，全村又集资，献工献料从离村6里远的拨乡高山上引来清泉，建立新的水塔作为饮用水，比原来从后龙山引来的自来水，更加干净，更加卫生，更加充足。把原来的自来水塔，作为防火用水，村寨安全，有了保障。

八、全村大多数群众用上沼气

上湘人民群众，改革创新的积极性很高，要求改变旧的面貌的心情非常迫切。从 2004 年开始，在上级的帮助和资助下，自己出一部分钱，全村村民逐步修建沼气池。去年建成沼气池的有 52 户，今年建成沼气池的有 17 户，全村多数户修建了沼气池。沼气用处很多，一是可以照明，二是可以煮饭做菜，方便干净，效果良好，群众高兴！明年可以实现户户沼气化。加上用电联网，电力充足，电视机、收音机、放映机充分发挥作用，给全村人民带来全国和全世界的信息，促使全村人民的生活日新月异。

九、不断举办歌会

第一次歌会。新建风雨桥竣工时，除召开庆典大会外，还举办赛歌会，有多耶、双歌对唱、情歌对唱等，老年歌手、中年歌手、青年歌手，纷纷上台，争奇斗艳，献歌献艺。台上台下，情景交融，男女老少，都沉浸在欢乐的世界之中。

第二次歌会。侗族习俗，姑娘出嫁，在回门时，定要请本房族的人和本寨的人吃酒祝贺。上湘籍人黄玉才同志是县公安局刑警队长，女儿黄瑶也是公安人员，出嫁后回老家，按照传统习俗，理应请本房族的人和本寨的人吃回门酒席的。但黄玉才同志与女儿商量，改变传统习俗，又继承民族特点，举行歌会。赛歌一个高潮又一个高潮。家人、本房族的人，本寨的人民群众，皆大欢喜。

十、过祖先节

今年农历十月十一日，公历 12 月 1 日，是上湘黄姓人入村建寨的日子。为了纪念祖先艰苦创业的精神，经常过这个纪念祖先的节日。今年12月1日，正是新建鼓楼竣工的时日，全村人民群众共同商议，为了纪念祖先节日，为了庆祝新建鼓楼竣工，举行歌会活动，把侗族的节日常态化，把侗族歌会经常化，把弘扬侗族传统文化长久化，为侗族地区开展旅游事业增加新的内涵。

上湘——醉人的生态和谐的侗寨[1]

黄保慧　杨良顺　黄生学

上湘，这个还不为太多人熟悉的寨子，已经静静地躺卧在山水秀美的三省坡脚下数百年，是湖南省通道侗族自治县播阳镇最西南边的一个侗寨。全村有127户近700口人，以黄氏为主，聚族（房族）而居，民族文化底蕴深厚，特色浓郁，反映侗族文化思想的活动场地、建筑设施齐全。抗战前夕，上湘也曾是周边侗族赶集、进行农贸交易繁华的一隅，饭馆、客栈一应俱全。可惜的是，上湘的古民居、外寨古凉庭及古石碑、古庙等，于1951年9月1日被地主黄汉安放的一把大火毁之殆尽。之后，“上湘”这个名字就一直很少被人提起。但上湘作为一个古老的侗寨，是客观存在的，是当之无愧和毫不逊色的。虽然经过水洗和火烧，但古侗寨的痕迹并没有被完全抹掉。现在的上湘仍有：

一、保留400年前建立的放仁（里边寨）凉庭（鼓楼，侗语称堂瓦），基本完好。

二、保存几百年前用河卵石嵌铺的太阳图形（花街状）的放帮（外边寨）凉庭坪和凉庭火塘，完好无损。

三、寨中的青石板路，纵横交错。其中通往贵州省黎平县洪州乡昌坡村的石板古栈道，从寨中伸出，蜿蜒1000多米，插入古樟葱茏的河畔，保持完好。

四、清朝中期建立的享誉一时的上湘学堂（侗语叫堂哈，1935年因群众祭祀孔子烧香起火被焚，1944年在原址原样重建）巍然屹立。

---

① 2007年全国侗族和谐文化论坛材料。

上湘村

五、上湘寨南面对岸有一座清朝同治十年建立的古凉亭（名叫过凉亭），今仍在使用。

六、古萨岁坛，古水井、古防火水塘，今仍盘踞在寨中。

七、最重要的是上湘后龙山的古风水林，有以数千计的合抱巨树，面积100余亩，保持完好，古护林碑也同时存在，等等。

现在，仅就上湘的优良生态环境和秀美的自然风光，以及人与自然的和谐、建设社会主义新农村的有关情况，略加介绍。

上湘是一个古老的侗寨，依山傍水。大片古风水林保存至今，使之成为今天原始生态优美、自然风光秀丽的侗家村寨。加上四周坡岭林青竹翠，花团锦簇，今日的上湘，简直像是坐落在一个巨大的绿色花盆里。只有在强调促进生态发展、构建人与自然和谐的今天，静谧的上湘，才被人们所关注，才被人们公认为当今三省坡脚下通道侗族自治县自然生态最完美、自然风光最亮丽和最有侗族特色的、最具典型的侗家村寨。

如能够摆脱喧嚣的城市，忙碌的工作负担，来到上湘走走看看，就由不得你不被它的翠绿、它的静穆、它的秀美、它的和谐所包围、所感动。用现任通道县委书记李先胜同志的话说，“它确实非常漂亮”，“村民们简直就是生活在花园之中”。的确如此，只要你一到上湘，看那青山翠竹环抱，清河绿水萦流，遮天蔽日的古树列成夹道“欢迎”的“绿色队伍”，怎能不令你情不自禁地陶醉于大自然至高的礼赞和温馨的幸福之中呢？你甚至开始妒忌大自然为什么这样偏爱上湘。其实，一方面是大自然的偏爱，另一方面是上湘人素来就有保护生态、绿化环境、建设秀美村寨的良好传统美德及风俗习惯，同时还具有认知自然环境对人类发展重要性的超前智慧。不是我们刻意要如此夸赞，而是有其咸丰元年竖立的古护林碑可以作证。

正是上湘人在较早时期就有了人与自然和谐相处的强烈意识，人人维护风水林，爱护风水林，才使上湘的今天拥有秀甲一方的青山绿水。

由此可见，依托风水林维护团寨之稳定、和谐与发展，是侗族建立管理村寨的灵魂。忽视这一点，也就等于忽视研究侗族传统文化的一个重要组成部分。因为对于侗族来说，没有山就没有寨，没有树就不成团，没有水地就不灵，山不美则人不杰。追求山之木美、水之清秀，是侗族文化不可替代的思想。上湘人也因为有“凡寨之左右前后，一切树木，俱要栽培”的理念与思想，一切不以毁坏生态为代价，皆要服从“山木之美”，维护山木之美，从而使上湘的寨门、河上木桥、河边水车等所有建筑、设施，哪怕是一道简易的篱笆，也显得十分匹配与和谐。

一座横卧在后龙山风水林脚下的风雨桥（宝龙桥），全长 60 米，桥廊 22 间，共 5 个亭阁。它的雄姿让人怎么看怎么顺眼，越看越爱看。那清澈见底的小河潺潺的流淌声，就像一首唱不尽的祝福山歌；那河岸两边摇曳的绿树繁枝，恰似青丝绿叶与花桥的雕檐玉柱共舞的和谐景象，妖娆艳美，婀娜多姿。

上湘的青石板路也是一道独特的风景线，它连接到田间、地头、河边码头，凡是有路就铺有青石板，纵横交错。尤其是其中有一条与贵州洪州昌坡村相连的古栈道，从村里延绵 1 公里多的青石板，蜿蜒如游龙，穿过田野，沿河而上。路边合抱的古樟树郁郁葱葱，3 米到 5 米一株，幽静、清凉。炎热的夏天漫步于此便能体会到一股透心的凉爽。它已成为村民们农忙季节劳作间憩、歇脚、纳凉的好去处。如有幸赶在前面一屁股坐到那块洁白的大岩石上，那种感受，再烦乱的心情，也会顷刻间化作由衷的惬意。

也正因为上湘有良好的生态环境，所以 2006 年 3 月，本村在外工作的黄玉才，其女儿出嫁时回家在宝龙桥头的古树荫下举办了一场酬谢乡亲的侗族歌会，刻成光盘之后，上湘的秀美风光即刻引起了社会各界人士的高度关注与青睐。特别是中国少数民族文学学会侗族文学分会现任会长吴宗源同志的极大重视，并慷慨解囊，从文学基金中拨出 2 万元，作为上湘

上湘风雨桥

进一步完善侗文化基础设施建设，巩固生态环境，保护已获成果的启动资金。应上湘全体村民的要求，在湖南省民委顾问、侗学专家吴万源，以及各界人士的关怀和帮助下，在各级党委、政府的大力支持下，全体村民投工投劳，捐款捐物，齐心协力修建了一座高 20 米、占地面积 100 多平方米、全杉木结构、色青鳞瓦、白檐的十一层鼓楼。它以农历十月十一日纪念祖先进寨为内涵，象征全体村民幸福吉祥，团结友爱，同心同德，亲如一家，一心一意和谐共处。该鼓楼的建成，不仅再次给上湘增添了新的气象，满足了村民日益丰富的文化生活需求，而且它宏伟壮观的气势，正好

上湘鼓楼

与后龙山百木竞秀的风水林，对面河上独具风格的风雨桥，右前方典雅别致的寨门，以及富有诗意的小河木桥和鱼翔浅底的汩汩清流完美地融合在一起，呈现了一派原始生态与民族建筑自然、和谐的迷人景象。同时，也为上湘的新农村建设注入了新的活力。

随着党的十六大春风暖暖吹来，上湘迎来了前所未有的发展机遇，被列入全县首批社会主义新农村建设示范村，从而有了建设社会主义新农村政策的正确指导和政府有关部门的重视、支持和关怀。全体村民正以满腔热情积极行动起来。本着立足生态，构建和谐，朝着既有保护，又有传承，也有创新的方向迈进。

所谓立足生态，构建和谐，就是把生态建设与构建和谐新农村有机地结合起来，始终围绕生态建设，维护自然环境为主题，促进农村社会乡风文明，村容整洁，寨貌美观，生产发展，生活提高，积极向上，开创人与自然、人与人之间和谐共处的新局面。首先，大力地推广沼气，减少薪炭林的采伐量，为更好地保护生态环境，改善村容村貌和卫生环境打下良

上湘妇女表演多耶舞

好的基础。到今年上半年，全村已有90余户用上了沼气，争取再用不长的时间，实现全村沼气化，使村容变得更整洁，使山变得更青、水变得更绿。其次，以丰富的文化生活带动村风文明。自改革开放以来，由于农村经济发展相对滞后，为改变生活现状，绝大部分青壮年长期在外务工，受城市思想和生活方式的影响，民族的观念已十分淡漠，民族特色逐渐消失。为了保护侗族文化，激发群众的创作和参与热情，每年以农历四月初八乌饭节宝龙桥竣工（2005年）和十月十一日祭祖节上湘鼓楼落成（2006年）两大节日为载体，结合各种节庆与一年一度的村民自办春节联欢晚会，组织歌队，开展各式各样的侗族歌会、多耶、对歌比赛、芦笙表演等活动。同时，逐步改变迎亲、嫁娶等各种大、小喜事大操大办的陋习，代之以举办歌会酬谢宾客的良好风尚，使乡风文明得到了实实在在的体现。这样，既受亲戚朋友的欢迎，也弘扬了侗族传统文化。其三，坚持侗族建筑风格不变，构建富有侗族特色的新侗寨。2006年以来，通过新建鼓楼、恢复寨门、修复古建和架水上木桥等行动，逐步拆除村里乱搭乱建的厕所、牛栏、猪圈，还村民一个整洁、卫生良好的生活环境。

所谓既有保护，又有传承，也有创新，一是就上湘风水林而论，从咸丰元年立护林碑至今已有150多年的历史了，甚至还可以追溯到更久远。林内存在多种珍稀树种，植被良好。风水林面积之大（100余亩），且护林碑与风水林同在的这种情况，三湘大地实属罕见，堪称奇迹。如果申报世界文化遗产，是以规模的大小，文化内涵的深厚，年代的久远和体现劳动人民的勤劳、聪明、智慧、和谐为标准的话，那么上湘的风水林及护林碑乃至整个村寨，都是当之无愧的。如今他们又重新制定护林公约，扩大保护范围，真正让“子子孙孙垂裕于无涯矣”。二是上湘历来有建村、护寨、修桥、铺路和热心公益事业、尊老爱幼、哆嘎哆耶等优良的侗族文化气息，至今仍然在继承和崇尚。尤其是每年的农历十月十一日，家家户户都宾朋满座，到处洋溢着悠扬动听的“哆嘎哆耶”声，令人如痴如醉。来者不论是否属亲朋好友，不管认识与不认识，均可随意选一家做客，吃节气，交朋友，并饱尝侗家腌肉腌鱼等特色美味。三是在发展经济，加快新农村建设步伐中，以通道县委、县政府“生态立县、旅游兴县”的发展战略思想为指导，大胆地创新。一方面积极进行退耕还林，扩大绿化面积，加大基础设施建设，为今后实现农村景点化接待旅游打下坚实的基础；另一方面以种植养殖业为辅，重点转移农村剩余劳动力。现在每年平均外出务工人员，占全村人口 46% 以上。通过劳务输出，增加了村民收入，到去年年底，人均可支配收入达 2300 元，比 2005 年增长了 120 元。村民生活水平得到较大幅度的提高。四是坚持劳务强村的发展战略，积极鼓励打工人员回家办厂创业，加工侗族特色产品。切实为创业者营造宽松的投资环境，逐步增强村里集体经济的造血功能。如村民杨伍权在广东打工十多年，去年回来就着手在村里办厂，从事通道土特产深加工，并已粗具规模。

总之，他们已决心要以建设社会主义新农村示范点为动力，力争在 5 至 10 年时间，通过自己的努力，争取各级党委、政府和各界社会人士的

今日上湘河

支持，把上湘建设成为山更绿、水更清、寨更美、人更好的三省边界侗族生态风情第一村。

上湘生态，美人醉，侗寨上湘，和谐美。即使用更多漂亮的词汇也难以描述，只有亲临其境，到那独处幽静的风雨桥上坐一坐，到那悠长的青石板路上走一走，到那葱郁的古树林里感受天然氧吧的气息，漫步在木板桥上，到那河边捧一捧河里的清水，来到田间小道闻一闻油菜花香，亲身领略乡村阡陌的勃勃生机……你才会由衷地赞叹：此处不桃源，何处更桃源！

随着2007年3月深圳电影制片厂《梦响通道》的电影拍摄在上湘落幕，我们相信，上湘这个名字的魅力，将会让更多人陶醉，令更多人向往。

2007年6月

侗乡之珠——上湘村

黄堂海[1]

上湘位于湖南省通道侗族自治县西南部，南接广西三江，西连贵州黎平。中国工农红军曾驻扎在这里，转战贵州。

上湘是一个古老的侗寨，依山傍水，坐北朝南，一排排悬山式的木房靠着后龙山整齐在排列。前面是一片几百亩的田坝，土地肥沃，年年丰收。正前方数里开外，山峦起伏，绿树葱茏，山山岭岭，层层叠叠，舒展眼目，一望千里。弯曲的小河从南边缓缓流来，经过寨脚，转身向北而去。那清澈的河水，犹如甘泉美露，水天一色。背后靠着后龙山，密布着郁郁葱葱的古树林，合抱巨树，何止千计。这片古树林，是上湘的祖先们很早就蓄禁了的风水林。在清朝嘉庆十三年（公元1809年），在风水林的下端水口对岸，购置了田土，又蓄禁风水树，使上湘的风景更加美丽。清朝咸丰元年，为了防止风水林遭到毁坏，在黄金显的倡议下，全体村民共聚醮堂，公同计议。订立公约，立碑蓄禁，面积达100多亩。现风水林里有不少植物属国家珍稀物种，如其中有一种别名叫墨藤（侗语叫“要不”），被湖南怀化医学院教授命名的宝龙藤，属木质藤本，细藤直径近厘米，粗的达到20厘米，长50 ~ 60米，柔软性和钢丝绳一样，拉力强度超过尼龙绳。生长形态多种多样，有的围绕树干攀悬，有的像拉绳索似的趴在地上延伸，有的垂直挺立，腾空而伸到20多米高的树冠上盘缠。每年的农历四月，藤底下挂着极似小鸟的白花，青白相映，光彩夺目。淘气的小朋友拿来当玩具观赏玩耍。到了秋天，结成30多厘米长的豆荚，吊在藤下，极为美观。宝龙藤又是我国的中草药材，通经活血，对关节

① 黄堂海，上湘农民。

炎、风湿性炎、四肢麻木均有很好的疗效。

上湘，山水秀丽，人杰地灵。很早以前就办了私塾堂，富饶的山水哺育了一代又一代的仁人志士，成为侗族对汉文化传承的圣地。据传，早在清朝嘉庆以前，上湘出了个黄茂修，是正品县令；清朝道光年间，又出了个黄金显，考上了拔贡生，是当时方圆百里侗乡第一个进京就读全国最高学府——国子监的生员，获进士钦赐“汾州贡侯”称号，名声大振。后回乡施教，引来四面八方侗家生员来上湘就读；民国时期，又出个黄保宇，字栋廷，湖南常德第二师范学校毕业，才思敏捷，博览群书，精通格律，擅长诗赋对联，文采艳丽，词语清晰。他的散文、骈文（四六文）[①]，可与南北朝的庾信[②]、唐朝的王勃[③]媲美，真是“七步奇才怀内具，千章锦绣腹中余”。他任过旧通道播阳中心学校校长和旧通道县政府的教育科长，举办教育，桃李满天下。解放初期会同专署在靖县开办的兄弟民族干部学校的通道侗族学员，绝大多数是他的学生，这批学生成为通道解放初期的干部骨干。可惜，时乖命蹇，解放后，受到极“左”思潮的迫害，遭到打击，最后屈身务农而止。

上湘古迹繁多。有经过多少代人辛苦铺砌的村庄内外，纵横交错的青石板古街道，保持完好；有经历了几百年沧桑，用鹅卵石嵌铺的古凉庭（鼓楼）太阳形火池和凉庭坪，均尚存在，是上湘的精神文化与物质文化融合的外在体现。正是上湘人的祖先，有超人智慧，创造出超人的文化。就石板道来讲，虽然这些青石板小道比不上现代城市的水泥大道宽敞平坦，可是在数百年以前，上湘的先人就铺成几千米长，至今还历历在目，怎能不令人惊奇和赞叹呢！

随着改革开放的不断深入，祖国繁荣昌盛，民族振兴，安居乐业，生活改善，上湘也迈开了世纪的步伐。1994 年，在通道政协主席黄进炳同

---

① 骈文，我国古代的一种文体，多用四字或六字成句，通篇偶句，上下对称，汉魏六朝时盛行。

② 庾信，北周文学家，河南人，善诗赋、骈文。

③ 王勃，唐朝文学家，山西人，少时显露才华，时与杨炯、卢照邻、骆宾王文词齐名，誉称“唐初四杰”。

志的倡导下，村民积极响应，集资筹劳，于后龙山脚下修建了水泥大桥。2004年又在桥面上修建了具有民族特色的风雨桥——花桥，如龙凤卧，掩映在古风水树底下，美丽极了。

花桥秀丽赖日辉，跨越山溪势巍巍。
良工巧绘彩虹舞，群谋铸就苍龙飞。
金秋霜叶红烂漫，清明花草耀芳菲。
而今侗寨编神话，武陵渔夫何处归。

花桥全长60米，双间桥廊，5个亭阁，结构精巧，宏伟壮观，仿佛一条奇异的彩虹连接两岸。昔日的天堑变成宽畅、平坦的大道。这里又是人们休闲乘凉的好去处。两岸古树森森，空气清爽宜人，微风轻轻地吹着，欢快的树叶声、悠扬的蝉鸣声、潺潺的流水声交织在一起，恰似一首美妙动听的交响乐，让人如痴如醉。

古树葱郁连碧空，花桥春晓水溶溶。
日映①山村图画色，烟锁楼台如镜中。
林下相携歌语笑，户内围炉话情浓。
桃花流水在人世，何必他日访瀛蓬②。

鼓楼是侗族特有的标志性建筑，是聚众议事、平时休闲的公共场所，是传承文明、沟通心灵、传播劳动经验的大课堂，是促进团结友爱与和谐共处的大家庭。因此，鼓楼对侗族的日常生活有着密切的联系。侗族人对鼓楼的建设十分重视，2006年在社会各界及友好人士的关心和支持下，上湘新建了一座占地面积100平方米，高11层的宝塔式鼓楼，非常雄伟壮观，令人神往。

① 日映，指党和政府的政策。
② 瀛蓬，指传说中的二仙岛。

上湘鼓楼峨崔巍，高十一层顶天底。
飞檐翘角宝塔式，宝裕龙华相映辉。
楼笋桥横村寨美，山清水秀景色迷。
走在上湘石板道，令人心畅又神怡。

2008 年 9 月 5 日

中国侗族上湘村村社林调查研究[1]

李贞子

笔者是在中国留学的韩国林业工作者，由于导师有项目支持在侗族地区的林业研究，笔者选择了中国湖南的上湘村，这个交通较闭塞、拥有较长营林传统且保留较完好的村庄。

笔者采用二手数据和文献收集法、参与观察法、问卷法、深度访谈法和焦点小组访谈法来收集数据，进行数据分析。

一、上湘村基本情况

上湘村是个传统的侗族村寨，位于湖南省怀化市通道县播阳镇的西南部，东接大高坪乡，南接独坡乡，北接播阳镇黄寨村，西接贵州黔东南苗族、侗族自治州黎平县菖蒲村。总面积近 800 公顷，其中水田约 889 亩，旱地约 57.3 亩，林地 10980 亩，水面 20 亩，宅基地约 40 亩。

全村 191 户，共 805 人。上湘村人很讲究风水，村子和山林的布局都有传统的说法。杉树是当地自古人工造用材林的主要树种，20 年左右成材，用于自建房屋、出售换急需的银钱，或留到 60 年作为棺木。中华人民共和国成立之后的林业政策、工业化进程和市场化改革，都日益深刻地影响着这个村庄。

侗族人民在漫长的历史岁月中，在衣、食、住、行、家庭、婚姻、节日、丧葬、禁忌、生产等方面，形成了本民族独特的风俗习惯。侗族人民种植经营山林经历数百年历史。早在明代，这里的侗族先民就开始了杉木

① 摘编自 2014 年中国人民大学韩国留学生李贞子硕士学位论文第四章和第五章。

的商品性生产，至清代，侗族民众通过长期的生产实践，遵循自然规律和经济规律，在栽培技术及管理等方面，积累了丰富经验，创立了一整套以炼山整地、混农作业、以耕代抚、稀植皆伐为特色的栽培技术。

二、上湘村村社林（即山林，下同）管理体系

上湘村的林地所有权一直都是集体的。1949 年后，农田是分户了，但林地没分户。1982 年开始的集体林权改革时分到户了。上湘村的林地总 10980 亩（732 公顷），现在除了 130 亩（8.7 公顷）的后龙山和 200 亩（13.3 公顷）的几芒山中一部分（40 亩）以外，全部分到户了。上湘村的形成，有三公进寨的故事。依据侗族诗歌集，“宋皇伐苗被围困，祖公突围外逃匿，自江下塘三公出，上湘大寨黄垢止，一人选择一村居”，即宋朝时，三位祖先躲避战乱，逃跑到现在三个村的地方，他们各自选一个村住下了，这就是三公进寨的传说。这三个村叫“三脚”，这三公的坟墓在坪地朵，现在犹存。

上湘村自古以来以深山而有名。侗歌里就有“通道播阳上湘村，山山岭岭树茂盛。杉树松树苍郁郁，竹林柴林绿茵茵。林木茂密碧波荡，山峦摇翠青云腾。先人伐木重培育，永保山岭长年青”。上湘村地势低若盆，周边环绕着山，中间是平地。上湘村的风水坡脉完整不缺，“保山寨峰誉青龙，琴楼山坡名白虎，麻雀破陂谓朱雀，后龙山岭名玄武”。

上湘村的团寨像一个木排停泊在河边，从寨子通出去的青石板路像一条链子锚定在大松树上，大松树旁边还有几块白岩石压着链子，寓意着寨子漂浮在水面上不受水灾，安安稳稳。对于那棵“寨锚”的大松树，上湘的前辈们将铁锅片打进树干中保护大树不被砍倒。北边是后龙山，河流从西南向东北流出去的。上湘也有流传的说法：不敢砍这棵松树和后龙山的树，如果砍了就会肚子疼、身体不舒服。

随着寨子的发展，尤其是 2012 年初火灾之后，为了救灾重建而修了便道，寨子的一部分青石板路被埋或者损坏，寨子的老人们都在收集青石

板，等待重建完毕，恢复路的原貌。

听说有一年水灾，上湘人集体砍了花桥旁边的一排杉树，为的是让水更顺畅地流出村庄。

还有交鸟公益林和放牛坡也是杉木生产林，后龙山风水林、坪地朵、麻雀脚、几仁冲和几仁坡是墓地林，都不是木材或物质林。

2008 年前，放牛坡和几芒山还没分到户，当时的村社林资源系统概况是：在总林地面积 629 公顷中，森林起源天然林占 44%、人工林 56%。林种公益林 27%、商品林 73%。林木所有权 98% 分到户，分到户比率很高。幼龄林 19%、中龄林 21%、近熟林 34%、成熟林 26%，山林龄级结构合理。

中国 1982 年开始了集体林权改革①。上湘村所采取的分林原则是首先由小组间平均分，再由小组内按户或者人口分配，即先把全村集体林平均分成四块分到村民小组，再由小组分到户。具体是 2007 年底分到了村小组，2008 年初分到户，基本上是按照人口平均分，人口多就划分多一点。到 2013 年，上湘村 98% 的集体林已经分到户了。

放牛坡一直没分到户，到 2008 年才分到户的。整个播阳，也只有 1000 亩的放牛坡这一大块荒地没有造林，且还属于集体的，可以利用起来造林，跟林业部门协商，分山到户。村民分为四个组，各家各户都有。

依据播阳镇林业管理站提供的数据来看，上湘村最近五年森林采伐面积 867 亩，天然林人工造林面积 200 亩，没有因火灾、修路等人为因素或病虫害、暴雨等自然因素减少的森林面积，只有曾受过冰灾但现在已经恢复得差不多了。

（一）村社林的经营

在上湘村的历史上，有三次造林的高峰，分别是人民公社时期、消灭荒山运动、新一轮林权改革时期。20 世纪 50 年代末 60 年代初人民公社时期是第一个造林高峰期，是集体动员式造林；1990 年第二个高峰期是消灭

① 林权改革，指对集体林权制度的改革。中国 1982 年开始施行集体林分到户政策，即集体所有的山林分配到个人。分林的主要原则由当地集体和集体成员决定。

荒山运动，通道县政府利用世行贷款，成片改造荒山，收益分成；第三个造林高峰期是新一轮林改时期，随着木材价格的提高，收益预期稳定，迎来了新一轮的造林高峰期。

在上湘村，位于交鸟的公益林和放牛坡的商品林，以木材生产为主，划入公益林中的部分，因靠近路边，为成熟人工林。因政策不允许皆伐，只能择伐一些。位于交鸟的公益林，有一半已经主伐。放牛坡的2008年刚造，还处于幼林阶段。上湘村事实上可主伐的商品林已经很少。

上湘村的后龙山是整个通道县唯一保留完好的风水林，而且护林碑也在，确实难得。嘉庆十三年①村民们歃血为盟立了护林碑，规定了不能进山砍树，不然会遭天谴。碑文里明示着“公议我等后龙山，上抵坡头，下抵塘园田屋，里抵岑楼坡岭，外抵岩冲田塘，具属公地，不许买，亦不许卖。一切树木，具要蓄禁，不许妄砍。有不尊公议者，系是残贼，共同责罚，绝不宽容……”即明示了四至境界和村民的义务。村民从后龙山上得到的不是木材，主要的产物是精神意识上的无形物，例如完整的村庄风水、预防火灾、阻止风寒、美丽舒适的景观、环境保护教育功能和村民心里的安慰感，等等。

上湘村每个组都有自己的墓地林，一个组祖先的墓地建在一个地方，墓地林很神圣，不能随便进入。尤其是坪地朵是他们全村和两个邻村共同祖先的墓地，特别重视。这里有个历史典故，即上湘村和北边的两个村庄D村和W村②的进寨祖先是兄弟关系，三个村民之间自古是兄弟村，村里有什么大事都过来帮忙，经常通婚，侗话虽有细小差别，但能相通。

从村社林得到的财富，除了上面提到的木材以外，与村民生活息息相关的，有取暖炊事用的烧柴、喂牛或肥料用的青草、野生小动物、蘑菇、野菜、山果等食品，编筐用藤类、药材等林内副产物。夏天，村民常日采集木姜子，可以卖高价。木姜子油是香料的重要精油。樟科木姜子是山苍子（山胡椒）树的果实。在村里的田地里随时可以遇到上山采灵芝的妇

① 应为咸丰元年——摘录者。

② D村、W村指黄大寨和黄垢——摘录者。

女。冬天，天气不很冷，村民仍然出来干活，山里几家的妇女合作烧炭，男人搬运伐杉木。这些林内副产物跟林权无关，村民可以进入任何所有者的村社林采取得到。只有后龙山不能收集体林内产物。

到现在为止，上湘村还没开发旅游产业，没有旅游公司进驻，没有名目上的旅游收入。

（二）村社林的治理

本节主要描述以下内容，即两次集体林权改革中，什么力量决定按照小组、户和人口等分配方式，怎么决策，谁来决定等。

两次改革分林原则都一样，先小组平均，然后组内自由决定分配。全部由抽签决定，村民全部去踩山划界。将林地分为一二级，一级为有林地，二级是荒山或者仅有少量树木。一级可以按照户来分，二级可以按照人口来分。

小组长和村民代表一起到山上，将山地划分为四大块，抽签决定每个组的位置。如二组内，先分为三个小组，划分为三块，三个小组的人数基本相当。由小组自主分，自己对自己负责，直接分到户。二组开会时，刚好有三个人提出要分成三个小组，也因为二组的林地刚好有三道山梁。人员也是与三个小组几乎相当，没有超过两个人。分到小组后按人均分，二组内没有人提出异议。三组是按户分。为什么不在村内一起分，而是下放到小组？答案应该是保证自主权，会公平一些。这个过程中，主要的决策者是村民。集体林权改革是村民自主的，村干部顺应了村民的呼声。

林业传统知识在分林原则和对山林纠纷的认定上发挥其作用。上湘村的放牛坡和后龙山一直以来是集体所用的，但它们之间存在很大的差别，即后龙山的利用管理有历史内涵，故事比放牛坡丰富，成为是否分到户的关键性因素。

村庄的社区治理与“个人和集体”的关系密不可分。村庄的习俗和乡规民约都反映了个人和集体的关系，并且整个村庄有共同治理公共自然资源、应对自然灾害的约定。

1. 后龙山保留集体

上湘村的山林分到户后，后龙山仍然保留集体。其实，护林碑保护后龙山的背后，还有一段地主以身作则的故事：当时地主为了警戒世人，让其妻子到山上砍了棵小树，特地让人发现后，把家里的两头猪杀了请全村人吃饭，于是寨子留下了谁砍风水树就杀猪请客的惩罚。但护林碑上明示着的保护范围现在已缩小了。村领导说："原来村子周围的一圈都是后龙山，不过'大跃进'和'文革'时期把山砍得差不多了，只留下了护林碑后面的山。"据老村长说，如果后龙山上种的是杉树，而不是杂木，在改革开放初期早就被村民砍伐了。现在这样保存下来，具有多方面的因素。譬如，立护林碑、由地主以身作则因触犯护林碑规定受惩罚，"大跃进"时期和改革开放初期，因木材质量差而幸免被砍伐，以及今天重视自然环境保护等。

村民有一个设想，将后龙山的面积扩大到周围的山林上，恢复原来的面积，以发展生态旅游。但周围的山林都已经分到户。这种建议能否实施，怎样实施，值得继续跟踪。

2. 放牛坡分配

放牛坡原本是一块 1000 亩左右的山坡。传统上，村民世代在此放牛。旁边的 L 村也在同一块地方放牛。但这块地世代为上湘村所有，主要是上湘村在那里放牛。分田、分山到户时，村民一直不同意将这块林地分山到户，留为集体所有，是村庄的一块公地。

村庄的养牛数量在新世纪迅速减少。因为此时劳动力价格上升很快，农民收入增加也带来了耕田机的逐渐推广，机械逐渐替代了耕牛。年轻人都外出务工了，很少有人放牛和务农。此时，饲养牛变得不值得了。村庄的牛数就一直下降，现在全村可能都不到 10 头牛，而且只能牛圈养牛了。

林权改革时，由于放牛坡的牧场作用已经不大，村民决定将放牛坡分到户。经过抽签，每人（户）分到 2 亩左右。但此时，旁边 L 村也认为放牛坡属于他们，他们也要占有放牛坡，两个村子就发生了林地纠纷。林业部门也没有给上湘村民发林权证，因为根据规定，纠纷的林地不能发林权证。

此时，上湘村民如何确认他们的林地权属呢？就是各家都到所分得的林地去植树，这就是为何前三年如此多的上湘村民集中造林的原因。造林就表明了对林地的权属。L 村的人有时会将已经栽的树拔掉，上湘村人挺不服气的，拔了又继续栽。之后的情况是，都去拔对方栽的苗，你拔我的，我拔你的。

后来还是上湘的赢了，因为他们人多势众，且历史上林地就是属于他们的。从林业部门的角度，只要有矛盾，就不能发证。结果，林权证就一直没有落实下来。但放牛坡的原有用途没有了，分到户的方向是不会改变的。

3. 防火措施

每天晚上 9 点，寨子都有人敲锣喊注意防火。这个喊寨制度自古以来就有。2012 年 3 月 9 日发生了火灾，烧了 41 户。除此之外，民间对这次火灾的说法还有：38 天之前另一个村子着火后，有一个人（上湘火源妻子的姐姐）就直接来到村里住，而这家正好是着火的源头。当时有老人出面说过他们，火种三天内不能来寨子住，不然会引燃寨子，他们以迷信不科学为由拒不听劝，果不然，没过 40 天上湘就发生了火灾。3 月 9 日着火后，这对夫妻跑出来喊寨，被老人阻止，因为当地的说法是，火会跟人，火的源头不能乱跑，要喊寨也应由别人帮着喊，就叫这对夫妻马上到旁边的田里跪着，祈求火势不要再蔓延。听说那天的火就只烧到那对夫妻被老人拦住的位置。后来这对夫妻被拘留。这对夫妻的父母也不敢回村，因为这对夫妻的父母也知道没有阻止 40 天前的火种来家里居住。

救火的时候，D 村和 W 村的人都上来救火。为了打防火带，寨子的领导们说打哪家就打哪家，没有意见，即使打错了，也不会有人抱怨。

火灾之后，这对夫妻家里的林地都充公了。这也是村子自古以来的规定。现在火灾的记忆还很深刻，不好说以后是否用他们林地的木材来建公共设施，如鼓楼等。这样的形式充公完成的话，他们很可能回到村里生活。这是唯一的赎罪方式，虽然说他们也不是故意的，但毕竟犯了那么严重的错误，损害了那么多人家的财产。

4. 集体决策的进行

鼓楼及其前面的广场、花桥和学校是村里的公共空间，村民的集体决策都在这些地方开会做的。平时，鼓楼前面的小路口是妇女们的聚集处，她们常常在那里聊些家长里短。而鼓楼是男人们的聚集处，他们常在鼓楼中纳凉聊天，也会聊些生计话题。本来鼓楼是现代科技、市场信息的传播地点。上湘村正在建设文艺活动中心，已经 3 年了，今年即将完工。村民还想建一个新的鼓楼，这也是村民自愿发起的。上湘村村民之间的交流频繁，村集体的事情通过民主的方式决定，要建新鼓楼，上湘村也具备这个条件。

风水林的保护，放牛坡的分到户，防火措施的集体决策，都是村里防治灾难，保护生活生计基础的集体行动。村寨的领导人和普通村民之间的无间合作进行的，因寨中个人利益在灾害的威胁中无条件服从集体利益，但传统的传承习俗中，在村民之间有看不见的规约，大致如下：

组织方面，集体的权威、集体的利益大于个人的权威和利益；

领导方面，村里由辈分高、声望好的、有奉献精神的“寨老”（现在是村主任）来领导；

传统继承方面，村里的老人有责任和义务教导下一代遵守寨子里的风俗和规矩；

计划和分配方面，村里有集体资源，有集体利益，都由集体选出的“寨老”来领导计划和执行利益分配；

反馈和惩罚方面。从传统的侗话看，是没有“惩罚”“罚款”字眼的，他们更崇尚集体利益，若个人违反了寨规，就将个人财产充公，无论是杀猪还是林地充公。

火灾之后，村里进行救灾重建。当时三个方案：统规统建、统规自建、自己干自己的，村民投票少数服从多数决定统规统建。统规统建的重建工作占用了周围的田地，村民之间需要协调田地的转换或补偿，村里由村长和外来的工作队组成，进行集体协调。

（三）村社林资源使用者

上湘村整个村民大都是亲戚关系，发生大事都过来帮忙。调研期间我们正好遇到一场婚礼，是侗族小伙子娶了汉族的姑娘。婚礼请来了全村的村民，同一个房族的人都来帮忙，无论手中是否有事情，都要放下来帮忙。婚礼闹三天，全村吃了三天的大锅饭。村里的人都说，如果有困难，就请亲戚朋友帮忙，整个村的人都是可以找的，而且非常容易，任何事情容易解决办得到。

上湘村对外来户十分包容友好，分山时也尽量接纳外来户。二组一共有 5 个人户口不在上湘村，都是城镇居民，但祖籍都在这里，也分到了林地。一是有两兄弟，其父亲在外地当老师，把他们户口迁了出去。二是还有三个人，一家三口人都下岗，属于无业。三是有一个小孩，爷爷奶奶都在这里，父母在外，也考虑了人情关系，其父母为家乡也做了不少事，也给小孩分了一份。这些人都不是自己提出来要获取林地的，都是跟他们关系好的人提出的。他们也与组内的其他人一样，获得一份林地，每人 1 亩左右。

调研中，我们问道："火灾时是不是全寨子都很伤心，哭成一片了？"回答："这次是政府好啊，以前是哭都没有眼泪。"问："以前是不是没有受灾的各家都会伸出援手，帮助受灾户？"答："那是一定的。"

这里要注意的是，政府的帮助属于社区外部的资源和力量介入，是不是这样的资源力量会影响到社区的结构，进而影响社区对自然资源的管理，例如土地利用、水资源利用。灾后重建的统规统建是由外来工作组负责的，工作组的决策代替了寨老决策，这一过程会弱化村民之间的协调关系。

（四）村社林管理体系的变迁

1. 林业政策和林权的变迁

侗族传统村寨的营林体系在稻作农业和侗族社会组织的基础上建立出来的。1949 年之后，侗族传统社会上湘村的营林体系也经历了其独特的变化过程。

1952年实行的土地改革，政府派工作组进驻，村内有政府任命的党代表。首先是将地主的田地收归集体所有，然后按照人口均分田、分山到户。因为没有村民小组，直接是由自然村分山到户。山只分有林的地方，荒山没有分，放牛坡、后龙山也没有分。分山是抽签进行的，虽然分得有点粗糙，但只要得到一点山林，农民就非常高兴了，也没有太在意是否明晰，但耕地就分得很清楚了。省界当时也划分清楚了，但由于插花山①、地主买山，村庄的许多林地还散布在其他村庄里，有些林地分布在本镇内，还有些林地则分布到相邻贵州的社区中。这些林地插花山直到四固定时才解决，当时有砍山退土的规定，要求将树木砍伐后，将林地归还给林地所在村庄。

“大跃进”时期，开始形成互助组，当时村民也没啥意见。1957年开始造林，也包括在荒山上。分为四个生产队，每个队约70人，全村大概也只有300人。集体造林的树苗由公社的林场供应，并且由公社指挥造林。在当时，即使是集体砍伐，也需要砍伐证，获得上级的批准。公社时砍伐了大量公山的山林，但由于当时都在修铁路和水库了，木材搬运不出，后来长沙人过来搬运，主要搬运砍伐的杉木。

四固定主要是领导的事。村里有一个代表，负责四固定。主要原因是当时地很分散，这里一块，那里一块，不便于公社化造林。本着就近原则和均等原则，公社内部规定地属于谁就属于谁了，也就是在公社内自由调地。在当时，村界由村干部之间讨论协商，群众不知道，主要是领导决定。当时也保留有图，在林管站、武装部和公社司法所。

放牛坡上防火线和烧火线的纠纷开始。1960年，工作队在上面根据山脊划分了防火线，便于两个村庄救火。防火线的划分是以看得见为原则，也就是，当火灾发生时，上湘村人先就看得见的地方，L村也是。但是，传统上，放牛坡还存在一条烧火线，是为了便于放牛而存在的。每年春季，只有上湘村人可以烧火。上湘村人认为，L村人虽然也可以放牛，但没有烧火的权利。后来的纠纷主要是L村把防火线当成村界了，村界应

① 插花山，由于地主到村外买山，位于临县、邻省等外面的本村所有的山。

该是烧火线。四固定时期的图将烧火线作为村界，而防火线的划分是在四固定之后的。现在两个自然村之间，划分好两个村庄的边界。在四固定的基础上，稍微调整一下，将L村上面的地给L村，L村也将靠近上湘村的地补一些给上湘村。

1981年至1983年间开展稳定山权林权、划定自留山、确定林业生产责任制的三定工作，就是林业三定时期。上面规定，超生的人没有权利分地，除非年满14周岁。分山时先分为三个组，然后组内再由三四户组成一个小组进行分配。小组间是抽签决定地块，有些也不抽签，直接指定就可以了。当时共有四个队，每个队有15至20户人家，户与户之间相互划界。

林权证发放工作，从2010年8月7日开始。原则是按照“山有其主，主有其权、权有其责、责有其利”发放。因播阳镇林权发证地数为全县最多，整理难度较大。目前只有上湘村和H村完成林权证发放。

林业产权制度改革的开展得到了广大林农的拥护，造林、育林、护林的积极性显著提高，实现了“还权于民、还利于民、聚力于民”和“资源增长、农民增收、社会增效”的良好局面。经过这次林改，林地、林木权属得到进一步明晰，进一步确定了个人经营的范围，明确了林农享有的林权利益，理顺了集体个人利益分配关系。集体林权制度改革是一项政策性强、涉及面广、情况复杂、工作艰巨的系统工程，改革成功与否将直接影响全镇的林权制度改革工作。

2. 村民生活生计变迁

中华人民共和国成立前，上湘村绝大部分土地是地主的，一般村民没有自己的土地，多为佃农。租地主的田地靠全家的劳动力种地，收获为佃农与地主以四六开分成，离家近或产量好的地也有三七开的。

中华人民共和国成立后，实行土地制度改革，没收地主的土地，分给无地或少地的村民耕种，但山还是公的，只分了10%的自留山。1956年开始发展初级、高级合作社，田地合并归到集体了。这样的合作社一直持续到1978年，这段时期，村民的生活一直很穷，吃不饱肚子，家里什么都没有。

1979年改革开放之后，集体田地再分到户，村民的生活开始富有。开始推广杂交水稻，一亩“常规”稻谷产量500～600斤，1978年开始种杂交水稻[①]，收获谷子每亩1000斤以上。

1亩水田义务上交国家的粮食200斤，其中150斤是国家按粮价收购的，50斤就是农业税，相当于10块钱左右。当时个人最高的一天工钱一块五毛，大概六天的钱。分地一个人平均一亩二分，一户五亩左右，农业税一户50块钱，负担相当高。1997年开始用钱交税，2004年免税的，而到了2012年，一亩水稻补贴100元。

上湘村的水田900多亩，整个村里的山除了放牛坡，风水林以外大部分是1989年分到户的。2009年放牛坡也分到户了。20年砍伐一次杉树，山也值钱了。现在人们什么都有了，自己种自己的田地，自己栽自家山的树。

2012年，上湘村农村收入中20%来自农业，其余60%是非农业收入，主要是年轻人到浙江、广东等地的打工收入。年轻人大部分出去打工，四五十岁以上的在家里种地，不管结婚不结婚都算一家人，妻子也出去打工不能算分家，过年时回家，与分开做事一样。分家的标准是山和田的分开，没分田地和山就不能说分家。

在上湘村，结婚时间和分家时间可以相隔得很长，分家时间可以在结婚以前，也可以在结婚以后。村庄的一个特点是外出务工人员较多。如果仔细分析村庄的种植结构和规模，就会发现，村庄根本提供不了那么多的就业机会。村庄的主要经济就是粮食，自给自足，很少变成商品。山林二十年才能砍伐一次，目前主要是造房，没有平常的商品性。商品性最大的，就数前三年开始引进的香菇种植了。这里有重视教育的传统，为了支付高昂的学费，唯一的出路就是外出务工和种植香菇了。结果，造成许多形式上已经分家的家庭，实际上并没有分家。家中留守的老人种地、兄弟帮助看护山林，照顾小孩。外出务工者也通过寄钱的方式来支援家中的老

① 杂交水稻，指现在主要种的杂交水稻品种，如金优、陆两优、株两优、新香优、中优等上百个品种。

人。随着家庭规模的减小，分家会怎样影响到山林的经营是一个值得探讨的问题。分家时间与家庭结构、家庭资产、劳动结构有很大的关系。

侗族本来有崇拜祖先的传统，棺木的保护一直受到重视。但到了现在，坟墓的修建逐渐简易化，从石板到水泥，棺木的重要性也减弱了，可以说祖先和后代的关系越来越淡薄，传统文化的继承了解也逐渐减弱了。

上湘村正在修建的文艺活动中心，室内面积500平方米左右，具备戏台、办公室、室外篮球场等综合性文艺活动场。2010年提议，是把宅地旁边的产量低的水田收回来修建的，要给原主合理补偿，另外分给田地。费用主要是村民捐款，按照自己的情况捐树、捐钱、捐木头和捐劳动力的都有，最多1000元，最少20元，政府也扶持了一些。2013年10月11日举办了文艺性庆祝活动，非常热闹，要到2014年5到6月份才完全竣工。村民打算，还要建一个新鼓楼，已有的鼓楼是露天的，夏天乘凉好用，村民需要冬天可以一起集合交流，培养村民之间的感情，家里有什么需要时可以住几天的暖和的鼓楼。村民觉得这样的事情按照他们现在的财力和协调能力已经完全没有问题了。村民现在觉得什么都不缺，上湘村的生活条件是越来越好了。

3. 村社林资源管理变迁

明清时代，中国运送买卖商业资本繁荣，开拓了侗族地区的木材市场。自古以来亲族共同所有的山林逐渐变成了私有林地（沈文嘉，2006）。解放前整个上湘村的林子都是地主的。村民只是为地主做伐木工、搬运工的。

集体林权改革之前，上湘村的集体林地有放牛坡、后龙山和平地涌（音）三处。三者的情况有所不同，主要有以下几点：一是三者植被不同，放牛坡主要是荒地，生长茂盛的草；后龙山是阔叶树和灌木；平地涌是经济林；二是三者产权方式和经营方式不同；三是三者的绩效不同。

后龙山是集体的利益没有分给任何一家人。上湘村人仍旧把后龙山当作风水山世代保护。风水山还是集体的，是上几个原因综合决定的。它的位置正好围绕整个村寨，村民一直认为是风水林，林地内经济树种少，地形陡峭、绩效也低才决定作为集体林的形式留下。最近正好赶上重视自然环境保护和发展旅游业时期，风水林更不会成为个人的经济林了。

集体林权改革之后，放牛坡分给各个家庭，每家得到的土地不多，平均 6 ~ 8 亩。随着“三化”放牛的必要性减弱，就分到了户。由于放牛坡在三定时期与邻村的边界没有勘定清楚，一直有纠纷，所以放牛坡的林地全都没有办理林权证。

平地涌是集体林地，2000 年初的时候，村里在那搞过集体的柑橘基地，不过效益不太好，就将土地转出去了，转地出去的收益供给鼓楼、花桥和学校，作为建设费用。

上湘村的传统习俗加入了现代的气息，村规民约规定，偷砍树木，以前杀偷砍树木家的猪，现在改成罚钱。寨子以前有七个木质寨门，寨门之间有一米多高的木材篱笆将村庄社区与外部的自然田野山林隔开，因长时间被风雨侵蚀，寨门最终被村里人拆除，篱笆也因村庄规模的扩大而拆除。听说有一年水灾，上湘人集体砍了花桥旁边的一排杉树，为的是让水更顺畅地流出村庄。

其实，有的大松树在二十世纪五六十年代被砍了，“大跃进”时公路周围的大树也都砍了。村民说，原来村庄周围的一圈都是后龙山的一部分，在“大跃进”和“文革”时期砍得差不多了，只留下了水口碑后面的风水林了。村社林管理方式的决定因素中，有出于对树木的敬畏心理保护风水林的思想因素，但其他的因素也影响着村社林的保护、开发及集体化或分到户。

村庄里在外工作的人（主要是官员）是恢复整个寨子原貌和重新规划的重要力量。他们意识到，村庄布局、青石板路、寨门是整个村庄的重要特色，必须保留或重建。他们也一直在寻找更大外部力量的介入和帮助。例如通过申请全省或全国生态村，来加强村庄的规划。

重建也在改变着木材的商业属性。每个农户自主经营林地，以及成材时间的不一致，山林仅能满足民用木材的需要，以及平时的柴火需要，买卖不多。最近这些年，木材价格的上升，以及火灾发生使部分村民集中去买木材，可能会改变木材的商业性，增加木材买卖的数量，这应该是一个趋势。有可能这样：因为防火和统规统建，改变了木房子的结构，降低了对木材的使用，从而加快了木材的商业化。

无论是布局、保护和砍伐，村庄都存在一种约定的习俗、惯例，即通过集体行动来保护村庄不受灾害的破坏。然而，这种布局以及决定布局的习俗、惯例正逐渐受到人口代际更新的影响。如与老年人相比，村庄的青壮年很少知道或关心这种传统布局的沿袭，只好依靠政府新农村建设政策，来增强村庄原有布局的恢复和改造。

三、分析和结论①

1. 村社林资源

中国通道上湘村位于山村地区，山林率超过 80% 以上，自古以来的生计来源是农业，主要的是水稻、大豆、玉米等等。再加上柑橘、茶油等的亚热带产物和杉木、楠竹等林业产品。

上湘村的村社林现在主要属于个人的，全村 732 公顷林地中，除了 12 公顷以外都是分到户的。本来都是集体的，但国家的政策和村民积极协调下分到户私有化了，上湘村村社林，1980 年代改革开放后，国家政策分林到户，村民也积极欢迎分到户，就整个村社林分了。包括放牛坡，现在每个人拥有平均 11 亩，一户 58 亩左右（大约 39 公顷），村民可以开始自己经营自己的林地。至于后龙山，有四个因素影响分林到户：一是受护林碑传统管理思想的影响，二是后龙山是风水林，是维护村寨的思想；三是陡峭的后龙山长的不是经济林，而是阔叶树；四是正好赶上现在人们对保护自然环境的重视。

2. 村社林经营和利用管理

上湘村村民对林地具有更实际性的需求，上湘村气候温暖，杉树长得很快，栽了 20 年就可以伐木得到经济收入。随着造林育林和营林的发展，育杉苗也带来高收入。上湘村村民拥有的林地面积大致相同，农户和农户之间可以比较营林收入，交换营林技术、经验和信息，营林业会更发展。

① 摘编自 2014 年中国人民大学韩国留学生李贞子硕士学位论文第七章和第八章。

上湘村村民善于利用山林副产物，例如烧炭、采蘑菇和木姜子、间栽等。上湘村村民的日常生活与山林融合成一个整体。上湘村在山林经济收入方面和风水林管理保护方面两大功能的合理安排，体现了综合效益。

3. 村社林社区管理

上湘村民有着传统村社林的管理体系。早在竖立护林碑时，就有一位地主故意违犯保护后龙山的乡规民约，被罚一头猪，以示赔偿，使村民看到后，更加爱护风水林，遵守护林碑，保护后龙山风水林。

新中国成立以后，在所有政策变化过程中，村民慢慢意识到土地所有权的意义和重要性，况且整个土地改革由村民自主决定方式来施行的，所以每个村民对林地的管理利用拥有着相当高的主导地位。191 户村民的林地所有情况大同小异，可以互相交流获得相关信息，分到户的和没分到户的区别，各种形式林地管理权限的区别，村民可以主动经营分到户的林地，也可以主动保护和监视没分到户的风水林。

4. 村社林资源使用者

上湘村的村民都是亲戚关系，再加上拥有的田地和林地面积大同小异，他们生计生活方式相似，整个村民之间团结协调。整个上湘村的气氛是和睦友好的。谁家结婚或家里发生大事，周围的亲戚都会来积极帮忙。从分山的例子看，自己不好说的事情，周围的亲戚或邻居会主动帮助。

5. 林业政策方面

侗族村寨上湘村的传统村社林是没有明确产权，开发山林或利用管理，都由村庄内家族共有形式进行。侗族地区，水稻栽培历史悠久，技术水平很高，水稻栽培技术给营林技术发展提供了借鉴，营造林技术水平也很高。暖和的气候和肥沃的土壤，适宜林木成长，营林也就成为当地人生计的重要组成部分。侗族地区林业的发展，一方面得益于侗族传统的农业文明和以亲族为中心的传统社会组织，同时也得益于新中国成立后施行的土地改革。

清代末期，少数地主集中了所有田地和林地，当时的村民不能发挥侗族的优秀营林技术。通过土地改革，没收地主的土地，回到集体所有，唤醒了村民的自律性，这在以后的改革过程中发挥了主导作用。村民制定原则分配村社林，将用材林分到户，而将风水林保留集体管理。施行土地改革和集体林权改革的结果，上湘村村民遵守了村社林经营的基础，加上侗族营林技术的优势，迎接了营林业发展时期。尤其是集体林权改革后，林农的思想观念发生了变化，造林积极性高涨，林农的经营主体地位更加明确，利益更加直接，责任更加落实，投资更加放心。通过林改，林地林木产权得到进一步明确，人民保护森林资源的积极性明显提高，盗砍滥伐案件明显减少，森林防火意识明显增强。

6. 生活生计特征

上湘村村民共同体的保存比较稳固。随着现代化，上湘村的村民，尤其是年轻的村民流出的趋势不可阻挡，但因为结婚也不分家的侗族传统，再加上中国土地制度乃至户口制度的原因，虽然在外地打工，但他们的经济和社会基础还在本村，他们的归宿也是本村，村民共同体保持相当稳固。上湘村人口 191 户，共 805 人，一家平均 4 口人，上湘村外出打工人员的户籍也仍在上湘村。中国的户籍制度在维持传统村庄方面有相当的作用。

上湘村，已经适应了新时代，采取了新的文化继承方式。上湘村农业生产量的提高、各种补助农业政策的实行和农林业外收入的增加，村民生活水平大大改善了，村民希望享受文化活动，就发起建设文艺活动中心和新鼓楼。但上湘村收入的 20% 左右是来自村社林的，村社林对上湘村民生活生计还是发挥重要的作用。

7. 村社林资源管理变迁

上湘村村社林资源管理中，村民一直是主导者。上湘村的村社林，经过了多次的管理形式变迁。传统村社林是由亲族共同管理的。明清时代商品经济的发展，开拓了侗族地区的木材市场，林地逐渐成了地主所有的私有林地。

新中国的土地改革，无偿没收无偿分配，上湘村的山林又回到村集体所有了。通过改革开放和集体林权改革，大部分林地分到户了，但是围绕村庄的后龙山风水林没分，还是集体共有的。

林权改革之后没有分到户的上湘村的集体林地有三处，如放牛坡、后龙山和平地涌（音）。村民根据其特征，主动决定该村社林的管理方式。后龙山是风水林就决定保护，放牛坡是放牛用的就决定分到户。作出这样的决定，是经过村民集体讨论，共同作出的，政府机关是按照村民决定，公认决定内容而已。

8. 主要结论

笔者选择了中国上湘村，进行实地调研，通过文献收集法、参与观察法、问卷法、深度访谈法和焦点小组访谈法来收集数据；并用文本分析数据分析方法进行数据的分析；利用奥斯特罗姆的社会生态系统框架和景观生态学方法，描述上湘村的村社林传统管理体系（即村社林的资源、经营、社区治理和使用者）及其变迁的。得出的主要结论如下：

（1）村社林利用管理体系方面

中国通道上湘村属于山村地区。上湘村 98% 的村社林都分到户，只有后龙山和极小部分村社林没分。村民积极经营私有的村社林，促进林业的发展。后龙山没分到户是由多个因素造成的：一个是村社林管理方式的影响；其次是后龙山风水林环绕上湘，是保护村寨的思想观念；三是后龙山自然山形态不适合种经济林；四是现在普遍重视自然生态环境的保护等。

上湘村的村社林，经济方面的营林和社会精神方面的风水林保护，村民主动合理地安排这两个大方面的村社林功能，而可持续得到其效益。

上湘村拥有着村民自主的村社林管理体系，即侗族传统的亲族共有的管理形式。在后龙山的保护和集体林权改革过程中，这种管理体系一直发挥着作用。

上湘村村民拥有着更大的村社林管理权力。政治上的原因是新中国成立后，上湘村民自己拥有上湘村整个村社林的管理权及处理权，尽管一段时期此权利委托给集体。但集体林权改革之后，自己又完全拥有经营同等规模村社林的权利。村民之间随时进行村社林管理有关信息的交流或生活上的帮助。

（2）村社林管理体系的变迁方面

上湘村有传统的村社林管理体系，其起源于侗族的农业文明和侗族传统的社会组织。侗族的传统营林技术和水稻栽培方式非常相似，即培育杉苗和稻田育秧，杉苗移植和水稻插秧操作相近，又根据旱地农作物的需要和杉树耐阴的特性来互补改进。侗族传统社会是血缘关系、社会组织和地缘关系的重合，他们大多是亲戚关系，侗款和寨老来维持村庄的秩序和资源的管理利用，而且一个家族村寨拥有共同的自然资源。与农业文明相关性的侗族传统社会组织，至今仍然发挥其作用。

中华人民共和国成立以后的土地改革，改革开放后的集体林权改革过程中，侗族的优良传统一直继承下来。集体林分到户和有重要事情的决定时，需要考虑到亲族共有制的历史过程，也反映了村民各自的意见。现在上湘村的集体林权改革已基本完成，每户村民大约拥有 58 亩自家林，可以自己计划经营，亲族之间也可以互助劳动，交换技术信息，初步实现了村社林的可持续利用。

现代社会是，人们工作的地方和生活的地方不在一起。但农耕社会是在同一区域干活，同一区域生活，即早上起床后，人们一整天活动的空间就是村庄。在这样的环境中，村社林就具有可以把个人居住的地方，扩展到整个村庄。而村社林里的空间，似乎变成个人居住的场所，尤其是亲族组成的村庄，更是这样。空间一体感，加上血缘关系，便是村民培养热爱乡村的重要因素。

2014 年 6 月

中国人民大学研究生
张明慧论文中提到有关上湘的几个问题

2016年8月

黄保慧

※ 地主宗族所有期

中华人民共和国成立前，上湘看不出有这样的时期。如果有，恐怕在更早以前，但没有资料记载。上湘的土地属于公有：除护林碑中明确了的以外，其他还有，道路、河流、沙坪、庙产、未开发的山地（全村所有）、墓地、会田或地（房族所有）。

岑可卡可能是公山，因为它是作为拴住寨子锁链的金桩，原来山上有不少古松，现在的那棵只是其中之一。此外的农田、土地和山林，都属于私有，均有地契，可以自由买卖。

※ 砍伐山林受乡规民约的约束

除公有山林以外，私山没有受到约束。各家的山林各家可以自由砍伐和买卖。据老人们讲：过去有一户姓李的（汉人）是买上湘的田地发达起来的，迁来上湘居住，是个富户。后来因子孙不争气，又衰败下来了。现在上湘寨内还有李家菜园和李家屋的名称。

※ 在新崩土地处找杉苗种树

在新崩塌土地上找树苗栽种，那只是种少量的杉树。如种几棵十八杉、几根老树或同庚树时是这样。如开种杉山需要成批的杉树苗，还是到靖州四乡集市上购买，在那里有人卖杉树苗。杉树苗种下后，必须年年护理，如修防火道并砍伐地里的野草杂树，等等。

一般砍伐杉林时，必须留蔸，以利再生杉。再生杉也必须年年护理，保护再生杉的成长。再生杉比栽种杉苗长得快，十几年就可以成材。琵琶山、岑堵、鸟冲、冲姜、贯冲等杉林，都是这样传承下来的，不需要再买树苗栽种。

※ 一石谷的面积

过去上湘人把一亩田等于五石谷（一石谷等于 10 斗，1 斗等于 10 升，即 10 斤左右），依此可以推算出，一石谷有多大面积。

※ 左青龙右白虎后玄武

这是侗族祖先建村立寨的一种风水地形观念，不仅上湘有，侗族地区不少村寨也有选择左青龙右白虎的地形建寨。比如播阳陈团村好像也取这种地形，它背后的风水林也叫后龙山。

※ 水口蓄林碑和护林碑

这块碑以前是立在环星夏（今水泥路上边一点）卵石花街路旁的里侧，因为在修水泥路前，是进入上湘的必经之道（现在可能还在）。那时还没建风雨桥，此碑立在风雨桥头，是在建风雨桥后的事。《水口碑》是清朝嘉庆十三年买地植风水树的碑，护林碑文刻在它的背后，没有刻碑头，是清时咸丰元年刻的。

※ 对门江买田植村

指的是风水树，用以保护上湘的安祥瑞气的。对门江是指现后龙山东北端能本（瀑布）对面风雨桥头到客交舵坡脚一线田地上的风水树。可以猜测，这一线过去是没有树木的。没有什么阻挡会漏掉上湘的瑞气，或受外来斜风的袭击给上湘带来不幸。故在清朝嘉庆十三年，村民集资买地蓄风水树，以护村寨。

※ 保山寨麻雀坡三块公地

是指客交舵坡两侧的杉地（两块）和麻雀坡的一块杉地。这三块杉地的地属村寨公有，但地上的杉树与用材林则是经营者和村寨共有。砍伐出售所得，村寨和经营者各一半（护林碑）。

※ 风水林的作用

主要是保护村寨的吉祥瑞气和美化村寨的环境。先人留下的风水林和种下的风水树是神圣不可侵犯的。上湘后龙山的风水林，可能是上湘祖先建村立寨时就开始蓄禁培育的。后因有人有意或无意的损坏，破坏了村寨的自然美和安详吉瑞，故于清朝咸丰元年立碑订立条款加以保护水口碑在前，是全村筹集资金买地植风水树的；护林碑在后，是订立条款保护风水林的。这两块碑的内容刻在同一石板的正背两面有两种可能：一是订立护林条款时找不到合适的石块；二是这两块碑的内容都与风水林和风水树有关，是有意刻在一起便于村民了解和祭祀。解放前每月的初一和十五及逢年过节，村民都要为这块碑烧香敬酒漏杀呢！

※ 保山寨的古树

除现在的三角枫等之外，还有松树和杉树。松树是在今黄合良家左侧路坎下东北方；杉树是在今风雨桥头东北不远处；解放时还在，树干很粗，估计得要三人合抱。不知什么时候毁掉了。

※ 关于“刃”“乡ˋ”“卜”符号

“刃”“乡ˋ”“卜”符号是代表计重量的“两”“钱”“厘”时用的。记得我曾用过。在解放前不久，上湘河里捕到一条四五十斤重的大鱼，人人有份。在凉庭里分鱼的时候要我登记，就是用的这几个符号。前人登记分东西，只要涉及重量斤两时，都用这些符号。

※ 旧通道——指解放前时的通道县

旧通道面积很小，只辖 6 个乡镇（现在 21 个乡镇），即县城城关镇（今县溪镇）、江口乡（俗称北二乡，汉族人占多数）、团头乡、土溪乡、播阳乡和独坡乡（俗称南四乡，侗家人占多数或纯侗族乡），人口不足 4 万。其余的乡镇都是解放后从周边地区划过来的，比如现在的通道县城双江这个地方，以前属是绥宁县管辖的。

※ 关于我的两句诗

我在《话上湘》书稿中，“上湘经济生活状况”一节里有两句诗：“饥寒交迫不足四，鸡鸭酒肉没过六”。其本意是说解放前的上湘 60 来户人家中，最贫穷的有三四户，最富裕的（含地主）也不过五六户；多数人家是自给自足，生活过得去或基本过得去。

※ 黄善兰

黄善兰应是黄汉南，是黄有雄的曾祖父，当时是有点名气的。因他是大富人家，出门骑马坐轿是常有的，不过他死得早，其子黄保正是老实人，是从大寨（今黄寨）来上门的。土改时划为地主，黄有雄的父亲黄进文，洪江洪达中学肄业，解放前夕在上湘村保国民学校当过教员，解放后亦当过人民教师，但困难时期（1960—1961 年）自动离职回家，脱离教师队伍在家务农。

※ 护林碑上提到的三块杉地是不是捐出来的

我认为不是谁捐的，而是像后龙山一样，作为公地或风水林地祖辈们划出来的。因为寨内需要有些积蓄。如勿耶待客、每隔两年要做一次芦笙请芦笙匠开支等，需要些费用，就把这三块地租给人种用材林或种其他经济作物，有所收益，地主一半。

※ 地主和土主会

护林碑上说的地主，不是土改时划的地主阶级的地主，而是指三块公地的主人，当然是上湘共有，上湘村寨的公地。土主会，我的理解是经营这三块公地的人或组织。经营者可能是一户一个人，也可能是几户几个人。在侗家村寨里，一个补拉（房族）叫一个会，三四户在一起叫一个会，十几户在一起也叫一个会。

※ 众山庙产分到户，而后龙山和保山寨风林却没有分

没有分的原因我知道。1952 年我参过通道的土改，当时的土改政策规定：地主的土地全部没收，公庙祠寺财产均调征，分给无地或少地的农民。后龙山和保山寨的风水林却不分，因为是风水林，是祖先留传下来的，是用以保护村寨吉祥瑞气和美化村寨用的，是神圣不可侵犯的，有人毁坏就要受处罚。另外，因为是风水林而不是用材林，如果是杉树用材林就可能不一样了。

红军过上湘

2016年6月30日

黄生学[①]

八十年前，一支铁流，信奉马列之主义，胸怀苏维埃之理念，肩负拯救民族之大任的队伍，惜别瑞金，突出井冈，冲破“围剿”，一路向西。他们肩扛土枪长矛，身穿土布衣，脚踏稻草鞋，头顶红五星，高举铁锤镰刀红旗，背负铁锅素囊，小米稀粥，野菜裹肚，饥寒交迫，走在赣西南之泥泞小道上，被国民党重兵围追堵截，历险湘西，翻老山界，一路艰难险阻，一路损兵折将。在革命的火种濒临绝境的危急关头，这支队伍来到了通道。通道是一个三省交界之地，是一个以侗族为主的少数民族地区。侗族的“侗”字，本身有“人同”和统一的含义，侗族自古持有“万物有灵”的信条。而“通道”二字更是富含神来之义，即来往之大道也，是通往天下之大道。古汉语早就有“人固有自知之明”之典故，此语通指常人。我们的伟大领袖毛泽东非常人可比，他读书万卷，博古通今。加上一路上枪林弹雨的考验，腹中良谋已然成典，再加周恩来等高智慧领导人的坚强佐助，良性因素紧密结合，逐成良性互动，促成了通道会议的紧急召开，达成了挺进贵州的共识，成就了伟大的“通道转兵”，抛弃了原定北上与二六兵团会合的计划，粉碎了国民党中央军的围剿图谋，中央红军从此走上了充满曙光的胜利之路。

通道转兵，红军转胜。直面崇山峻岭，眺望万水千山，革命红旗能打多久，星星之火可以燎原。红军的中央机关结束通道转兵后沿河而上，来到了湘黔边界重镇播阳所，部队得到充分休整，为西进贵州做了充分

① 黄生学，上湘人，通道侗族自治县政府原副调研员。

准备。曾经的记忆中听过不少家乡老人讲述。三十年代的通道，交通闭塞，与外界来往甚少，听说从通道县城往上走很多大兵，沿播阳河的所有村寨的村民都到山里躲了起来。我的家乡上湘村，是一个湖南靠近贵州的古老村寨，百来户人家全是侗族，村子通往外面的许多道路都是岩板栈道，通行不畅，红军几万人马走了四五天才过完。这当中一些村民悄悄回村窥探，发现这支军虽然穿着破烂，但非常规矩，夜晚在村寨外露宿，不乱进村民家中，碰到了村里回去窥探的人也很和善，老乡们也慢慢消除了顾虑，回到了家里，并且和红军官兵在鼓楼里一起烤火。那时侗族人都不懂得汉话，与红军不能语言交流，老乡们只知道他们都是好人，是一支帮穷人的队伍。于是乡亲们很快就把他们当作亲人，给红军送米送菜，可是有着铁的纪律的红军就是不肯收，即使收下也要付钱。红军队伍在通道驻扎的日子里，还留下许多感人的故事和佳话。一次，红军炊事员到村里买米，当时，上湘村民黄汉仁家里有一秆秤，可是没秤砣，炊事员就拿出报废了的空壳造秤砣，帮村民校好天平，留给乡亲们当秤砣，这秆秤一直用到现在。红军过上湘时，我父亲已有十多岁，正是好奇又好动的年龄，他和村里的小伙伴们这里摸摸，那里看看，摸这摸那，说他们摸到了小山炮、机关枪、马鞍等，是他一生都忘不了的事情。

更令我父亲难忘的还有一件事情。那时，通往贵州西坡的一条岩板栈道从寨子穿过，寨子中间那段路比较窄，走到鼓楼边时，一边是鼓楼，另一边是蓄水防火的公塘，一队军马驮着山炮经过时，一匹性情刚烈的战马过得很快，炮座划到鼓楼板壁上，刮掉了几块壁板，马队立刻留下两个战士，待马队过完之后即刻修复墙壁，同时还留下三块大洋作为赔偿。所有这些善举，老百姓看在眼里，铭记心底，传为佳话。

这些善举、佳话只是红军长征途中的点点滴滴，可它反映出红军这支人民军队的本质特征，也是这支正义之师的灵魂所在。这种特征和灵魂得到毛泽东思想正确引领，凝聚成钢铁意志，铸造成共产党领导下的革命队伍的军魂，成长为一支无往不胜的革命队伍。二万五千里长征、抗日战争、解放战争、抗美援朝等军事斗争中，无不是这种红色军魂的具体体现。

当代人过着无忧无虑的幸福生活，我们永远不会忘记，现在的幸福生活是共产党领导的革命前辈用生命换来的。作为通道人，我们要十分珍惜“通道转兵”与中国革命的这层关系，珍惜作为中国工农红军从这里走向胜利的福地通道的名分，牢记红色军魂，紧跟共产党走，紧紧团结在以习近平同志为核心的党中央周围，为实现中华民族伟大复兴的中国梦而奋斗。

故乡神秘的古树林

2018年5月

黄生学

在湖南通道西端的湘、黔交界之地有个百余户人家的古村落，隐藏在群山环绕，古树环抱的密境之中，一排排错落别致的吊脚楼，一缕缕青瓦屋上袅袅升起的炊烟，一条条弯弯的石板古道，把鼓楼、寨门、风雨桥依序连在一起，铺展着侗族村寨特有的古朴元素。从三省坡上流下来的小河从寨子旁边蜿蜒流过，河边的竹筒水车、石板码台、竹篷小船以及小桥上担着担子的村妇，无不映衬出侗家山寨的古朴风韵。

很久以前人们就为这里取了个很动听的名字——上湘。这里就是我值得引以为豪的故乡。上湘虽然地处边远，但是一条通往云贵的古栈道经过这里，多少民间传说与青石板古道一样久远，许多历史故事与古栈道一样悠长。吴勉“赶猪”、补宽“卖牛”等，青石板路上留下了许许多多的传说和故事。最值得称道的是这里也经历过闻名于世的大事件，1934年底的中国工农红军二万五千里长征，就是从这条古石板栈道上走向贵州、走向胜利的。

村子背后靠着一座雄伟的大山，山的顶端有两座突起的巅峰，高高耸立，直抵云霄。一起一伏的山形如骏马背上的马鞍，村里人就形象地把这座山叫做“马台山”，从古至今都这么叫。

马台山远近闻名，它的俊俏与清秀应该归功于满山的树林，归功于世世代代保护着这片树林的故乡的人。

举目可见，整座马台山就是一座充满神奇的植物宝库，从山脚到山头长满了树木，有香樟、青冈、枫香、栲木、荷木、合欢、麻栎、酸枣……

还有榉木、楠木等重点保护的树种。密密匝匝的古树遮天蔽日，林密荫蔽，曲径通幽，当你沿着山间逶迤的小路拾级而上，进入林莽深处，山风伴随树叶沙沙的韵味迎面而来，此刻你会情不自禁地深深呼吸，贪婪地吸吮着林间特有的带着芬芳沁人的空气，似乎想一口把它吞个够。不经意间，你的心灵深处会有一种难以名状的清新感受，只觉得心旷神怡，倦意顿消。此刻的你会心潮起伏，感叹大自然的神秘。愈往深处，树木愈老，许多几抱的大树挺拔而立，直通云端，粗壮的树干上挂满了名贵的大血藤和长满了石苇苔藓及许多不知名的附生植物，幽林中时而静谧，时而鸟叫蝉鸣，眼前一幕幕古老幽深的画面，无不令人感到惊奇和震撼。

“山不在高，有仙则名”。这座秀美幽深的树林自然也有许多古老的故事和传说。相传很久以前，山里幽深的谷底有两条神奇的巨蟒，每遇干旱的年份，它们就蜿蜒来到山脚的深潭中洗澡吸水，然后爬到山顶，仰起头将腹中的水喷射向天空，给久旱的田园送来雨水，给庄稼带来甘露。有一天，这一方天地黑云压顶，雷鸣电闪暴风骤雨，洪荒大水汹涌澎湃，正当云低夜黑的午夜时分，两条巨蟒呈灵显圣，化为两条巨龙，翻腾着从深谷中游向洪水汹涌的小河，顺着洪流急匆匆游向大江大海。巨龙出游的那个深沉的午夜，偶然被正在楼阁上织布的年轻貌美的女子看到，借着远处雷电的闪光，她惊恐万分地看到了两条鳞片斑斓的巨龙向河边蜿蜒而去……

第二天，更神奇的事情发生了。当人们看到这名女子时，她已经不是普通的村姑了，只见她娇艳动人，美如天仙，明眸皓齿，出语不凡。这半个夜晚的光景，她已脱俗成仙，化为超凡的仙姑。惊奇的人们奔走相告，寂静的山村顿时沸腾起来了，消息很快传开，四方八寨的村民们潮水般涌向这里，整个上湘村寨像是在赶庙会一般。后来，人们为了纪念这一神奇的事件，四面八方的人们自愿化贡捐赠，在马台山半山腰的一个台地上修建了一座庵堂，起名为“青龙庵”，那位仙姑随之住进“青龙庵”，成为人们供奉的神灵。这座庵寺因为有着活生生的仙姑而声名鹊起，引来方圆百里无数的善男信女前来朝拜，祈求神灵除灾去难，保佑安康。同时，山民们为了保护好这片呈灵显圣的山林，饮酒立誓，歃血为盟，在山脚水口刻石立碑，告诫村民遵约守誓，违者必罚。星移物换，沧海桑田。传说中的仙姑已乘仙鹤而去，古庵也随岁月化为尘泥。那块立誓为盟的古碑还在，那片美丽的古树林还在，还有古石碑的训诫仍然深深地刻印在每一个山民的心中。这片历经沧桑保存下来的森林已经成为远近闻名的风景，九十年代初美国福特基金会官员孟泽思博士一行来到这里，他们带着神圣的使命和人类发展的崇高理念及价值观而来，他们深入侗寨山村细致探访，进入森林深处详细考察，他们以人类发展需要的最高理念，对这里的护林的习俗倍加赞赏，并期望这一优良习俗进一步发扬光大。

每次回家，我便会面对家乡这片古老的树林驻足徘徊，仰苍穹高远，望山色如黛。晨观朝阳，暮睹春雨，仰慕彩虹，领略禅意。作为生长在这片树林下，喝着家乡清泉长大的我，深深为家乡能有这么美丽的古树林而感到高兴和自豪。当然，更多的是希望家乡的古树林万古长青！

最美生态上湘

2018 年 5 月

黄生学

人的一生如行云流水，有许许多多去处，每一个人会在某时某刻走到某个地方，会在心里留下印迹。这些印迹有时是流星，转瞬即逝，有时是一片阳光，照耀着你，暖上心头。好的地方仿佛一本好书，可以反复品味，品完了还有与人分享的冲动，湖南通道上湘就是这样个地方。这是一个融入大自然，足以承载闲暇之心的唯美乡村，也是能让自己来一场随心而至且流连忘返之旅的朴实之地。

在宁静的上湘，生活是蓝天白云下，绿野田畴中缓慢流淌的时光，或简单自然，或生动柔软，而被称之为唯美乡村的地方——上湘，被藏于山水的某个角落，有着精致、细微的风景，千百年来，它们守着自己的节奏沉淀着最平凡的岁月，也哺育着最朴实的心灵。

上湘侗寨有着自己的扎寨艺术，田在吊脚楼旁，吊脚楼在田间，和石板路纵横交错，将脚步延伸进每家每户。漫步在侗寨，四处都是平和而舒坦的微笑，依山而建的吊脚楼，沐着阳光，有着自然的质朴，古旧里是一种柔软与迷离，瓦砾片片斑驳，篱笆排排依偎，复述着深山老林的闲情。绵绵春雨中的古栈道在村巷中蜿蜒，踏着足音童谣走出村口向远方延伸。徜徉于这里每一息雨露阳光，心目中定格的都是对生活的微接触，这里每一个细微生活元素定格在你脑海里的同时，你的想象也变得那么的生活，那么的细致……

青山、绿水、吊脚楼、风雨桥，依序坐落在上湘村周围，恰到好处地点缀和谐的景观，完成了一个美丽村庄的全部想象。小桥、流水、人家，是从元曲遗落在侗寨的诗句，人们升起袅袅的炊烟，在河边浣洗衣裳，走过大树下的去田野上劳作，侗寨的每天都是这样开始的。在这里游览创作，你的作品在不经意间会覆着诗一般的内涵。

花间蝴蝶舞，林中子规啼。上湘的美，不在于它足够震撼，只因为它的完整和景致的细微。上湘以原始的状态，在山水之间依偎，用千年的光阴享受着自然的馈赠和历史的传承，几乎集结了一个唯美乡村所需要的所有元素。村背面靠着的马台山由于人们一直以来的精心管护长满了各种树木，有香樟、枫香、青冈、荷木、栲木……红黄白绿青蓝紫，四季如画，色彩斑斓，绚丽多姿，使得这里的一切都被众色肆无忌惮地渲染，千年如一。山的顶部有两座山峰，逼真得像少女挺立的乳峰，直抵云霄，楚楚动人，又似骏马背上的马鞍，一起一伏，见证着上湘从古典中走来。宜人宜物的气候，即使经亿万年的风霜雪雨，这些珍贵而矫情的生命也能在此生生不息。满山的树叶，经历着春的萌动，夏的蓬勃，秋的辉煌，冬的苍劲，随着季节的轮转，不断给美丽上湘献上色彩盛宴……

蓄禁碑与风景林

吴昌杰①

侗乡山寨几乎都有郁郁葱葱的风景林木，装点其村落，美化其环境，极富诗情画意。它与鼓楼、花桥同样成为侗寨大景观。通道播阳镇上湘村的后龙山，就有这么一片树木，古木参天，绿荫覆地，奇花异果，四季不凋，珍禽怪兽，出没其间，鸟语花香，饴人耳目。上湘村由县政协主席黄进炳同志主持修建的自来水工程的源头，即隐于其山林之中，长年不枯，为民造福。

上湘为何培育出如此风景优美的森林，而使青山常在，绿树成荫，究其来源，它由该村祖先黄金显提倡，蓄禁山林，继而一呼百诺，全村响应，一致拥护。随即共同计议，订立公约，刻上石碑，不许触动一草一木，老少妇孺，缄声遵守，相沿迄今，无有违犯禁约者，以致山木成林，成为上湘风景的大奇观。而这块禁碑成为侗乡山塞寨的宝贵文化遗产。1980 年初到实地查看时，石碑至今仍立于山中，安然无损。其碑其文及其公约形式，乃属侗族“合款”范畴，碑文描述了侗族先人生产、生活的情景。文笔艺术有较高的造诣，也为后人研究侗族人民过去的生活习俗提供了文物依据，其碑文如下：

“从来天之暖者，物始生。地之灵者，人方杰。故古人卜居，必相其阴阳，观其流泉。凡左青龙，右白虎，前朱雀，后玄武，所有树木，具为蓄禁，而后保障有资，龙脉不息，可以久安而长治也。我上湘后龙山，祖辈以来，合抱之树，常有数千。至后人不肖，挟私妄砍，以致山木之美，

① 吴昌杰，侗族通道播阳镇贯团人，解放初担任通道临时人民治安委员主任，后担任通道县民政科、卫生科科长及县人民代表等职副县级职务。本文摘自通道侗族自治县政协学习文史委编《通道文史》第四辑，1999 年 1 月印刷内部发行。

转成濯濯，盖至关山破，气脉衰，人心浮薄，地方凋残，不可救药也。我等抚今思昔，不胜心伤。因于咸丰元年，共聚醮堂，公同计议：凡寨之左右前后，一切树木，俱要栽培，庶可挽今而近于古，尔昌而识，尔富尔寿，子子孙孙，垂裕于涯矣。

公议系保山寨水口树木，乃一团之保障，俱要蓄禁，不许乱砍，违者责罚，决不宽容。

公议保山寨杉木贰块，麻雀山杉木壹块，俱系众山，地主一半，并归土主会，不许卖，亦不许买。

以上数条，面神议定，决不改移，如有不尊，神殊人殛。”

吴昌杰为“播阳上湘宝龙桥落成庆典”题联：

2004 年 11 月

宝光照日月，龙彩焕烟霞。
宝龙锁关山，钟灵毓秀增胜景；
禁碑保气脉，继往开来展宏图。
禁碑长存，护吾村寨常年山水秀；
宝龙崛起，佑我上湘世代子孙贤。
禁碑长存村寨秀；宝龙永佑子孙贤。
倚栏静看飞虹影；漫步闲观碧水流。
一桥风月当歌饮；万里云山带笑看。
好景如仙上湘迎喜庆；引人入胜侗寨展新姿。
醉人不必酒；悦目有奇山。

（抄自《剑豪文集》第三篇“诗词对联篇”186 页。）

八唱上湘好地方

播阳老年协会

2006年12月1日

一唱上湘好地方，阳春十月吃冬忙；
鼓楼落成搞庆典，迎来宾客喜洋洋。
二唱上湘好地方，后龙古林昭侗乡；
幸福生活天天上，千家烟火万年长。
三唱上相好地方，银河一带绕村庄；
八角鼓楼冲霄汉，百米花桥横小江。
四唱上湘好地方，山边渠水滚滚淌；
灌进良田千万丘，上田下坝翻金浪。
五唱上相好地方，侗家儿女爱自强；
敢叫土地生万物，誓夺绿林变银行。
六唱上湘好地方，沿江两岸尽新房；
电灯电杆繁星闪，电视电话声声响。
七唱上湘好地方，养儿育女好学堂；
京城县城当领导，兴邦治国主栋梁。
八唱上湘好地方，大江南北好榜样；
祝福人民千年好，感谢小平作梳妆。

赋上湘的诗

李奉安[1]

2006年，通道侗族自治县播阳镇上湘村，为了纪念始祖进寨的日子——农历十月十一日，举行新建寓此意的11层鼓楼竣工庆典。笔者被邀作客，特赋诗三首。

鼓楼颂

上方宝剑刻琼楼，湘西侗民庆丰收。
八角重檐十一层，铭记祖恩要传留。

花桥的歌

古林浓荫庇小江，花桥横过耀辉煌。
五塔连阁拦瑞气，人杰地灵好上湘。

颂上湘村

绿林碧水绕上湘，郁郁葱葱好风光。
鼓楼花桥多秀丽，罗蒙侗乡数上湘。

① 李奉安，侗族，1941年8月生，湖南通道县溪镇老湾村人。高中毕业后即从事木匠工作。中国侗族文学会会员，著有《霜叶集》《侗族传建筑鉴》等作品。

怀念黄保宇先生诗歌集

黄保慧

黄保宇（1904—1988），男，侗族，湖南省通道侗族自治县播阳镇上湘村人。早年读私塾。后毕业于湖南省常德师范学校。历任保国民学校校长兼教员，中心小学校校长，旧通道县政府教育科长等职。通道解放前夕，弃职回家教私塾。解放后，在历次政治运动中受极“左”思潮的冲击。“文革”后落实政策，任通道侗族自治县政协委员。1988 年 6 月 22 日病逝，享年 84 岁。

黄保宇先生是通道侗族中汉族文化水平最高者，知名人士。长于用汉文写诗、赋、文、联，被誉为通道侗族“三杰”中的“文杰”（武杰粟昌福，掌握有枪支，俗称粟大王，解放后任通道县人民政府县长及黔阳专署副专员，反右时因思想不通投河自尽；“政杰”李保铨，敢于同当时的汉族当权者残害百姓的行为作斗争，解放前夕，被国民党杀害），从事教育工作，教私塾，传授汉族文化，培养知识青年，特别是侗族知识青年。

1940 年，通道县设区并乡，联团并保，实施一乡一中心学校，一保一国民学校的计划时，上湘划为播阳乡第六保，设保国民学校，黄任保国民学校校长兼教员。1943 年独坡中心学校和播阳中心学校合并为播阳中心学校，黄任播阳中心学校校长。1945 年调任通道县政府教育科长。到任后即深感于 1944 年春创办的“通道县立简易乡村师范学校”的毕业生，就业困难，毕业后升学无门，即提出本年上学期简师第一班毕业后，停止招新生，另招初中新生补替，报省教育厅，未得批准。后不得已将提案以县政府名义，提请县参议会议决。县参议会通过了政府提案，决定下学期停招简师生，改招初中新生一个班。定名为“通道县立简易师范学校附设初中部”。1949 年 1 月，又以县长明泽荣名义，函报省教育厅，要求将简易师范附设初中部改名为“县立初级中学”，也未得到批准。后因兵荒马乱，学校停办，即弃职回家教私塾，给侗家子弟传授汉族文化，培养侗族的知识青年。

黄保宇先生解放前只教书，举办教育，培养侗族知识青年，桃李满天下，对通道教育事业贡献重大，很受人们的尊敬。解放初期，在会同专署开办的兄弟民族干部学校学习的侗族学员中，绝大多数是他的学生。这批学员在通道第二次解放中起了很大的作用，后成为通道解放初期全县的干部骨干。

一、怀念黄保宇先生

怀念保宇先生之一

1988 年 7 月中旬，接到玉麟来信，告知其父黄保宇已于 1988 年 6 月 22 日病故，甚感悲惜。

1988 年 7 月 20 日

尊师栋廷，博学多问；光明磊落，玉洁冰清。
初入社会，从事园丁；风华年茂，教界扬名。
培植桃李，尽力尽心；教而不倦，受人敬尊。
正直为先，诚信在前；礼贤下士，诲人不厌。
有教无类，一致同仁；笃近笃远，清廉公正。
天旋地动，雷声隆隆；乌云蔽日，弃职从农。

布衣蔬食，幽居后龙；专教私整，坐视云风。
春风送暖，旭日升东；蓝天袒露，无动于衷。
江山易姓，与世无争；躬耕田町，茹苦含辛。
平地狂风，神州烈火；激流丸石，胆裂心破。
逐居异村，寂寞掩门；山前独处，思念归根。
雨过天晴，枯木逢春；甘甜雨露，滋润叶茎。
残枝再发，叶茂根深；含苞欲放，期待时令。
尊师心皞，精神奕奕；笔端吐志，墨迹含诗。
尊师一生，坎坷不平；荣辱俱尝，毁誉皆品。
尊师暮年，期待还园；尚未实现，成鹤成仙。
尊师去矣，安息九泉；书此数语，以示怀念。

挽保宇先生联

栋折保摧，爱也九泉，哀长兄瞑目地下，仅留音容笑貌，族人常志；
廷坍宇塌，护亦千古，悼尊师辞别人寰，尚遗言行举止，学子永铭。

怀念保宇先生之二

1988 年 8 月 8 日

后龙山下一居士，几代书香好门第。
出庐持鞭育桃李，名扬遐迩溢乡梓。

曙光初照黑云驱，无际天空任展翅。
弃职从农事隐居，躬耕町田观局势。

刹时平地起风雷，儒士寒蝉无处栖。

酸苦辣涩具尝尽，被逐出村离故里。

狂风过后日照煦，万紫千红竞芳菲。
枯木逢春枝叶发，苍松遇雨更青碧。

甲子归里桃李会，上湘共聚天伦叙。
同席举杯互祝愿，吟诗赋对舒心极。

送别依依无言语，热泪盈眶湿眼底。
自兹离别即永别，先生鹤去何太急？

怀念保宇先生之三

2001 年 12 月于多伦多

（一）

上湘保宇黄先生，侗家知识算高层。
湖南常德读师范，学业完成事园丁。
保校创办教童子，播阳中心校长承。
桃红李白满天下，罗蒙民众极赞称。

（二）

保宇先生字栋廷，侗家入县第一人。
罗蒙政府督学任，通道教育科长升。
学校创办成就显，县境内外遐迩闻。
先生功绩不可没，学子怀念书铭心。

怀念保宇先生之四

2002 年 10 月

（一）

廷师辞世八旬余，一代园丁业绩辉。
培桃育李呕心血，学子铭志树芳碑。

（二）

尊师辞世生痛心，深切怀念诉衷情。
刈草扶苗众知喻，业绩昭著人敬尊。

怀念保宇先生之五

2003 年 10 月

保宇先生事园丁，桃红李白遍山村。
通道教育有贡献，罗蒙百姓深知情。
诗赋文才侗家冠，遗作留存憾零星。
先生鹤去音容在，张扬事迹示敬尊。

怀念保宇先生之六

保宇先生侗家人，知识渊博冠乡村。
从事教育名遐迩，莘莘学子具敬尊。

2003 年 10 月

保宇先生上湘人，不幸迫迁拨乡村。

日盼夜盼归故里，终难实现恨一生。

2004 年 5 月

保宇先生受人尊，成鹤成仙作古人。
晚辈后生若有志，振作精神争上进。

2004 年 6 月

保宇先生侗家才，诗书遗作人关怀。
东寻西找难觅得，有否发现待将来。

2004 年 7 月

忆往昔

（一）

孩提入学上湘村，启蒙先生黄栋廷。
德帝称霸鏖战急，倭寇侵华撒罪行。
人人谴责日本鬼，小小心灵植恨根。
大刀砍向鬼子头[①]，收复失地印象深[②]。

（二）

入学儿童纸张缺，教书先生有良策。
每人一块白漆板，学习写字练作业。

（三）

下定决心把学升，四九初春赴洪镇[③]。
启蒙先生再鼓励，堂兄爱德做伴行。

---

① 指当时学校教唱的歌曲。
② 指当时学校教唱的歌曲。
③ 洪镇，即湖南洪江镇，现在洪江区。

舅舅世民肯赏脸[①]，叔叔天照费尽心。
考取省立十中学，心里高兴难形容。

往事纪实

（一）

解放大军过长江，国军溃败竟逃亡。
湖南起义迎解放，湘西匪患复猖狂。
兵慌马乱世不定，居家耕读度时光。
启蒙先生教私塾，闲时受教塾学堂。

（二）

通道解放建政权，培养干部居头元。
靖县开办民干校，罗蒙知青勇直前。
请教先生作指点，任务在身观察先。
盛情难却良机失，心中总感有不甘。

话上湘

（一）

通道播阳上湘村，学校创建四零春。
教室设在檐务邓[②]，栋廷借用把房腾。
首任教员黄保宇，二届继权续进文。
保长爱勋曾代课，保慧任教在五零。

（二）

学校校舍檐务邓，坐北朝南三间整。
楼上教室课堂辟，底下房子用芝寝。

① 因临近解放，为交学费，叔叔为我典当几亩地，没有人要，舅舅要了。
② 檐务邓，侗语，地名，即塘上屋之意。

西南两边近菜地，北东二面临塘滨。
东头空地操场用，全校学生卅余人。

（三）

上湘人口几百丁，读懂书文没几人。
学识渊博黄保宇，常德师范毕业生。
保伦保民出私塾，汉安汉康私塾成。
上湘长辈知识群，全是富裕家出身。

二、致黄保宇先生的信

致黄保宇先生的信之一

1984年春

师年逾古稀，长期居故里；辛卯离别后，卅载无信息。
今究其原因，为生不争气；饮水忘思源，生心实有愧。
甲子逢春节，偕妻同归里；结鸾近廿载，不识尊师仪。
夫妻同计议，登门拜望师；反省昔日过，聆听师教诲。
孟春雨蒙蒙，乡道多泥泞；未及登师门，不料师先至。
生实为感动，胸中怀愧意；见师身健康，精力胜而立。
眼明复耳顺，手足皆伶俐；胸怀含皞畅，学生甚欣慰。
共聚三五日，促膝话心里；言到投机时，吟诗又赋对。
赠生七绝律，勉生再接励；言传又身教，鼓舞生志气。
先生赐珍言，学生心铭记；业绩精于勤，此言是真理。
有志者竟成，需发奋努力；生听此教诲，信心增百倍。
生公事在身，难久留故里；聆师再教育，与师相促膝。

启程返京日，师送十余里；精神亦抖擞，健步走如飞。
为生实感动，心中怀钦佩；祝愿您尊师，永远神奕奕。
师生播阳别，离情惜依依；视线生模糊，热泪挂眼底。
师生相面立，默默无言语；隆隆马达声，司机已就位。
挥手相告别，后会定有期；祝一路平安，望保重身体。
车轮滚滚转，吉普倏离去；师生两地分，迢迢数千里。
不见尊师面，难闻尊师话；海角与天边，诗书传信息。
师年岁已高，身体健为贵；饮食与起居，时刻要注意。
只要师身健，学生自欣慰；待有朝一日，在京迎接您。

致黄保宇先生的信之二

1984年10月

又经数月，未曾写信；吾师贵体，近来可硬？
今年国庆，卅五周年；首都北京，隆重庆典。
学生返校，时隔未几；参加筹备，国庆事宜。
民院任务，组织队伍；一千五百，代表民族。
一为仪仗，二为国徽；两个方队，步伐整齐。
过天安门，要求严格；横观一线，纵看一列。
四月伊始，每周四时；严格训练，努力坚持。
国庆当天，热闹非凡；游行队伍，达数十万。
前为部队，海陆空军；通讯兵种，还有民兵；
再加摩托，坦克火箭；雷达导弹，雄壮威严。
后为群众，各种方队；国旗国徽，步伐整齐。
农业工业，科教居民；体育文艺，少年学生。
前接后尾，紧紧相随；龙飞凤舞，活泼欢喜。
还有彩车，数字模型；端庄肃穆，高出人群。

各路队伍，奕奕精神；浩浩荡荡，过天安门。
广场群众，手持鲜花；动作一致，组字图画。
时而蓝红，时而黄绿；大字画图，变化反复。
游行庆祝，计两小时；按时结束，完成顺利。
晚上联欢，别有情趣；广场周围，光彩四溢。
条条光柱，相互交替；有绿有蓝，或高或低。
广场四周，霓虹灯美；红蓝白紫，忽现忽匿。
宽阔广场，五彩缤纷；人山人海，如波如云。
各个单位，围成圆圈；表演节目，如醉如癫。
时而曲调悠扬，翩翩起舞，成对成双，神情豪放；
时而歌声嘹亮，又弹又唱，节目表演，逼真逼像。
时而礼炮轰鸣，彩花纷飞，直冲云霄，碧烟缕缕；
时而巨声霹雳，哔哔啪啪，仙女散花，闪耀天底。
俯视广场，如神仙之下凡；
仰望天空，若明星之爆发。
另有火树银花，一簇簇，一棵棵；彩星闪烁。
再加各色光束，有斜射，有横扫，或高或低。
观光贵宾，绝口称赞；喜度佳节，满面笑颜。
庆祝国庆，九州皆同：国富民丰，昌盛繁荣。
首都建设，突飞猛进；高楼大厦，拔地入云。
马路宽敞，交通便利；主要路口，立桥盘踞。
环城地铁，今已完成；缓解交通，便利出行。
地铁站台，宛如宫殿；富丽堂皇，灯光耀眼。
旧都风貌，痕迹渐消；现代城市，路宽楼高。
师若有便，来京一行；开阔眼界，增添见闻。
学生在此，情况如常；忙忙碌碌，天天一样。
其余家人，也都健康；三个女儿，正把学上；
学习成绩，尚称满意；比上不足，比下有余。
岳母李氏，七十有六，体质尚坚，操劳家务。

老伴玉霜，本院完小，教启蒙班，情绪尚好。

通道县庆，三十周年，生被邀请，参加庆典。

时间定在，十一月中，生备动身，即赴罗蒙。

民族政策照耀，通道自治卅年，山川易貌，寨野更装，如花似锦，盘古难寻故地；

侗家同胞作主，双江建设四化，商学齐飞，农工并进，兴旺繁荣，渊明再谱新章。

学生归来，定来拜望；余后面叙，敬祝安康！

三、学步黄保宇先生诗

步黄保宇先生《无题》

1984年3月

未冠离乡去，鬓白偕侣归。
家乡面貌改，童伴近古稀。
晚辈不相识，叫爷把头回。
欢聚在岁首，岗位难久离。

步保宇先生《春日偶吟》

1984年3月

七　律

甲子春归客居人，侗乡面貌日日新。
山变水变景添丽，远村近村鸣笙琴。

坦途纵横腾车马，天星落地放光明。
聆听教诲益言贵，指点攀登全在勤。

七 绝

离别卅秋怨日长，佳节聚会无寂凉。
后龙山下天伦乐，吟诗作对喜若狂。

步保宇先生《偶吟俚语》

1984 年 3 月

家燕春暖以为倚，时令变化燕南飞。
万紫千红花盛日，相逢共聚定有期。

步保宇先生诗之一

1984 年 3 月

（一）

春风和煦秋复秋，拔萃花枝本无愁。
只缘狂风暴雨袭，树高出头首担忧。

（二）

被逼离乡秋复秋，低眉垂首日日愁。
苍鹰被困闲双翼，蓝空展翅却隐忧。

（三）

时光流逝秋复秋，乌云驱散弃苦愁。
春回大地风和暖，安享天伦乐忘忧。

（四）

游子离乡秋复秋，决心创业未思愁。

事有成就堪远近，回首深省喜胜忧。

（五）

作客他乡秋复秋，问心无愧莫需愁。

能显身手何择地，勇往直前去隐忧。

步保宇先生诗之二

1984 年 3 月

（一）

花丽春暖是依倚，狂风袭击花碎飞。

满园萧索眼含泪，来春染秀复花期。

（二）

富国安邦党是依，振兴民族力奋飞。

神州事业蒸蒸上，建设四化不计期。

步保宇先生诗之三

初出茅庐手持鞭，热心致教弃团圆。

桃李芬芳争艳丽，际斯盛世忆当年。

步保宇先生诗之四

1984 年 5 月

（一）

狂风阵阵秋复秋，儒士寒蝉未自由。

辛酸苦辣皆尝尽，惊恐战栗伴尔俦。

（二）

群魔作乱秋复秋，黑白颠倒任自由。
无法无天原形露，终获报应乐千俦。

步黄保宇先生《独岩峰》

1984 年 5 月

渠水悠悠独峰峨，通道山乡秀景多。
侗寨鼓楼顶天立，如凤花桥跨江河。

步保宇先生《大桥》

1984 年 12 月

河水隔开岸东西，禽鸟飞渡未觉迷。
陆地交通机电化，钢桥横跨弃舟楫。

步黄保宇先生《遣兴》

2002 年 6 月 28 日

古稀之年古时稀，而今高寿百岁期。
粗粮淡饭富可口，山珍海味贵值低。
生活规律忌放任，科学调理需坚持。
五官冷暖明如镜，伤心害体警莫为。

步保宇先生《山居吟》

五言律

2002 年 6 月

桃李满天下，杰士遐迩闻。
孙康映雪炯，匡衡凿壁明。
生活虽艰苦，度日尚喜欣。
久哉战岁月，成败后人云。

步黄保宇先生诗韵

2004 年 11 月

（一）步《说画眉》

于鸟于禽咱不奇，只缘生来爱画眉。
划地为牢随往复，择树草丛筑巢栖。
学我唱歌埋套网，骗俺上当锁笼提。
一身本领喜好斗，隔笼争霸头昏迷。

（二）步《咏白衣观》

通道播阳镇河东，侗地道观八面珑。
传说故事今仍在，白衣观名誉世中。

（三）步《颂水电站》

全国发电站，线网互连绵。

统一开关动，星群落地间。
灯光好明亮，夜晚胜白天。
乡村电气化，幸福无际边。

步黄保宇《落雪咏》

2006 年 12 月 30 日

天工六出雪花纷，素裹银装众爱欣。
少年儿童喜望外，广场宽处战花银。
瑞兆丰年禾苗壮，欢庆金秋有余春。
运动高手勤苦练，勇夺冠军国歌吟。

步肖冠英黄保宇互和诗

2007 年冬

冠栋先生具诗雄，英庭南北与西东。
千里相会实缘分，吟诗和韵兴致同。

步保宇赋肖冠英诗

你称我赞不依偏，两君诗作金玉莲。
谦逊天生文人德，赋和只能一后前。

步保宇赠肖冠英七律诗

肖黄本是各东西，有缘相会实不虚。

博学奇才胸存竹，佳词美句腹中余。
冠栋俱是诗坛秀，英庭均为茅庐初。
胸怀壮志翔高处，僻里终非久留居。

四、黄保宇先生写的诗联及信文

（1）1984年春节，偕同老伴邵玉霜返乡探亲时，黄保宇先生赠的几首诗：

无　题

少小晋京去，老大结鸾归。
乡音仍未改，精力胜古稀。
儿童都探问，客从何处来？
喜今团聚首，倏尔又分离。

今日偶吟

七言律

春风和煦最宜人，一望郊原景色新。
李白桃红争艳丽，蛙鸣鸟咏赛弹琴。
雷惊百蛰俱飞跃，电震全球分外明。
吾人备耕当此际，少先锋队更殷勤。

又七言绝句

一年开始日初长，有客临门慰寂凉。

欢欣畅饮数杯酒，酩酊醉后亦无狂。

慧弟同夫人于今春回里，与兄弟姐妹聚首一堂，喜笑言欢，不胜欣慰。唯未经旬日，又要回京，实增了离情别恨，因此偶吟俚语，敬希哂正：

糠米本是相依倚，被簸扬开各自飞。
此去迢迢数千里，不知何日是归期。

（2）1984年4月28日，黄保宇写的一封信（摘录）：

甲岁新春，伉俪荣归梓里，得与捧腹，正幸手足重逢，追陪有日，不意返京在急，倏尔睽离，因此不能挽留，多谈衷曲。在我因僻处一隅，也没有尽乡土之谊，正以有负知爱，负疚良深。

别后我与昇叔文侄三人，一同往独坡探亲，承当地父老之盛意，整日款待，竟达一个星期。而他两人先回独留我一人在后。又承旧友相邀，在独坡八寨，游览了六个村庄，都承他们之盛意殷勤，随处专人护送，直至三月清明方归。正当桃李吐艳之际，承珠翰之双来，披阅之余，籍悉福星随护，庆得车陆平安，已吉抵首都矣。然而阶前蘭玉，大都起居绥燕，动止吉祥，更使我更加欣慰。继阅信牍内容，情真语挚，意绪缠绵，奚啻阳关三叠，使我回忆难忘。但我自解放归家，从事农业，关于诗书笔墨，被封禁了二十多年。当此四害横行之时，自分残灯无再焰之膏，枯黄绝重萌之叶，随风委露，夫复何言。延至于今，得邓主席之鸿恩，拔我于水深火热之中，摘掉我帽，恢复自由，因此喜吟七绝，以谢人民政府之关怀。

作客他乡秋复秋，今秋欣复我自由。
感谢党恩多雨露，春风吹遍及吾俦。

我年逾古稀，老境将逼，幸双目如镜，观书阅报，尚觉可行。从兹息隐篷庐，唯有保护身体健康，以观国家之昇平，享晚年之幸福而已。但我这次裁答久稽，想不疚我疏节也。……

关于诗对一门，我很不会，不过喜读古诗，尤其喜读杜甫诗。因为它富于思想性、政治性，读了使人兴奋，怀念古人英雄豪杰，为人民服务的精神。

现把我咏的几首歪诗，抄给你一阅。但词句未工，不过以表示我的实情而已。

我本是上湘人，历代在上湘居住。在四害横行时被贬到破香村，人为地分别了二十多年，怎能不产生离情别恨？随着岁月的增长，又怎能不增相思之情啊！因此有感，遂赋七绝：

其一

离别家乡二十秋，寸心无日不悲愁。
此时恨不生双翼，飞出重围怯隐忧。

其二

糠米本是相依倚，被簸扬开各自飞。
回首鬓白应垂泪，不知何日是归期。

其三

解放归来没掌鞭，一生事业愧无圆。
满园桃李芬芳尽，悔恨当初到晚年。

（3）1984 年 11 月，通道侗族自县成立 30 周年庆典时，黄保宇先生又将他于 1984 年 7 月写的诗联相赠。

双江县城新建花桥一座，我到此游览，见此情景，遂题对联如下：

石狮子，此笑彼欢，赫赫英风千古在。
独蓉桥，你来我往，荡荡宏途万众奔。

奇异彩虹，行见巍峨联彼岸；
险称天堑，喜今坦荡变通途。

山苍水秀果清奇，入眼龙盘虎踞；
花桥楼阁殊壮丽，拭瞻鸟革翚飞。

花桥上面还有一座大桥，遂吟七绝以颂之。

大桥未建各东西，水势滔滔路径迷。
午夜梦思仙杖化，喜今荡荡胜舟楫。

播阳完小从去年鼎建，现已落成，我承友人相邀，到此游览，见此胜地学馆，实有无限钦仰，遂题对联如下：

（一）
建广厦玉砌万砖锦绣山峰倍添锦绣；
筑春台金镶百级文明学馆更加文明。
（二）
校园花开，朵朵红花迎雨露，
教师心血，耿耿丹心育新苗。
（三）
广厦万间育亿万人灵秀，
春台百级跃千百世文明。

题教师联

教以才，导以德，辛勤若园丁，培植千株茁壮；
学不厌，诲不倦，关怀如慈母，抚育万杂葱茏。

（4）1984年11月，黄保宇先生又将他于1983年为贵州陆世培庭长写的题联相赠（口述）。

烈日严霜三尺法刑不讲情面；
和风甘雨一庭正气赏罚分明。

1984年11月在上湘对岸坪场上留影，左为黄保慧，右为黄保宇。

又《独岩峰》一首（口述）

独岩山势本巍峨，永镇双江锦绣多。
秀插云霄如玉笔，气冲斗牛达天河。

（5）2001 年 10 月 1 日，堂兄黄秀荣寄来黄保宇先生于 1980 年 4 月写的两首诗。

我现年届古稀，发鬓全白，目力尚佳，遂吟七律一首，用以遣兴。

人生七十古来稀，愧我而今已及期。
白发依稀胡满口，龋齿脱落现高低。
肩挑重担难胜任，手刈轻微缓步趋。
堪幸双眸明如镜，观书补缀亦可为。

今年我队把交鸟的田给我家耕种，我因年老，仅负管牛任务，遂赋山居以消遣。

山居吟五言律

蓝木岩前上，隐居不世闻。
萍踪追伯夷，稼穑效渊明。
逐鹿群游戏，牧牛自乐欣。
优哉忘岁月，富贵等浮云。

（6）2004 年 10 月，回通道参加五十周年县庆时，上湘黄玉才、黄保能提供有关黄保宇写的几首诗及对联如下：

诗

说画眉

70 年代在上湘鼓楼应爱好养画眉鸟者的要求所写。

不黄不黑一身奇，谁在山中代画眉。
绿竹菁衣凭往复，苍松挺秀任息栖。
只因误落天罗网，遂尔超生手上提。
遇敌雄心立奋斗，凯歌高唱使人迷。

咏白衣观

80 年代，黄先生到播阳时，看到白衣观修饰一新，甚为壮观，有感而发所写。

巍巍宝塔镇所东，而今修得更玲珑。
白衣圣母今何在？却留宝刹在世中。

颂水电站

1985 年拨乡水电站建成后发电时所写。

修起发电站，银线接连绵。
闸门一开动，星斗落人间。
家家光耀目，户户亮冲天。
社会无限好，幸福万万年。

联

鼓楼联

在鼓楼与人闲聊时所写。

来不招，去不辞，古人制下好方便。
烟自奉，茶自斟，后生登上乐逍遥。

（7）2006年11月回乡参加上湘鼓楼落成庆典时，黄烈强（保宇先生之侄）提供：1984年冬，黄保宇先生去上寨路过播阳时，应播阳中学吴子英先生请求，写了《落雪咏》诗一首，如下：

落雪咏

冻雨浪雪落纷纷，绿处积成众共欣。
水浅水深开玉镜，山南山北放花银。
麻姑撒米周山界，织女铺棉遍万春。
最苦贫民逢此日，无衣无葛醉呻吟。

（8）2007年10月，我参加湖南省芷江侗族自治县成立20周年庆典后，回乡探视时，通道侗族自治县原统战部部长吴家念及上湘黄堂海提供黄保宇先生写的诗如下：

在旧社会的时候，有桂林文人肖冠英因落魄无依来到我地游学糊口，与我会晤，他遂吟七绝赠我，因此与他步和赋诗如下。

冠英以“栋庭先生”四字冠首七绝赋我：

栋宇辉煌果壮雄，庭台雅洁美西东。
先人毕竟多行善，生诞文郎造大同。

我以“冠英先生”四字步和如下：

冠盖当时志气雄，英名早播达西东。
先贤先圣君堪赞，生在凡尘品不同。

我又赋一首给他：

诗词敬诵信非偏，吐出珠玑类白莲。
愧弟庸才输七步，聊吟俚句达君前。

冠英步和：

敬仰君为不党偏，羡君学识胜青莲。
庸才碌碌惟我辈，岂敢当尊美誉前。

我又赋七律一首赠之：

英名早播达东西，今日盘桓果不虚。
七步奇才怀内具，千章锦绣腹中余。
身虽处在清民后，志智超逾汉宋初。
大海终非鹏鸟住，将来定入广寒居。

附：肖冠英先生简介①

肖冠英，广东韶关人，1892年生。抗日时加入新四军，任某团三营军需。后因病落伍西粤，留医河池，累月盈年。嗣后身体康复，床头金尽。关山远隔，人地生疏。曾在贵州一带靠卖字画谋生。1934年春，从贵州流落到播阳所。街上曲舒鑫先生见他的对联写得好，留在家中。一日天气晴朗，肖到播阳南门河里洗澡，顺便把衣裤全洗了，裸身躺在沙坪草丛中，被从独坎寨来播阳赶集的杨跃文发现。不知何故？杨即到沙坪上与肖交谈。肖对跃文诉说了自己的经历。杨知其有文才，便邀他到独坡教书，住在杨家教了一年私塾。肖教书有方，水平也高，学生和家长都很敬佩。次年独坡乡长龙成丰、副乡长杨治国二人，亲自把肖请到木瓜（地处较集中）教书，住在戴高

① 摘自《通道文史资料》第二辑第44～45页，戴宗源提供材料。

华家……肖在独坡共教了七年书。1943年广西独洞吴仕元先生（三江县参议长），派人到木瓜将肖请到独洞当教员两年。1945年广西马胖乡又将肖接到马胖。肖在马胖教书期间，因患腮腺癌病逝于马胖村，终年50岁。

（9）2007年12月，通道侗族自治县原统战部长吴家念提供黄保宇先生于1984年写的诗、联及信文如下：

诗

咏春节　七律一首

春风和煦最宜人，一望郊原景色新。
李白桃红争艳丽，蛙鸣鸟咏赛弹琴。
雷惊百蛰俱飞跃，电震全球分外明。
全民备耕当此际，吾人更应多殷勤。

咏发电站

修起发电站，银线接连绵。
闸门一开动，星斗落人间。
家家光耀目，户户亮冲天。
穷乡僻壤地，结束桐膏煎。
社会无限好，幸福万万年。

为百岁老人题诗

百岁光阴似水流，一生事业等浮呕。
广行方便能延寿，善不求怜天自悠。

俚语

双江镇房屋高耸，一派整洁，气象万千。睹此美景，实堪钦仰，遂赋俚语以颂之。

（一）

巍巍大厦，雄镇双江；
高楼峻阁，金碧辉煌；
电灯闪闪，气象昂昂；
如松柏之茂，如日月之光；
有南山之苍翠，满市春香；
老者安乐，少者健康；
粮油国宝盈库满仓。
新建城镇，此地最良；
繁荣万世，代代芬芳。

（二）

卅年县庆喜来临，我辈多逢遇此辰。
窈窕佳人歌庆祝，少先锋队赛芦笙。
家家座上客常满，户户樽中酒不停。
盛会盛筵难尽述，聊吟俚句庆升平。

（三）

芦笙吹奏震云霄，
音韵悠扬似舜韶。
载歌载舞成一致，
抑扬顿挫逐风飘。

联

（一）新春县府贴联

推三座大山创业勋功在昨日；
绘四化美景治世宏图看今天。

党政宏开景祚；
天下共庆文明。
党天政日春风暖；
知水仁山佳会多。

（二）部队用联

手握钢枪军人职责牢牢记；
身居前哨战地歌声阵阵高。

跃马横刀观国际风云变幻；
枕戈待旦防边区虎豹凶狂。

（三）新春通用联

爆竹声声旧风俗旧习气都随旧岁离去；
红花朵朵新文化新任务全伴新春到来。

千声鸟语助吟怀处处笙歌腾朗日；
万点梅花添遣兴家家箫管乐丰年。

桃花浪暖鱼龙跳；春日晴和草木荣。

万紫千红满园春色；五讲四美遍地新风。

祖国处处春光好；
社员家家幸福多。

和睦门第春常在；
勤俭人家富有余。

（四）书室联

养成健气冲霄汉；磨炼坚锋射斗牛。

（五）窗门联

不速到簾维月色；无私惠我有春风。

（六）服中春联

痛矣年在严何在；伤哉春回椿不回；
守服不知纪日上；思亲常在白云中。
守我堂前服；不知四时春。

（七）新婚联

相爱相亲携手联欢凝成一体；
同心同德并肩战斗好合百年。

恋爱结良缘义重情深芬芳千载；
登记配佳偶法律保障琴瑟百年。

爱情花开永不凋谢；
幸福伴侣好合长春。

订百年革命伴侣；
结一对恩爱夫妻。

握手初行平等礼；
同心合唱自由歌。

艰苦同植常青树；
勤奋共赏幸福花。

百年歌好合；两美结良缘。

社会主义青年前程远大；
文明结成伴侣幸福无边（疆）。

同目标同工作同偕到老；
共志愿共学习共效于飞。

（八）贺友冬至节新婚联

雪落花心午夜不知五六出；
灰飞葭管新阳仅入二三分。

（九）庆寿联

天上太阳光照山河万里；
人间高寿喜看兰桂盈庭。

乐享遐龄寿比南山松不老；
生逢盛世福如东海水长流。

福临寿星门第；春到劳动人家。

（十）汉侗族结婚联

汉侗鸿沟喜今朝鹊驾填平肇造人伦之始；
男女界限欣此日团圆打破奠定民族之基。

信文

（一）贺友生子信

某某仁兄阁下：

久违雅教，时切遐思，望云树于江东，赋葭霜于沪北，正欲修书驰候，忽奉云翰先颁，披诵之余，敬悉兄台得占弄璋之喜。想天上石麟定卜垂降，他日竟是栋梁之器，曷胜额颂，谨奉上金印一颗，为文郎将来预兆，伏为笑纳。千里鹅毛，忽嫌輶亵[①]，为幸。

顺请　文安

弟 ××× 敬启

（二）贺友寿诞信

桃萼献锦，柳岸垂金，恭逢仁兄悬弧荣庆。拟驾扁舟，虔申颂祝，奈河山迢递，未获如心，唯有仰望华堂，遥介眉寿，不腆之仪，聊申寸悃，伏祈鉴存是荷。谨颂九如，并候潭喜。统惟朗照，不尽依依。

（三）领谢复信

昨奉尊缄，庄诵回环，敬悉德躬清健，起居纳祜，为欣为颂，仰蒙仁兄宠锡隆仪，赍赐轴联。既优且渥，而第承奖誉愈恒，愧难克当，唯有遥望云天，泥首百拜。谨颂之余，遽使茅庐莲壁，顿然生色增辉，感佩之忱，莫可言宣。肃此谨鸣谢悃，虔请福安，并候潭禧。

① 輶亵，轻而卑贱之意。

（四）呈请更改破乡寨名

关于我们居住的地方，自从清朝乾隆元年由上湘迁来这里居住，寨的名称叫拨香。后来因环境恶劣，改为破乡了。因此有感名称不美，遂陈诉缘由，邀恳上级政府修改之。

古寨称拨香，居住虎头岗。
山中多古树，寨外尽修篁。
田园虽沃土，都是富家庄。
全村仅十户，户户种田郎。
卒岁辛辛苦，收谷金金黄。
六成归地富，秋后无口粮。
时遭土匪扰，耕牛被抢光。
老弱转沟壑，少壮半逃亡。
居此旧社会，改称为破乡。

自来共产党，始得见春光。
分给田园地，稼穑有主张。
重修新栋宇，金碧果辉煌。
发亮有电灯，打米有机房。
人口增四倍，新建小学堂。
儿童有书读，免就学他乡。
还设保健员，救死与扶伤。
老者都安乐，少者均健康。
粮油和国宝，盈库又满箱。
政治和经济，翻身喜洋洋。
齐声歌红日，万代放光芒。

上干当道者，去掉名破乡。
通告各乡镇，改为忠爱乡。

建议人：黄保宇

另外，20世纪30年代初，与本村黄汉春等游学广西，身无分文，生活遇到困难，黄保宇先生执笔写求助信给广西三江县时任县长：

敬呈者，窃以寒士落魄，专资笔颖以谋生。时运阮人，全赖擢拔而试用，乃有依归之日，晋升之阶。生筹飘零书剑，久困风尘。拟入高校肄业，经费维艰；欲投县府司书，无人介绍。情不得已别境离乡，游学糊口，朝不保夕，而且床头金尽，壮士无颜；囊里钱空，英雄失色，未免进退趑趄，徘徊观望。因思钧座，迁怀古邑，威镇三江，小丑跳梁，均皆敛迹。是以匍匐前来，拜谒钧颜，近陈苦衷。若承怜悯芜才，栽培寒士，或留府中缮写，或荐入幕府学习，予以相当位置，俾济穷途。分千树一叶之影，即是浓荫，给四海一滴之泉，便为甘露。不采冒昧，迫切上呈，伏祈钧鉴。

（10）2007年11月，上湘黄玉才提供：1976年他在地阳坪教书时，有拨乡李正明用枪打岩鹰，黄保宇有感而发，写了一首诗道：

展翅俯瞰，只为饱餐。
李氏枪响，为吾解馋。

（11）又据黄玉才和新寨村黄定康提供：1983年1月，有广西高友戏队来上湘演出，黄保宇在拨乡写了一首诗，交上湘黄进魁送给该剧队：

久闻贵剧远出征，
一人能当十（百）万兵。
可歌可泣真幽雅，
琴声拉动动情深。

五、有关同志提供有关黄保宇先生的情况

（1）2007 年 12 月，黄新寨黄定康提供：50 年代他在播阳公社任秘书时，一天晚上，在群众大会上，黄保宇应驻队干部的请求发言，说了几句顺口溜如下：

种田郎，种田郎，半夜三更就起床，
一年四季多辛苦，种的谷子金金黄。
稻满仓，麦满仓，秋后又被统购光。

（2）通道县退休干部吴昌杰先生提供：他在 1981 年走访上湘黄保宇先生时，黄保宇先生回忆，旧通道县署穿堂两侧中柱上有一副太平天国翼王石达开书写的对联，联语是：

树三面征旗，收（召）来豪杰英雄，虎豹威，熊罴猛，吊民伐罪，只一股气渡黄河，战必胜，攻必取，才收我诸（华）夏之社稷；

享二百年国祚，放着贪官污吏，豺狼性，狐狸心，暴敛横征，罔知万民皆赤子，得不易，失不难，何保尔夷狄之江山。

（摘自《通道文史资料》第一辑）

（3）吴昌杰介绍有关黄保宇先生的情况

1934 年春，通道分设四个区，下设乡。播阳乡和独坡乡为第二区，每区设一高级小学，播阳是第二小学。校址在白衣观内，有两个班同是一

个年级，共 49 人。在校任教的老师有我的舅父吴富贵以及黄保宇、俞光裕、俞大启 4 人，吴、黄二人是当时少数民族中（汉文）文化最高的，都是教私塾出身，均善诗文。校长俞以坤（又是区长）不任教。课程有语文、算术、历史、地理、自然、体育、音乐、手工劳作共 8 门课。二高小是当时的正规学校，也是播阳第一次开办的高年级学府。报考的学生，多在 15 岁以上。白衣观共 5 层……二楼是老师办公和吴、黄两位老师的住处。三四层是两个班的教室，五楼是学生宿舍……学校办了一学期后，并入私立周氏小学，原来的 4 位老师和大多数学生已离校，我和哥哥及胡辅修在那里续了第二个学期。1935 年休学在家。1936 年在本村堂叔吴启湘家楼上设私塾，聘请黄保宇老师授课，学的是《写信必读》。一个人每学期 4 块银元。

1939 年春，我接受播阳小学校长黄保宇校长的聘请，到播阳持教……1943 年秋，到芷江考取了湖南省立第十师范学校。

1950 年清明节后，土匪活动猖狂，4 月贵州黎平匪首杨标对粟昌福软硬兼施，把粟拉下水。粟无可奈何，亲赴黎平与杨标面议，以受编不受调为条件，接受任命为匪十三纵队的司令。并于 7 月 20 日在县城正式组成匪十三纵队司令部，通道临时人民政府瓦解。6 月间，在杨标匪首与粟昌福暗中妥协之际，我与吴鼎在贯团计划，决定成立一个机构和武装力量，奋起自卫，抗击土匪侵扰。计划确定之后，“我和吴鼎便同日出发，分头串联发动。我先到上湘黄保宇家，征得他的同意之后，两人直上独坡，联系代宗元、黄总盛、杨家丰、杨家齐、尹祚清、胡登弟、杨进国、杨进邦、杨金桂等人”。吴鼎则下地阳坪联络了李荣宗和土溪、团头的粟进海、粟大成……经过四天的奔波串联，抗击土匪的意图，不谋而合。9 月初在独坡召开会议，建立“通道边民自治委员会”。这时已与中国人民解放军桂北独立团取得联系，得到桂北独立团的支持。9 月中旬，黎平匪首杨标扬言要进击独坡，为应付时局变化，9 月 18 日带独坡中队（100 人，60 余条枪）上中华山，随时做好战斗准备。11 月 19 日，中国人民解放军 418 团的两个连进驻通道。1950 年 1 月 25 日，通道县民族民主人民联合政府成立，通道正式和平解放。

（摘自《剑豪文集·自传篇》，2006 年民族出版社）

（4）吴万源论述有关黄保宇先生的情况

上湘村的人民群众历来重视教育，在旧社会里，办过私塾和小学，出过文人，黄保宇就是其中一个。黄先生，系常德师范学校毕业，能文能诗，又会写对联，在当地当过老师，在人民群众中享有崇高的威望。黄保宇先生已仙逝，留有不少遗作。如 1984 年春节，在中央民族学院工作的堂弟黄保慧同志与老伴邵玉霜一同回家探亲时，黄保宇先生非常高兴，即兴吟诗三首：

（一）无题

少小晋京去，老大结鸾归。
乡音仍未改，精力胜古稀。
儿童都探问，客从何处来？
喜今同聚首，倏尔又分离。

（二）今日偶吟七言律

春风和煦最宜人，一望郊原景色新。
李白桃红争艳丽，蛙鸣鸟咏赛弹琴。
雷惊百蛰俱飞跃，电震全球分外明。
吾人备耕当此际，少先锋队更殷勤。

（三）七言绝句

一年开始日初长，有客临门慰寂凉。
欢欣畅饮数杯酒，酩酊醉后亦无狂。

“文革”受迫害平反后吟诗

作客他乡秋复秋，今秋欣复我自由。
感谢党恩多雨露，春风吹遍及吾俦。

黄保宇先生还为通道县城独蓉风雨桥和公路大桥分别写了一副对联：

独蓉桥联

石狮子，此笑彼欢，赫赫英风千古在；
独蓉桥，你来我往，荡荡宏途万众奔。

公路大桥联

大桥未建各东西，水势滔滔路径迷；
午夜梦思仙杖化，喜今荡荡胜舟楫。

（摘自《上湘在建设有侗族特点的新村》，2006年石阡民族文化自然生态旅游发展研讨会材料）

（5）2017年10月初，黄堂海来信摘录：

……关于族祖黄茂修、黄金显的生平事迹，我亦不详。我是按墓碑上记载而写的。前几年，有一次堂兄黄进恒说他祖上墓碑上刻的字不知是什么意思及辈分。于是借清明扫墓之机，与他一同观看。黄茂修的墓碑上写“正七品县令黄茂修，孝男黄显”。而黄金显的石碑上写“恩进士钦赐汾州贡侯”。黄茂修是黄保宇的高祖。伯父黄保宇集高祖、曾祖、祖父三代文章精髓于一身。他用骈文写的《呈上三江刘县令》一文，得到了刘县令三百块大洋的馈赠。《林溪看花炮》一篇很负盛名。《呈上三江刘县令》一文，我曾听他口述两遍，因为当时对文言文一窍不通，只记开头“窃以明公 县令钧鉴”。后来看到李白上《韩荆州书》一文，才想到一句：“荆州书上，太白自委身国士。”看到成语“日月经天江河行地”，又想到一句“如日月之光辉，普天同照，似江河行地，清浊兼以”的句子：伯父的杰作文采没有流传于后人……

六、黄保宇先生的手迹

（一）黄保宇铅笔手迹

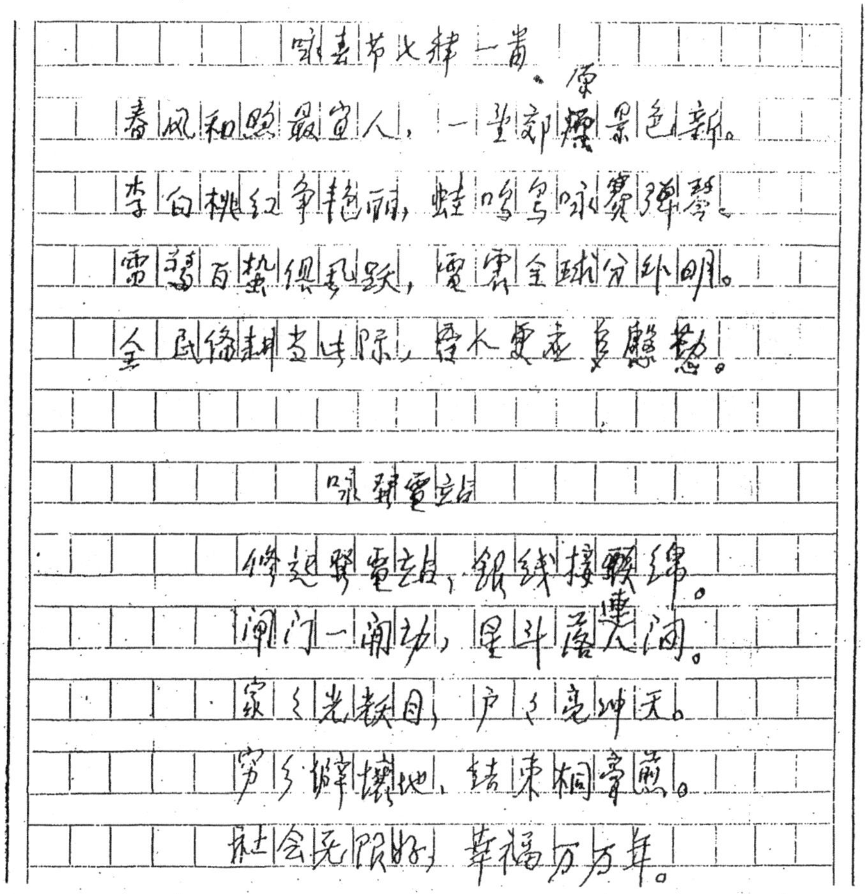
咏春节七律一首

春风和煦最宜人，一望郊原景色新。
李白桃红争艳丽，蛙鸣鸟咏赛弹琴。
雷惊百蛰俱飞跃，电震全球分外明。
全民备耕当此际，农人更是多慇懃。

咏发电站

修建发电站，银线接连绵。
闸门一开动，星斗落人间。
家家光耀目，户户亮冲天。
穷乡僻壤地，结束桐膏煎。
社会无限好，幸福万万年。

关于我们居住的地方，自从清朝乾隆元年，由上香迁来這里居住，寨的名称叫拔香，后来因环境恶劣，改为破乡了。因此有感名称不美，遂陳訴缘由，述报上级政府修改之。

古寨称拔香，居住冲头岗，山中多古树，寨外尽修篁，田园虽沃土，都是富家庄，全村仅十户，户户种田郎，辛岁辛辛苦，收谷金金黄，六成归地主，秋后无口粮，時遭土匪擾，耕牛被搶光，老弱转沟壑，少壮半逃亡，居此百餘年，仍住旧茅房，因此旧社会，改称为破乡。（上述一段是陳述来由和变称的情况）

自来共产党，始得见春光，分给田园地，稼穑有主张。重修新楝宇，金碧果辉煌，夜亮是电灯，打米有机房，人口增四倍，新建小学堂，儿童可去读，免就学他乡，还設保健员，救死与扶傷，老者都安乐，少者均健康，粮油和国宝，盈庫又满箱。政治和经济，翻身喜洋洋。齐声歌红日，万代放光芒。上干当道者，去掉名破乡。通告各乡镇，改为忠爱乡。（这一段是叙述解放后的新情景，应改好的名称）

建议人黄保宇

1985年3月28日

贺友生子信

某某仁兄阁下：

久违雅教，时切遐思，望云树于江东，赋葭霜於滬北，正欲修书致候，忽奉云翰先颁，披诵之余，敬悉兄台得占弄璋之喜。想天上石麟，宗下垂降，他日竟是栋梁之器，曷胜欣颂，谨奉上金印一颗，为文郎将来之预兆，伏维笑纳，千里鹅毛，忽嫌菲亵，为幸。

音由 音昔
轻也 意思如言勿嫌
轻而卑贱的意思。

顺请 文安

弟〇〇〇敬启

(15×20=300)　　　　第　　页

敬呈者，窃以寒士落魄，专资笔头以谋生，时逢阨人，全赖擢拔而试用，乃有依归之日，晋升之階，生苦飘零书剑，久困风尘，拟入高校肄業，经费维艰，欲投縣府司书，无人介绍，情不得已，别境離鄉，游学餬口，朝不保夕，而且床头金尽，壮士无颜，囊裡錢空，英雄失色，未免进退趑趄，徘徊观望，因思钧座，迁怀古邑，威镇三江，小丑跳梁，均皆歛迹，是以匍匐前来，拜谒钧颜，诉陳苦衷，若承憐惜萬才，栽培寒士，或留府中缮写，或薦入幕府学習，予以相当位置，俾济窮途，分千樹一葉之影，即是濃蔭，即是给四海一滴之泉，便为甘露，不揣冒昧，迫切上呈，伏祈　钧鉴，

採

领谢复信

昨奉 尊缄，并诵回環，敬悉德躬清健，起居纳祜，为欣为颂。仰蒙 仁兄宠锡隆仪，赏赐轴联。既優且渥，而弟承嬖奢逾恒，惭难克当，惟有遥望云天，稽首百拜。谨领之余，遂使弟庐蓬壁顿然生色，增辉感佩之忱，莫可言宣。肃此谨鸣谢忱，虔请福安，并候潭禧。

新春县府结联

推三座大山创业勋功垂明日
绘四化美景治世宏图看今天

党政宏阐景祚　　党天政日春风暖
天下共庆文明　　智水仁山佳气多

部队用联

手握钢枪军人职责牢牢记　跃马横刀观战阵风云变幻
身居前哨战地歌声阵阵高　枕戈待旦防边区寇敌凶狂

新春通用联

爆竹声声旧风俗旧习气都随旧岁离去
红花朵朵新文化新任务全伴新春到来
千声鸟语易吟怀处处学歌腾朗日
万点梅花添遗兴家家箫管乐丰年
桃花浪暖鱼欢跃　祖国处处春光好
春日晴和草木荣　社员家家幸福多
万紫千红满园春色　和睦门第喜常在
五讲四美遍地新风　勤俭人家富有餘

卧室联　　窗门联

养成傲气冲霄汗　不速到簾维月色
磨炼坚锋射斗牛　无私惠我有春风

服中药联

病关年老无价宝　守服不知红日上　守候堂前服
偏哉春向枝本画　思親常在白云中　不知四时春

新婚联

相爱相亲携手联欢凝成一体　恋爱结良缘义重情深芳芳千载

同心同志并肩战斗好合百年　登记配佳偶法律保障琴瑟百年

爱情花開永不凋谢　社会主义青年前程远大

幸福伴侣好合長寿　文明结成伴侣幸福无边

同目標同工作同偕到老

共志愿共学習共敬于郵

贺友人新婚联

冬至节

雪落花心午夜不知五六出

灰飞葭管新阳催入二三分

庆寿用联

天上太阳光照山河万里　白发朱颜春登八旬大寿

人间高寿老看兰桂盈庭　兰馨桂馥乐享四代同堂

乐享遐龄寿比南山松不老　福临寿星门第

生逢盛世福如东海水長留　寿到劳动人家

（15×20＝300）　第　页

贺友寿诞信

桃挚献锦，柳岸垂金。恭逢仁兄悬弧荣庆。拟驾扁舟，赓申颂祝，奈河山迢遥，未获如心，惟于仰望华堂，遥介眉寿，不腆之仪，聊申寸悃，伏祈鉴存是祷。谨颂九如，并候潭禧。统惟朗照，不尽依依。（言依依不舍之情而未尽止也。）

精力

少小离京去，老大结书归，
乡音仍未改，鬓毛胜古稀
儿童前探问，客从何处来
蓦今团聚君，倏尔又分离

双江县城新建花桥一座，我到此游览见此胜境，遂题对联如下

石狮子，此笑彼欢，赫赫英风千古在；
独木桥，你来我往，荡荡宏途万众奔。

奇异彩虹，只见巍峨联彼岸，
险称天堑，喜今坦荡变通途。

山苍水秀果清奇，入眼龙蟠虎踞；
花桥楼阁殊壮丽，试瞻鸟革翚飞。

花桥上面还有一座大桥，遂吟七绝以颂之。

大桥未建各东西，水势滔滔路径迷。
午夜梦思仙杖化，喜今荡荡胜舟楫。

杨建才题 十六，八六。

排阳完小从去岁建现已落成，我承友人相邀到此游览见此胜地学馆华实写无限钦佩遂题对联如下

（一）建广厦玉砌（石砖）万间锦绣山峰倍添锦绣
筑素台金镶百级文明学馆更加文明

（二）校园花开朵朵红花凭雨露
教师心血耿耿丹心育新苗

（三）广厦万间育亿万人英秀
素台百级铸千百世文明

题教师联

（四）教以才导以德，辛勤若园丁，培植千株茁壮，
学不厌诲不倦，关怀如慈母，抚育万朵葱花。

棣廷 题 六月廿六日

（二）黄保宇毛笔手迹

甲岁新春，伉俪荣归梓里，得与捧袂，正幸多足重逢，进陪有日，不意返京在急，倏尔睽离。因此不能绾留，多谈衷曲，在我因僻处一隅，也没了尽乡土之谊，正以了为知爱，见疚良深。反蒙你们以无价之宝书，从远地带来给我。如此高情雅意，觉得赠贻之非分，益愧歉之交萦，却恐不恭，唯有谨拜登受而已。

别后我与舅叔父侄三人，一同往独坡探亲，承当地父老之盛意，终日款待，竟达一个星期。而他两人先回，独留我一人在后。又承旧友相邀，在独坡八寨，游览了六个村庄，都承他们之盛意殷勤，随处受人欢迎。直至三月清明方返。正当桃李吐艳之际，承珠翰之双来，披阅之余，并悉福星随获，庆得车陆平安，已吉抵首都矣。然而階前蘭玉，大都起居绥燕，动止吉羊，使我更加欣慰。继阅信牍内容，情真语挚，意绪缠绵，更赛阳关三叠，使我回忆难忘。但我自解放以来，从事农业，关于诗书笔墨，被封禁了二十多年。当此四害横行之时，自分残灯无再燃之宵，枯萎绝重萌之叶，随风委露，夫復何言，延至於今，以鄧主席之鴻恩，救我于水深火热之中，摘掉我帽，恢復自由，因此喜吟七絶，詩曰：作客他鄉秋復秋，今秋欣復我自由，感謝党恩多雨露，春風吹遍及吾儔。以謝人民政府之关懷。

我年逾古稀，老境渐逼，幸双目无需眼镜，观书阅报，尚觉可以，从兹息隐蓬庐，惟望保护身体健康，以观世界之昇平，享晚年之幸福而已，但我这次载誉久稀，想不夜我疏节也，顷又收劳芳讯，又赠送名人画集两册，以及我俩同照之相片，并弟媳之独摄一张，已完全收到，但眷爱之情，可加厚也，惟是桃已再实，而瑶指未一拔，爱之更歉腆耳。但你俩摄影技術精巧，此后可能把你全家合照，给我们以作纪念，使我们见人，经常得睹芳容，如同在一室也。

关于诗对一门，我很不会，不过爱读古诗，尤其爱读杜甫诗，因为它富于思想性、政治性，读了使人兴奋怀念古人英雄豪傑，为人民服务的精神。

现在把我拙咏几首歪诗，抄来给你们一阅

但拙词未工，不过以表示我的实情而已。余不多述，下次再谈，此后顺问

安好！

我本是上湘人历代在上湘居住，在四害横行时，被赶到破香村。人为的分别了二十多年，怎能不产生离情别恨，随着岁月的增长，又怎能不增相思之情啊！因此有感遂赋七绝

其一

离别家乡二十秋，寸心无日不悲愁。

此时恨不生双翼，飞出重围恬隐忧。

其二

糠米本是相依倚，被簸扬开各自飞。

回首鬓白应垂泪，不知何日是归期。

其三

解放归来没掌鞭，一生可业愧無園。

满園桃李芳芬尽，悔恨当初到晚年。

小兄黄保宇 1984.3.28.
农历

春日偶吟 七言律

春风和煦最宜人，一望郊原景色新。
李白桃红争艳丽，蛙鸣鸟欣赛弹琴。
雷惊百蛰俱苏醒，雾袭金球分外明。
吾人奋耕当此际，少先锋队更殷勤。

又七言绝句

一年离别日初长，有客临门慰寂凉。
欢欣畅饮数杯酒，酩酊醉后亦发狂。

慧芳同夫人于今春回里，与兄弟姊妹聚首一堂，谈笑言欢，不胜欣慰，惟未住旬日，又要回京，实增了我们离情别恨，因以偶吟俚语，敬希哂正。

糠米本是相依倚，被簸扬开各自飞。
此去迢迢逾千里，不知何日是归期。

图书在版编目（CIP）数据

话上湘：侗乡风胜纪实诗歌 / 黄保慧著 . — 北京：民族出版社，2020.7

ISBN 978-7-105-16092-1

Ⅰ. ①话⋯ Ⅱ. ①黄⋯ Ⅲ. ①诗集—中国—当代 Ⅳ. ① I227

中国版本图书馆 CIP 数据核字（2020）第 106461 号

话上湘——侗乡风胜纪实诗歌

责任编辑：张宏宏
特邀编辑：单羽青
封面设计：刘福勤
出版发行：民族出版社
地　　址：北京市和平里北街 14 号
邮　　编：100013
电　　话：010-64228001（汉文编辑二室）
　　　　　010-64224782（发行部）
网　　址：http://www.mzpub.com
印　　刷：北京市艺辉印刷有限公司
经　　销：各地新华书店
版　　次：2020 年 7 月第 1 版　2020 年 7 月北京第 1 次印刷
开　　本：787 毫米 ×1092 毫米　1/16
字　　数：420 千字
印　　张：28.5
定　　价：98.00 元
书　　号：ISBN 978-7-105-16092-1/I · 3054（汉 2869）